MINECRAFT

MOJANG

Wichtige Hinweise zur Sicherheit im Internet: Egmont hat alle Webseiten, die in diesem Buch aufgelistet sind, auf ihre Richtigkeit überprüft. Dennoch ist Egmont nicht für Inhalte verantwortlich, die von dritten Personen ins Netz gestellt werden. Bitte sei dir bewusst, dass sich Inhalte ändern können bzw. dass Inhalte verbreitet werden können, die sich nicht für Kinder eignen. Wir empfehlen, dass alle Kinder von ihren Eltern begleitet werden, wenn sie im Internet unterwegs sind.

Minecraft bei Schneiderbuch:

Alles über Minecraft
Minecraft, Das Einsteiger-Handbuch – Aller Anfang ist ein Block
Minecraft, Das Schaltkreis-Handbuch – Die Hohe Redstone-Schule
Minecraft, Das Konstruktions-Handbuch – Bauen mit Blöcken
Minecraft, Das Kämpfer-Handbuch – Das Kampf-Einmaleins
Minecraft, Blockopedia

1. Auflage 2015
verlegt durch Schneiderbuch, EGMONT Verlagsgesellschaften,
Gertrudenstr. 30–36, 50667 Köln

Die englischsprachige Originalausgabe erschien unter dem Titel
„Minecraft, Blockopedia"
bei Egmont UK Limited, The Yellow Building, 1 Nicholas Road, London W11 4AN

MOJANG

Übersetzung aus dem Englischen: Josef Shanel
Umschlag und Satz: Achim Münster, Overath
In Anlehnung an das englische Original
Printed in China
ISBN 978-3-505-13537-8

www.schneiderbuch.de

MINECRAFT

©MOJANG

BLOCKOPEDIA

INHALT

EINFÜHRUNG

Willkommen zur Minecraft Blockopedia! Du hältst das unentbehrliche Nachschlagewerk zum elementaren Kern von Minecraft in den Händen: den Blöcken. Sie sind der Boden unter deinen Füßen und die Luft um dich herum.

Minecraft kann beim ersten Mal überwältigend sein. Die Blockopedia hilft dir dabei, dich in der Welt von Minecraft zurechtzufinden. Zum Beispiel wirst du lernen, wie viele Baumsorten es gibt, wie sie wachsen und welche erstaunlichen Dinge du mit ihrem Holz anstellen kannst.

Die Blockopedia ist eine praktische Anleitung, aber auch eine Studie über die Wirkungsweisen der Physik, Chemie und Biologie in dieser pixeligen Welt. Mit dem Wissen aus diesem Buch wirst du länger überleben, stabiler bauen und rundum glücklicher sein.

Die Blockopedia ist nach Blocksorten aufgebaut, und du wirst zu jedem einzelnen der fantastischen, hilfreichen und geheimnisvollen Blöcke in Minecraft nützliche Informationen finden. Nimm also dieses Nachschlagewerk und entdecke, baue und kämpfe in der unglaublichen Welt von Minecraft!

NATÜRLICH GENERIERT

Hier geht es um die Blöcke, die auf natürliche Weise um dich herum generiert werden. Stein, Kies und Erde sind die häufigsten Materialien, über die du zu Anfang Bescheid wissen musst.

ERZE UND MINERALIEN

Erze und Mineralien sind generell selten, manche können aber auch in großen Mengen vorkommen – sie sind die Bodenschätze unter den Blöcken. Kohle, Eisen, Gold und Diamanten: Du wirst lernen, wo du sie findest und wie du sie zutage beförderst.

PFLANZEN

In der Welt der Pflanzen erkunden wir alles, vom Kürbis bis hin zu den riesigen Pilzen. Wir erklären, wie sie wachsen und wie man sie nutzen kann.

FLÜSSIGKEITEN UND GASE

Hier beschreiben wir Flüssigkeiten und Gase, wie zum Beispiel Wasser und Feuer (dessen Aggregatzustand Plasma ist). In den meisten Fällen sind sie gefährlich! Daher solltest du diesen Abschnitt besonders aufmerksam lesen, um ihr Verhalten zu verstehen. Nur so kannst du sie zu deinem Vorteil nutzen und dich gleichzeitig vor ihnen schützen.

NETHER UND DAS ENDE

Im Nether und im Ende gibt es viele wundervolle wie wunderliche Dinge zu finden, und die Blöcke weisen hier oft ein sonderbares Verhalten auf. Du wirst lernen, dich ihrer Eigenarten zu bedienen, und dir dadurch ungeahnte Möglichkeiten erschließen.

VOM SPIELER GENERIERT

Hier geht es um die Blöcke, die du selbst herstellen kannst. Wir beginnen mit ganz einfachen wie TNT und Treppen. Auch wenn sie aus alltäglichen Rohstoffen bestehen, sind sie unentbehrlich. Die Rezepte aus diesem Kapitel solltest du dir gut merken.

WERKZEUGE UND WERKSTOFFE

Dieses Kapitel widmet sich den Vorzügen der extrem nützlichen Werkzeuge und Werkstoffe, so wie Truhen und Braustände.

MECHANISMEN

Die Mechanismen in Minecraft werden durch spezielle Blöcke repräsentiert, mit deren Hilfe du unglaubliche Maschinen entwerfen kannst. Sobald du sie richtig einzusetzen weißt, können sie dein Minecraft-Leben von mühseliger Handarbeit befreien.

KREATIVMODUS

Zuletzt gibt es noch den einen Block, der sich nicht erzeugen lässt und der ausschließlich im Kreativmodus gefunden werden kann.

BEGRIFFE

Für jeden einzelnen Block, den wir erforschen, bekommst du vorab folgende Informationen:

EXPLOSIONSWIDERSTAND

Die Eigenschaft eines Blocks, einer Explosion zu widerstehen, lässt sich auf einer Skala von 0 bis sage und schreibe 18 Millionen darstellen. Es gilt die Faustregel, dass Blöcke mit höherem Widerstand schwerer zu finden und somit wertvoller sind.

LUMINESZIEREND

Einige wenige Blöcke haben die Eigenschaft, Licht abzustrahlen. Das absolute Höchstmaß für Licht ist Stufe 15 (heller wird's nicht), und das Minimum ist 1. Sonnenlicht zum Beispiel hat eine Intensität von 15.

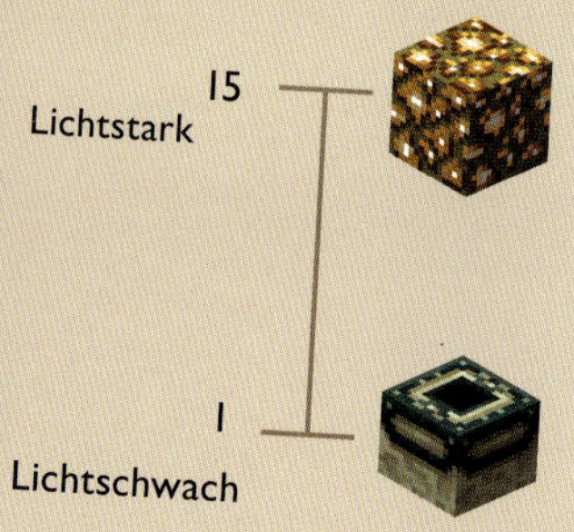

TRANSPARENT

Manche Blöcke sind ganz oder zum Teil transparent, das heißt, sie sind lichtdurchlässig.

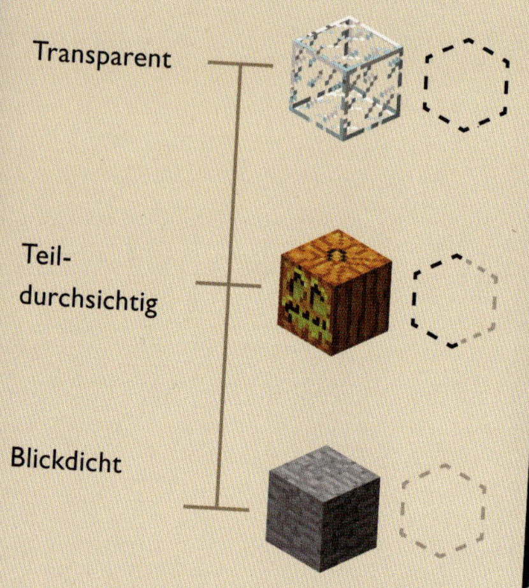

PHYSIKALISCH

Einige Blöcke unterliegen den Gesetzen der Schwerkraft und fallen ohne einen Halt zu Boden. Dazu gehören Sand und Kies.

STAPELBAR

Die meisten Blöcke lassen sich in den Inventarfächern im Stapel von 64 Einheiten zusammenfassen. Hier lernst du, auf welche das zutrifft.

ENTZÜNDLICH

Viele der Blöcke können Feuer fangen. Also Vorsicht bei Feuer und Lava!

AUSBEUTE

Es ist nützlich zu wissen, was von einem Block übrig bleibt, wenn du ihn zerstörst. Von den meisten lässt sich dabei zumindest ein Gegenstand erbeuten.

EIGENSCHAFTEN DES BLOCKS

Jeder Block hat spezifische Attribute (siehe rechts). Graue Symbole stehen für inaktive Eigenschaften. Zum Beispiel ist ein Block nicht entflammbar, wenn das Symbol „Entzündlich" grau ist.

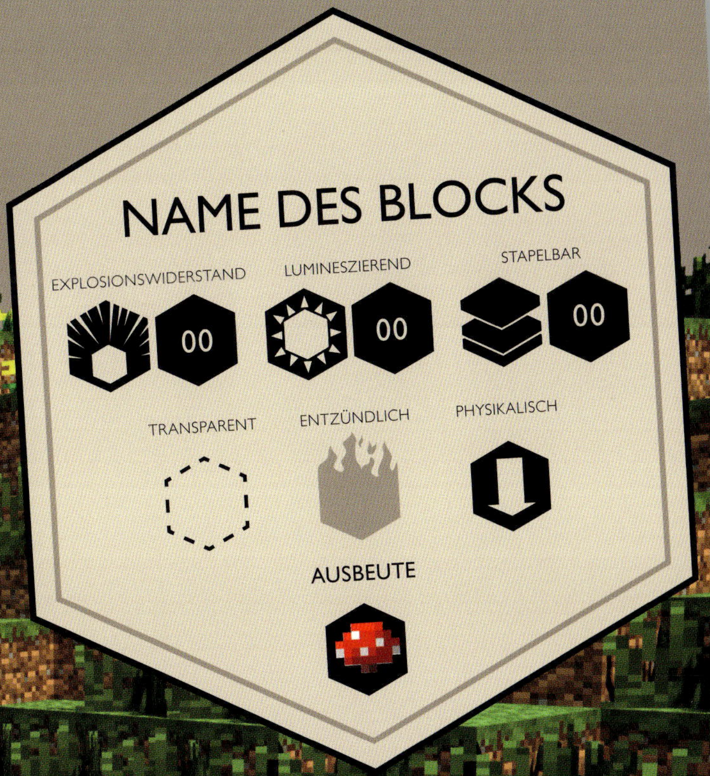

NATÜRLICH GENERIERT

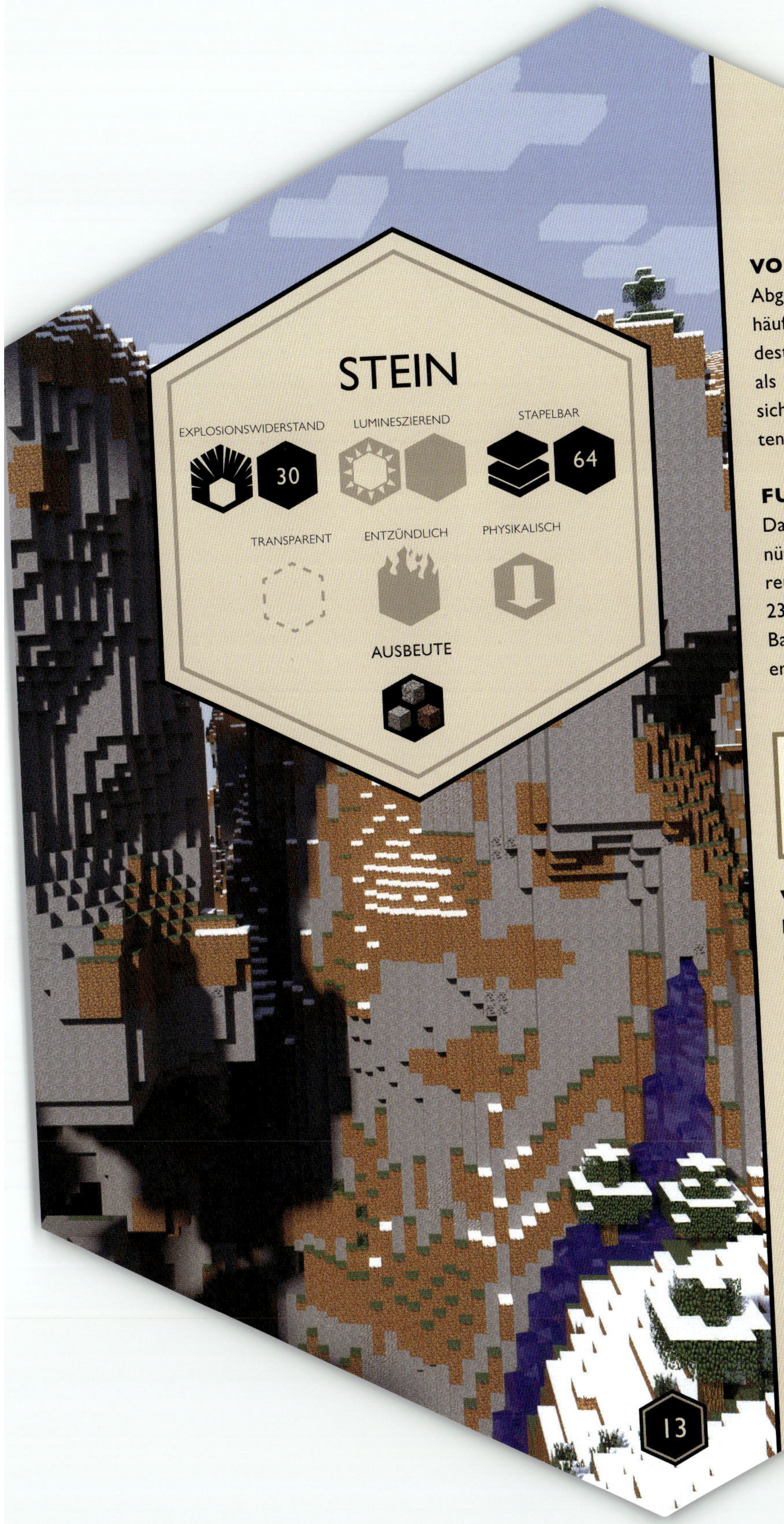

STEIN

EXPLOSIONSWIDERSTAND 30

LUMINESZIEREND

STAPELBAR 64

TRANSPARENT

ENTZÜNDLICH

PHYSIKALISCH

AUSBEUTE

VORKOMMEN

Abgesehen von Luft (58–59) ist Stein der häufigste Block in der Oberwelt. Du findest ihn überall: unter Gras und Sand oder als Fels. In den Steinformationen bilden sich auch Steinkohle (68–71) und Diamanten (74–75).

FUNKTION

Dass Stein so häufig vorkommt, ist seine nützlichste Eigenschaft. Da beim Zerstören mit einer Spitzhacke Bruchstein (20–23) entsteht, ist Stein dein wichtigstes Baumaterial. Bruchstein wird allerdings erst im Ofen durch Schmelzen zu Stein.

VERHALTEN

Da es Stein in großen Mengen gibt, wirst du ihn häufig abbauen. Ihn mit der bloßen Faust zu zerstören kostet dich 7,5 Sekunden, mit einer Spitzhacke aus Stein nur 0,6 Sekunden und mit einer Spitzhacke aus Gold sogar nur 0,2 Sekunden. Werkzeuge aus Gold haben keine lange Haltbarkeit, aber ihre hohe Geschwindigkeit zahlt sich am Ende aus. Baust du Stein mit einer Spitzhacke ab, die mit der Verzauberung der Behutsamkeit belegt ist, hinterlässt der zerstörte Block Stein.

VARIANTEN

Grauen Dorit und Andesit sowie rosafarbenen Granit findet man tief unter der Erde, aber auch an der Oberfläche in Bergbiomen.

Für ein höherwertiges Aussehen kannst du sie polieren.

In Festungen sieh dich nach bemoosten und rissigen Steinziegeln um.

HERSTELLUNG

Für einen sauberen Abschluss verwendest du am besten Steinziegel, die man aus 4 Steinblöcken herstellt.

Stein kann ebenfalls zu Stufen (166–167) verarbeitet werden, oder zu superpraktischen Druckplatten (274–275) und Knöpfen (276–277).

ZUSATZINFORMATION

Du kannst Stein aus Lava gewinnen, indem du sie in Wasser hineinfließen lässt. Anders formuliert, verwandelt der Wasserblock die Lava durch Berührung in Stein.

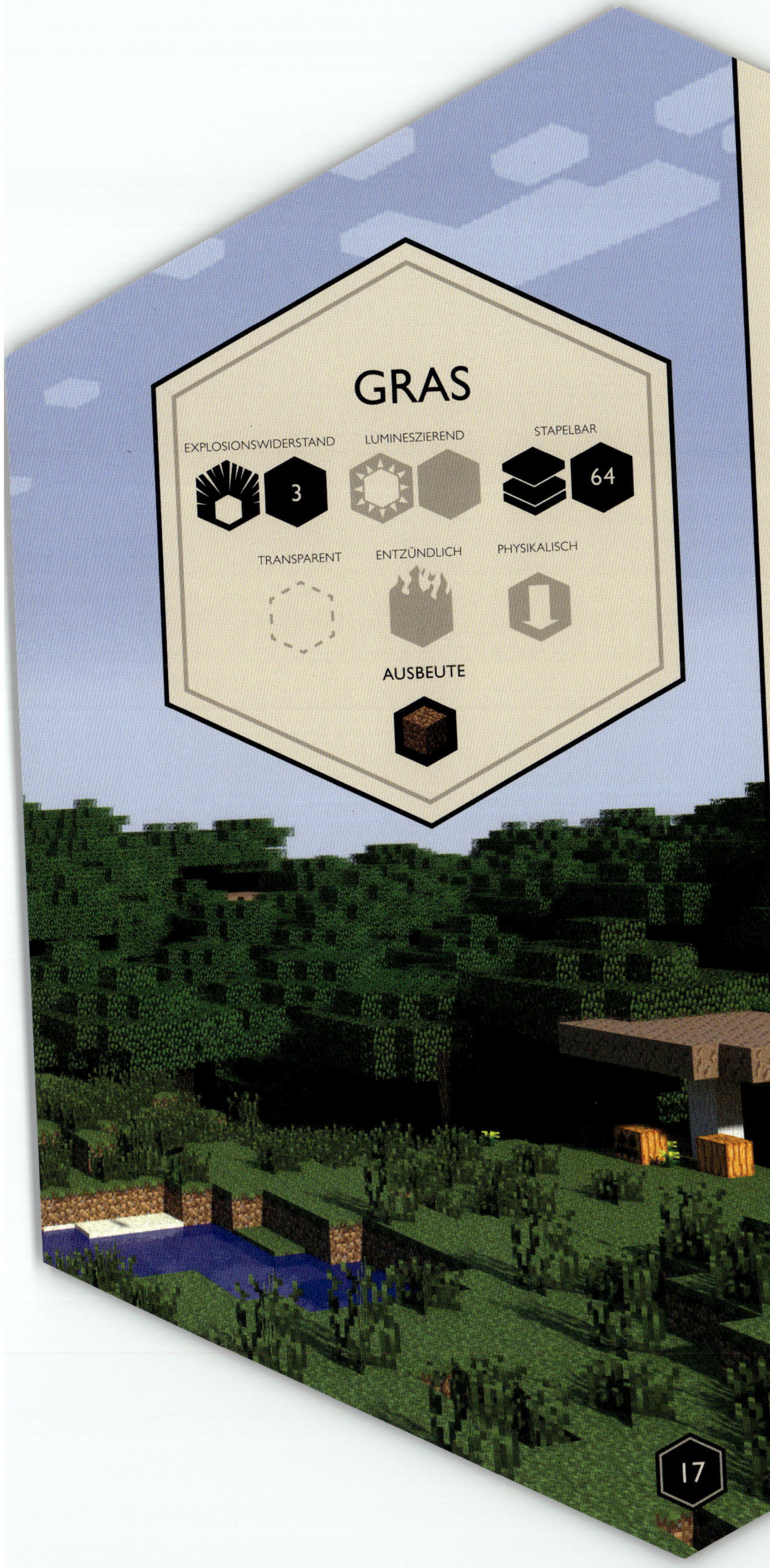

GRAS

EXPLOSIONSWIDERSTAND 3

LUMINESZIEREND

STAPELBAR 64

TRANSPARENT

ENTZÜNDLICH

PHYSIKALISCH

AUSBEUTE

VORKOMMEN

Die Heimat des Grasblocks ist die Oberwelt: blauer Himmel und grüne Hügellandschaften. Gras bildet sich auf der obersten Schicht von Erdblöcken, wenn sich ein Grasblock daneben befindet und über dem Erdblock mindestens Lichtstufe 9 herrscht. Außerdem muss der Erdblock auf einer Höhe von 4 oder mehr liegen. Gras wächst also wie eine richtige Pflanze und sprießt nicht auf natürliche Weise in dunklen Höhlen.

VERHALTEN

Gras kommt in verschiedenen Farbtönen vor, abhängig vom Biom. Wenn ein Schaf einen Block „abgrast", verwandelt sich seine Oberfläche wieder in Erde. Um auf einem Grasblock hohes Gras (90–91) oder Blumen (92–95) sprießen zu lassen, brauchst du Knochenmehl.

ZUSATZINFORMATION

Grasblöcke lassen sich mit der Verzauberung der Behutsamkeit ausstechen.

TRIVIALWISSEN

Grasblöcke gedeihen auch unterirdisch, wenn sie ausreichend Fackellicht haben. Du kannst sie sogar in den Nether und das Ende mitnehmen.

ERDE

EXPLOSIONSWIDERSTAND 2.5

LUMINESZIEREND

STAPELBAR 64

TRANSPARENT

ENTZÜNDLICH

PHYSIKALISCH

AUSBEUTE

VORKOMMEN

Erde bedeckt einen großen Teil der Oberwelt. Glücklicherweise lässt sie sich leicht abbauen – sogar mit bloßen Händen, wenn du gerade keine Werkzeuge parat hast.

FUNKTION

Erde hemmt nur ungenügend Explosionen und ist recht unansehnlich. Dafür eignet sie sich hervorragend zum Errichten von Gerüsten auf Baustellen, da sie sich leicht wieder abtragen und überall im Überfluss finden lässt. Erde ist ebenso wichtig für den Ackerbau (176–179).

VARIANTEN

Raue Erde ist eine Variante aus den enormen Biomen der Taiga, der Tafelberge und der Savanne. In den riesigen Taiga-Biomen kommt auch eine spezielle Variante namens Podsol vor – sie unterstützt zwar nicht das Wachstum von Gras, aber es wachsen andere Pflanzen auf ihrer Oberfläche. Wenn du Podsol ohne eine Verzauberung der Behutsamkeit abbaust, erhältst du Erde.

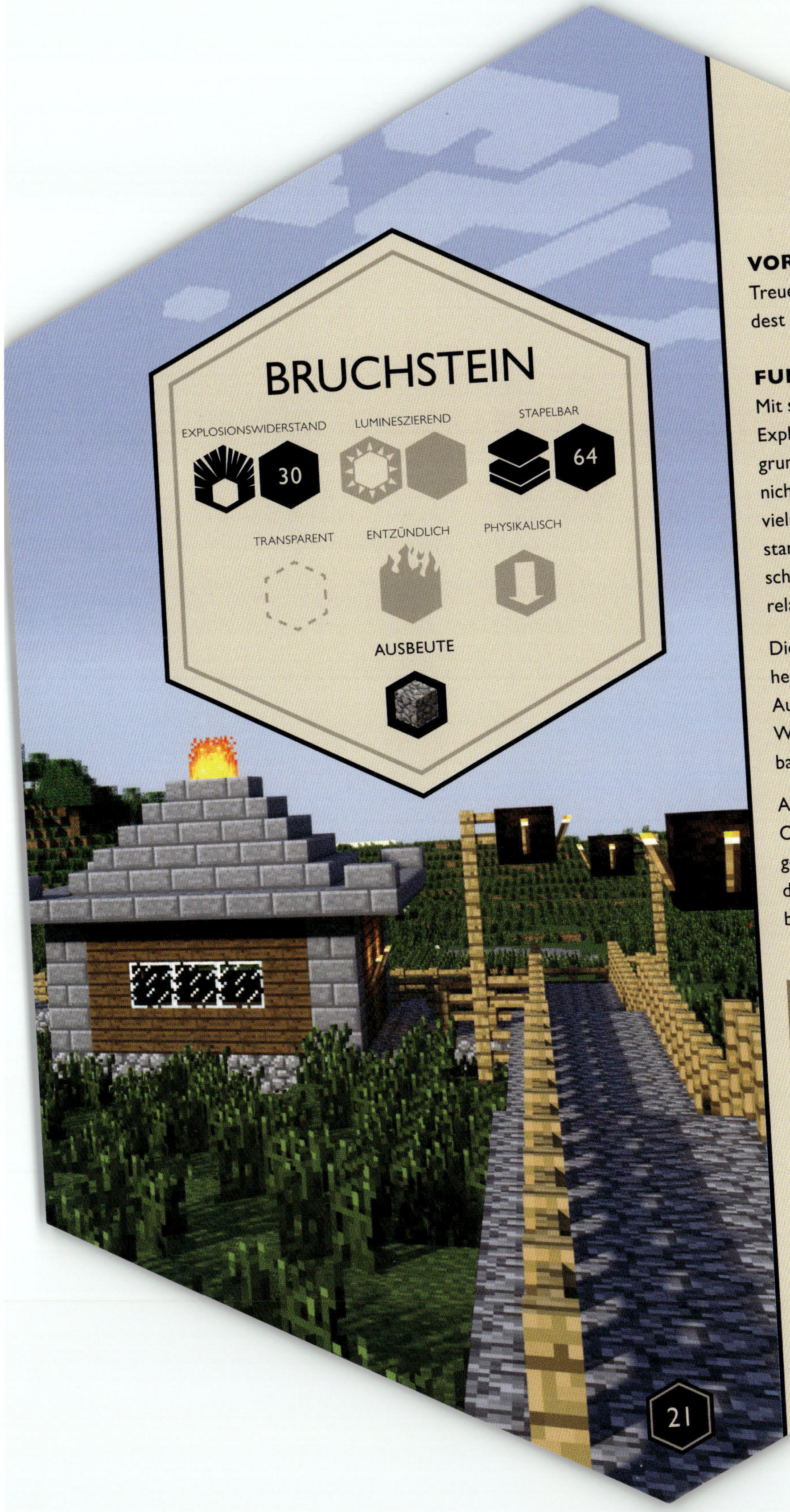

BRUCHSTEIN

EXPLOSIONSWIDERSTAND 30

LUMINESZIEREND

STAPELBAR 64

TRANSPARENT

ENTZÜNDLICH

PHYSIKALISCH

AUSBEUTE

VORKOMMEN

Treuer, verlässlicher Bruchstein! Du findest ihn in der Oberwelt überall.

FUNKTION

Mit seiner hohen Widerstandskraft gegen Explosionen zählt Bruchstein zu deinen grundlegendsten Baumaterialien. Er ist nicht sonderlich ansehnlich, aber lässt sich vielseitig zum Bauen einsetzen, vom Notstand bis zum fertigen Haus. Außerdem schützt dich sein Explosionswiderstand relativ gut gegen Creeper.

Die meisten einfachen Gegenstände und herstellbaren Blöcke sind aus Bruchstein. Auch Spitzhacken, Schwerter und andere Werkzeuge lassen sich leicht daraus bauen und sind erstaunlich stabil.

Aus Bruchstein kann man einen schlichten Ofen (216–217), aber auch komplexe Gegenstände wie Werfer (254–257), Spender (306–307) und Braustände (230–233) bauen.

ZUSATZINFORMATION

Große Mengen Bruchstein abzubauen, zum Beispiel um eine große Festung zu bauen, dauert nicht nur sehr lange, sondern lässt auch riesige Löcher im Boden zurück. Doch warum baust du dir nicht einfach einen Bruchstein-Generator? Lege einen Graben an, der sich von der einen Seite mit Wasser und von der anderen mit Lava füllt. Denn dort, wo Lava und Wasser aufeinandertreffen, entsteht Stein.

WICHTIGE INFORMATION

Bruchstein widersteht nicht nur den Feuerbällen der Ghasts, auch Endermänner können dir nicht gefährlich werden, da sie ihn nicht aufheben können.

TRIVIALWISSEN

Bruchstein (damals „Pflasterstein“) war der erste Block, den es in Minecraft gab. Notch verwendete dafür die Textur aus einem Spiel namens RubyDung, das er nie veröffentlichte.

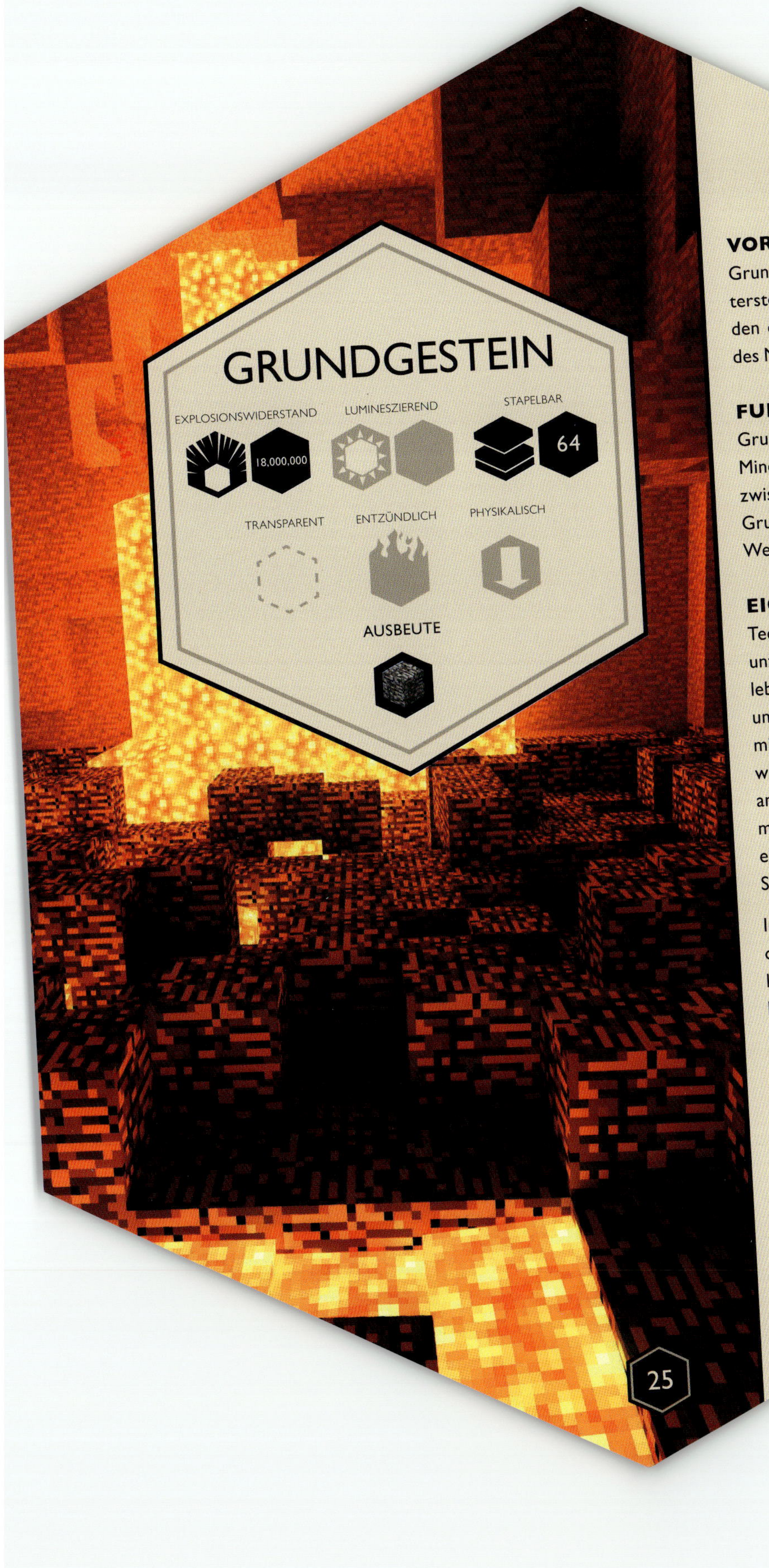

GRUNDGESTEIN

EXPLOSIONSWIDERSTAND 18,000,000

LUMINESZIEREND

STAPELBAR 64

TRANSPARENT

ENTZÜNDLICH

PHYSIKALISCH

AUSBEUTE

VORKOMMEN

Grundgestein formt sich innerhalb der untersten 5 Blöcke der Oberwelt sowie in den obersten und untersten 4 Schichten des Nethers.

FUNKTION

Grundgestein ist der härteste Block in Minecraft und bildet eine dünne Schicht zwischen der Oberwelt und der Leere. Grundgestein bewahrt uns davor, aus der Welt herauszufallen.

EIGENSCHAFTEN

Technisch gesehen ist Grundgestein nicht unzerstörbar, aber es gibt nichts im Überlebensmodus, was kraftvoll genug wäre, um Grundgestein zu zertrümmern. Selbst mit der größten Menge TNT (170–173) würdest du seine Oberfläche nicht einmal ankratzen. Mit einer Spitzhacke aus Diamanten könntest du stundenlang darauf einhacken, ohne dass es sich nur einen Strich bewegen würde. Lass es besser!

Im Kreativmodus der PC/Mac-Version oder der Pocket Edition ist es hingegen leicht, Grundgestein zu zerstören. In der PlayStation- und der Xbox-Fassung kannst du dich aber entspannen, denn dort ist die finale Schicht tatsächlich unzerstörbar.

TRIVIALWISSEN

Wenn du Grundgestein im Ende anzündest, brennt es wie Netherstein (134–135). Unglaublich aber wahr!

SAND

EXPLOSIONSWIDERSTAND 2.5

LUMINESZIEREND

STAPELBAR 64

TRANSPARENT

ENTZÜNDLICH

PHYSIKALISCH

AUSBEUTE

VORKOMMEN

Sand findest du in Hülle und Fülle in Wüsten und an Stränden.

VERHALTEN

Sand unterliegt der Schwerkraft: Entfernst du einen stützenden Block, fällt er bis zum nächsten hinab. Sei daher vorsichtig beim Graben! Ein hastig gegrabener Schacht ist ebenso schnell wieder eingestürzt.

FUNKTION

Im Ofen lässt sich Sand zu Glas schmelzen (158–161).

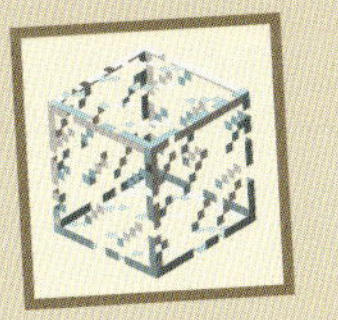

Außerdem brauchst du Sand, um TNT (170–173) und Sandstein (30–31) zu generieren. Letzerer ist viel besser als Baumaterial geeignet, da er nicht wie Sand hinabfällt.

VARIANTEN

Roter Sand ist dunkler und taucht in Tafelberg-Biomen auf. Seit Version 1.8 lässt sich daraus roter Sandstein herstellen.

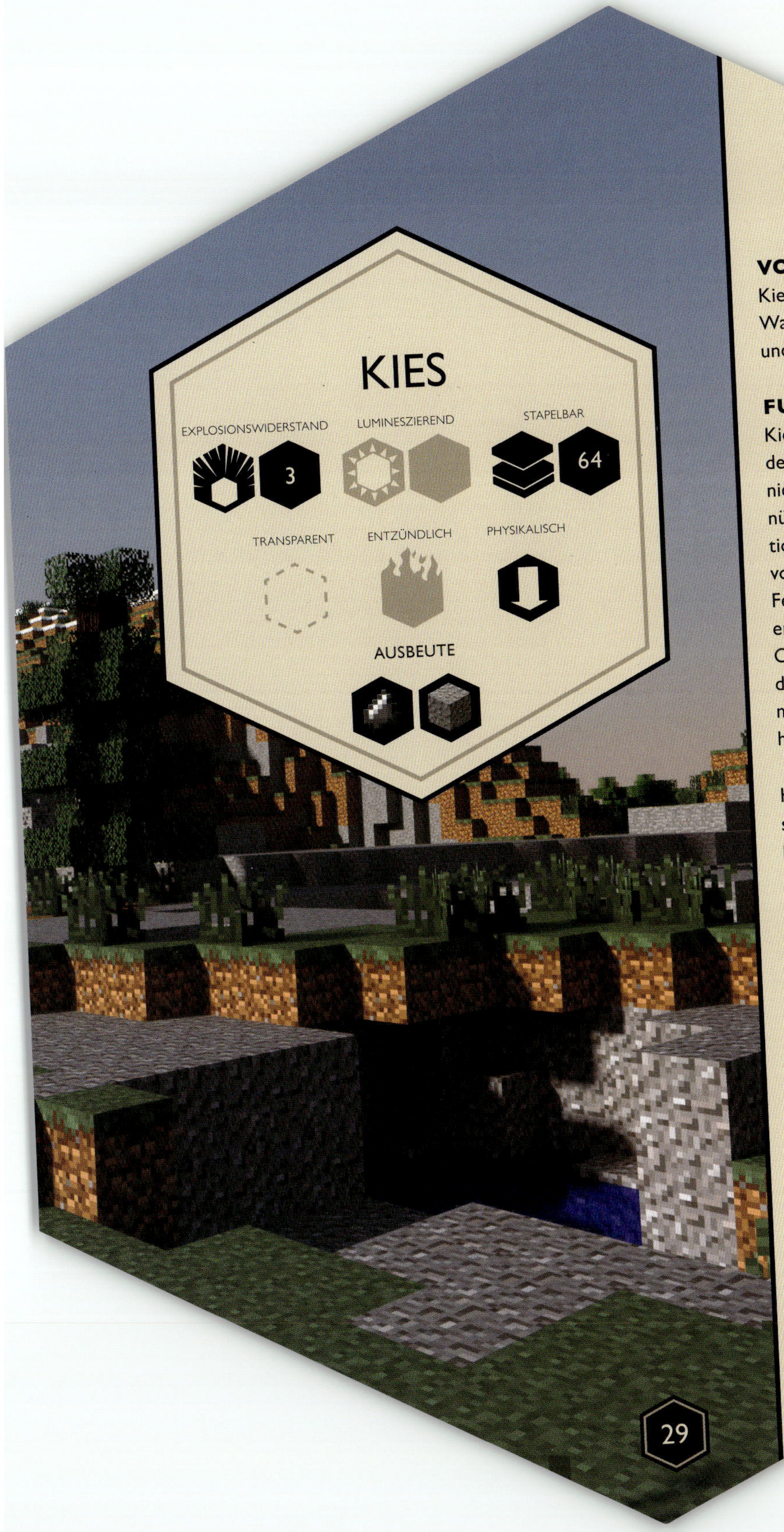

KIES

EXPLOSIONSWIDERSTAND 3
LUMINESZIEREND
STAPELBAR 64
TRANSPARENT
ENTZÜNDLICH
PHYSIKALISCH
AUSBEUTE

VORKOMMEN
Kies kommt unter der Erde vor, unter Wasser, an Stränden, als Wege in Dörfern und im Nether.

FUNKTION
Kies gleicht dem Sand, da er ohne stützenden Block hinabfällt. Da sich aus Kies nichts herstellen lässt, ist er nicht sehr nützlich. Er taugt auch wenig als Dekoration. Immerhin gibt es aber eine Chance von 10 %, dass er beim Abbauen einen Feuerstein hinterlässt, aus dem sich Feuerzeuge und Pfeile herstellen lassen. Diese Chance kannst du noch erhöhen, indem du Kies mit einem Werkzeug abbaust, das mit einer Verzauberung des Glücks versehen ist.

Kies eignet sich wegen seiner physikalischen Eigenschaft als Unterstützung bei Konstruktionen. Du kannst aus ihm Gerüste bauen, die sich sehr leicht wieder zerstören lassen. Ein See oder eine Höhle lassen sich in Windeseile mit Kies füllen.

WICHTIGE INFORMATION
Im Nether kannst du auf Kiesformationen stoßen, die herabrieseln, sobald du sie ankratzt. Achtung: Wirst du unter Kies verschüttet, droht der Erstickungstod!

TRIVIALWISSEN
Fällt Kies auf einen anteilig gefüllten Block, zum Beispiel eine Fackel, bleibt er als Ausbeute liegen.

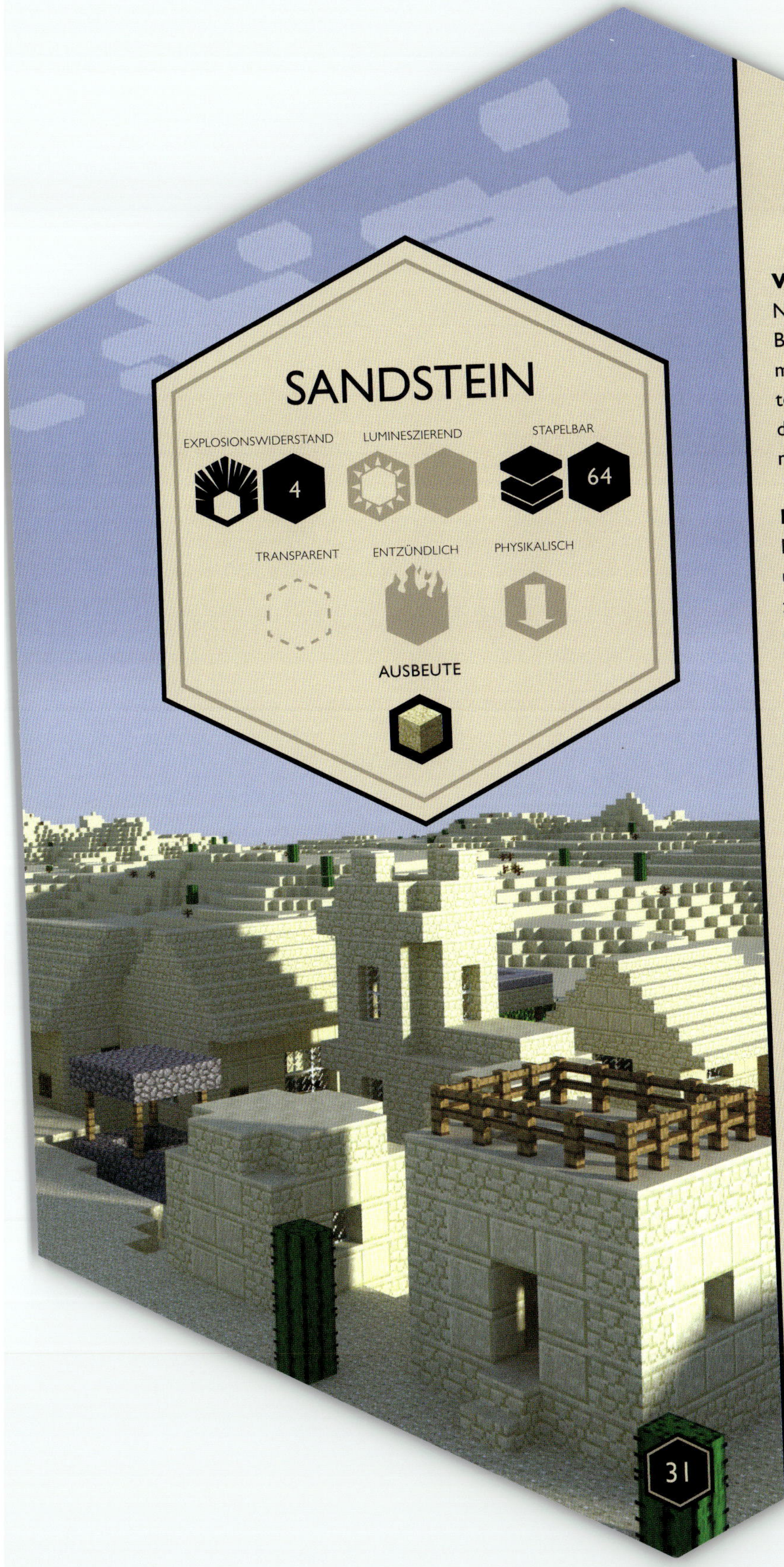

SANDSTEIN

EXPLOSIONSWIDERSTAND: 4
LUMINESZIEREND
STAPELBAR: 64
TRANSPARENT
ENTZÜNDLICH
PHYSIKALISCH
AUSBEUTE

VORKOMMEN

Natürlich kommt Sandstein unter großen Bereichen aus Sand (26–27) vor, und zwar mit einer Dichte von etwa 4 Blockschichten. Er ist eine Stütze für den oben liegenden Sand. Daher Vorsicht beim Graben nahe der Oberfläche!

FUNKTION

Die sanfte Gelbfärbung des Sandsteins und seine weiche Oberfläche machen ihn zu einem hübschen Baumaterial. Dennoch solltest du seinen niedrigen Explosionswiderstand nicht vergessen. 4 Sandsteinblöcke lassen sich in 4 glatte Sandsteine umwandeln, und aus 2 Sandsteinstufen (166–167) kannst du gemeißelten Sandstein herstellen, der mit Creeperköpfen verziert ist.

ZUSATZINFORMATION

Gemeißelten Sandstein findest du in Pyramiden und bei den seltenen Wüstenmauern. Beweis für einen alten Creeper-Kult?

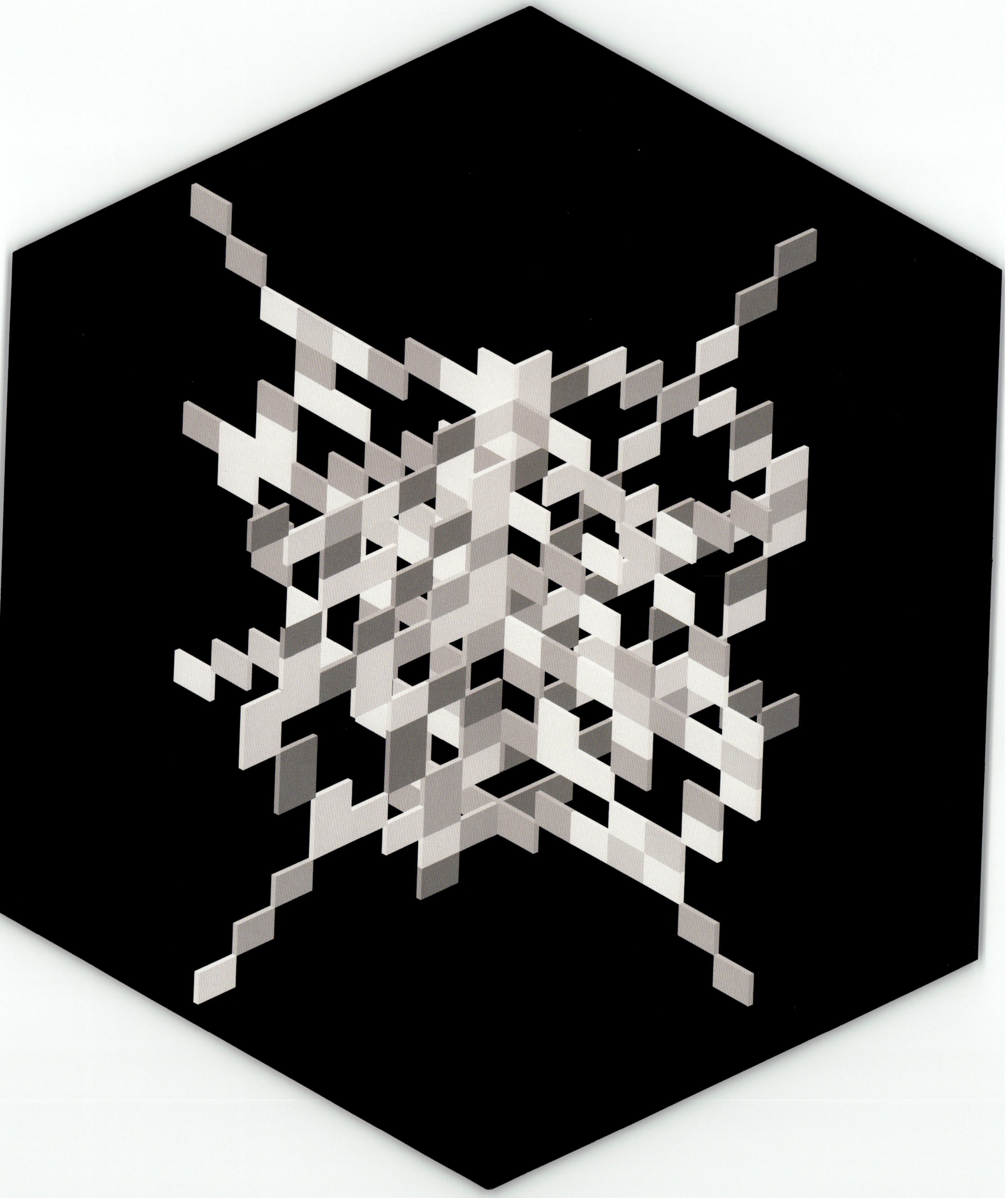

SPINNENNETZ

EXPLOSIONSWIDERSTAND 20
LUMINESZIEREND
STAPELBAR 64
TRANSPARENT
ENTZÜNDLICH
PHYSIKALISCH
AUSBEUTE

VORKOMMEN
Spinnennetze hängen wild verteilt in verlassenen Stollen und Festungen.

FUNKTION
Sie eignen sich hervorragend als Dekoration in verwunschenen Häusern, lassen sich jedoch im Überlebensmodus nicht einsammeln und platzieren.

VERHALTEN
Nahezu alles und jeder wird durch Spinnennetze verlangsamt. Auch du wirst genauso wie die Mobs abgebremst, und zwar auf 15 % der normalen Fortbewegungsgeschwindigkeit. Fallende Blöcke bleiben in Spinnennetzen hängen und werden nach 4 Sekunden zerstört. Fliegende Pfeile und Loren durchringen die Fäden der Netze aber mühelos.

EXPERTENRAT
Über gefrorenem Wasser bremst ein Spinnennetz noch mehr. Um die größtmögliche Bremswirkung zu erzielen, streust du Seelensand (136–139) auf die Oberfläche von Eisblöcken (40–41) und platzierst darüber Spinnennetze.

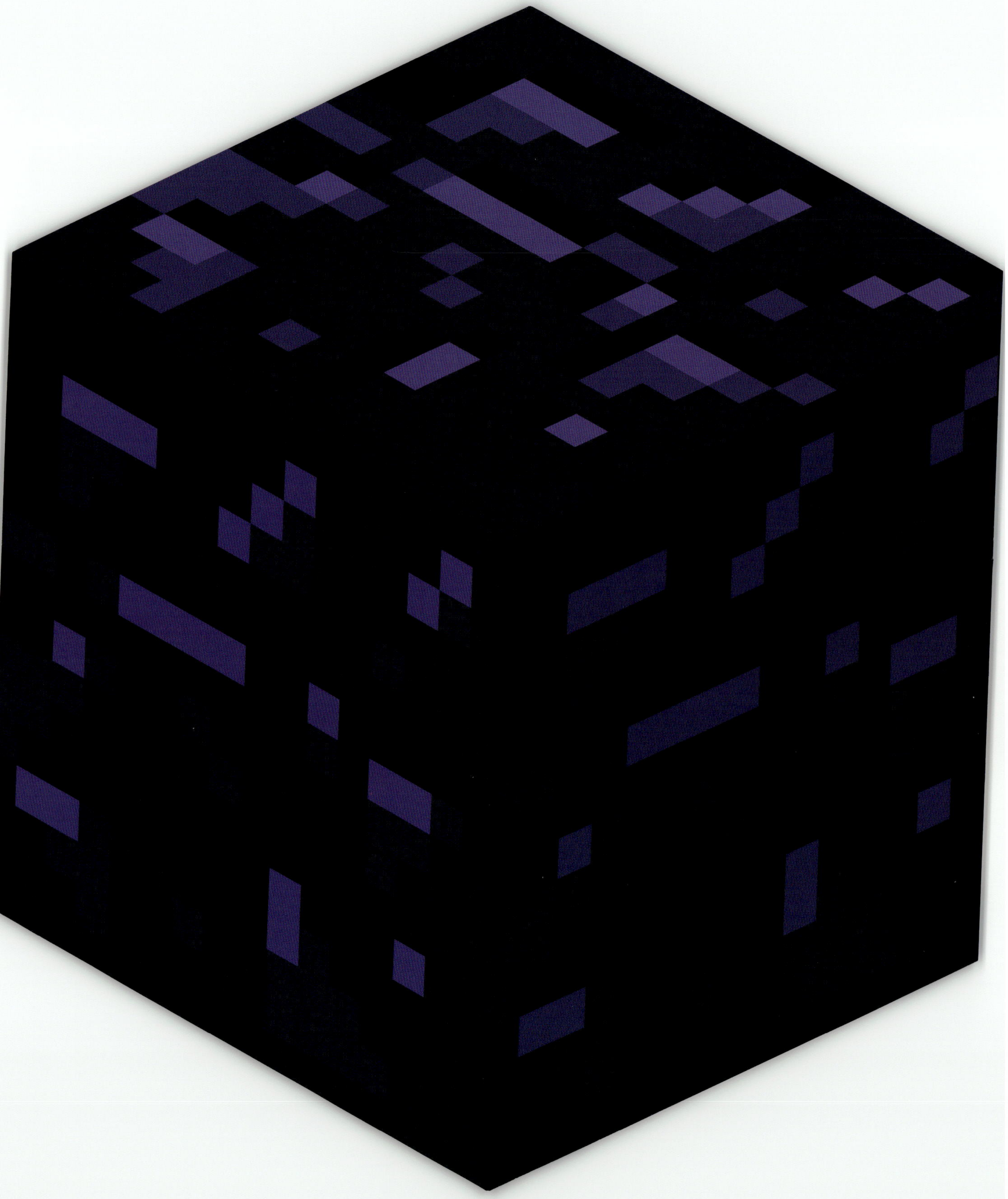

OBSIDIAN

VORKOMMEN

Obsidian ist in der Oberwelt extrem rar. Er entsteht nur, wenn Wasser (120–121) auf einen Lava-Quellblock trifft. Die Suche nach Obsidian bedingt somit die gefährliche Jagd nach unterirdischen Lavaquellen (122–125). Mit etwas Glück findest du Obsidianstapel in den Truhen eines Dorfes. Am Ende wirst du auf die geheimnisvollen Obsidianpfeiler stoßen.

EIGENSCHAFTEN

Nach dem Grundgestein ist Obsidian der härteste Block in der Welt von Minecraft. Es dauert über 4 Minuten, einen Obsidianblock mit etwas anderem als einer Diamant-Spitzhacke abzutragen. Doch selbst mit dem richtigen Werkzeug brauchst du noch geschlagene 10 Sekunden – es sei denn, deine Diamant-Spitzhacke ist mit einer Verzauberung der Effizienz versehen. Achtung: Verwendest du zum Zerstören etwas anderes als eine Diamant-Spitzhacke, bleibt kein Obsidian zurück.

Obsidian hat einen sehr hohen Explosionswiderstand. Er lässt sich nur durch etwas vergleichsweise Aufwändiges sprengen, wie zum Beispiel den magischen blauen Schädel eines Witherskeletts.

FUNKTION

Wozu brauchst du eigentlich Obsidian? Sofern du genügend davon einsammeln kannst, ist er ein superhartes Baumaterial für den Einsatz in Schutzbunkern. Zum

anderen brauchst du Obsidian für die Errichtung eines Netherportals (130–133). Dazu fügst du einen Rahmen aus mindestens 4 mal 5 Obsidianblöcken zusammen und entzündest in der Mitte ein Feuer. Ferner brauchst du ihn für die Herstellung eines Zaubertisches (226–229), einer Endertruhe (212–213) und eines Leuchtfeuers (240–243) – alles hilfreiche Gegenstände, die dir dein Leben erleichtern.

ZUSATZINFORMATION

Die Zähigkeit von Obsidian macht ihn zu einem großartigen Baumaterial, um wichtige Orte und Objekte vor Explosionen und diebischen Mitspielern zu schützen. Wenn er nur nicht so schwer zu beschaffen wäre …

EXPERTENRAT

Beim Abbauen von Obsidian bist du zumeist von Lava umgeben und solltest sehr vorsichtig sein. Versuche immer erst einen Block abzubauen und kippe gleich danach Wasser auf die Lava, die sich darunter befindet. So hast du auf jeden Fall einen sicheren Block, auf dem du stehen und von dem aus du die anderen Obsidianblöcke gefahrlos abbauen kannst.

MONSTER-SPAWNER

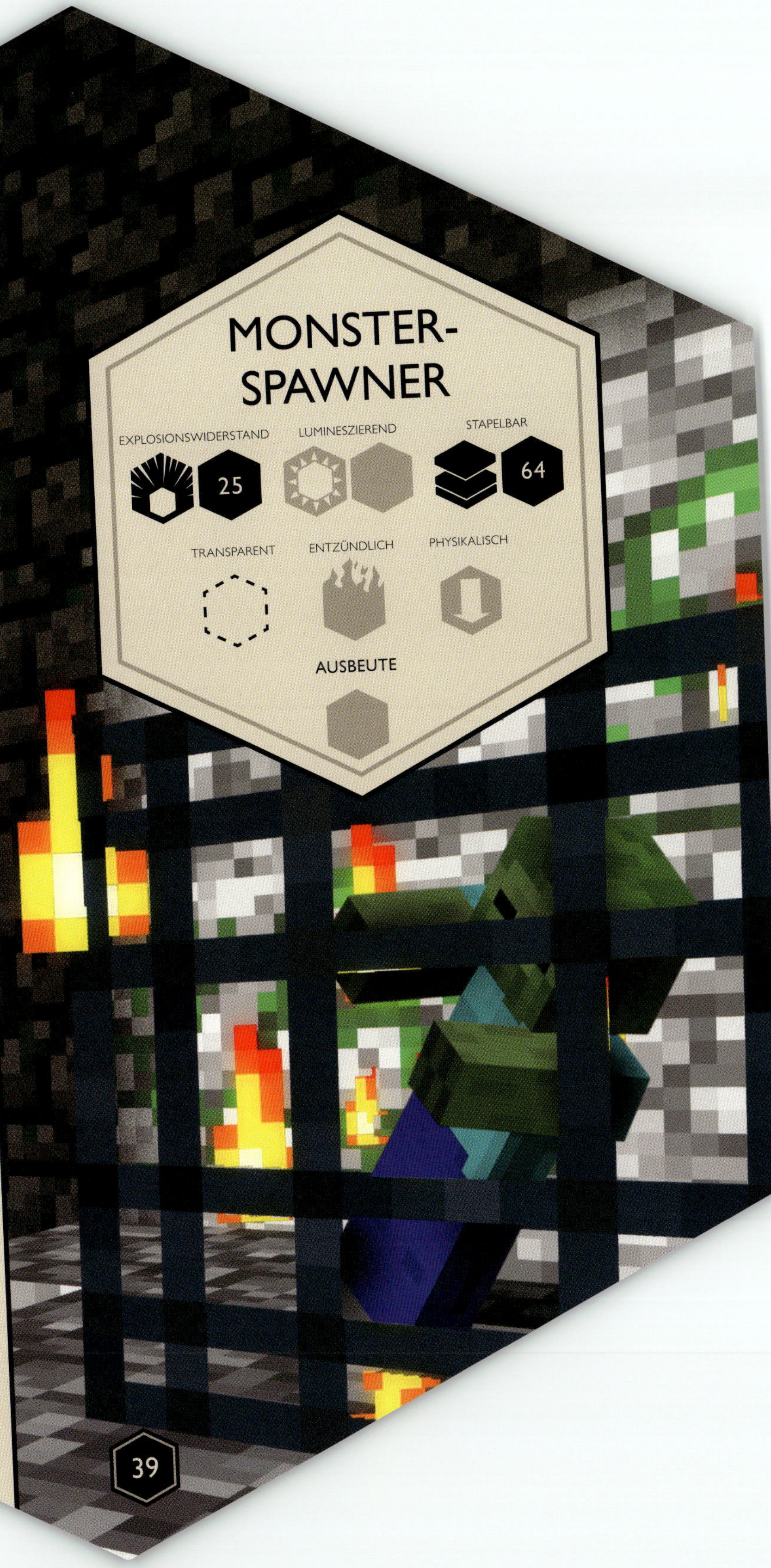

VORKOMMEN
Beim Erforschen der Verliese, verlassenen Stollen, Festungen und Netherfestungen triffst du zwangsläufig auf Monsterspawner und endlos aus ihnen schlüpfende Mobs.

FUNKTION
Spawner erschaffen in Verliesen Skelette, Spinnen und Zombies, während in Stollen aus ihnen ausschließlich Spinnen schlüpfen. In den Endportal-Räumen (236–239) der Festungen werfen sie Silberfischchen aus, im Nether speien sie Lohen.

VERHALTEN
Mobs erscheinen nur innerhalb von 8 Blöcken, wo spezielle Bedingungen erfüllt sind. Der Spieler darf maximal 16 Blöcke entfernt sein. Du kannst die Mobs beobachten, wie sie im Spawnerkäfig umherwirbeln, bis sie plötzlich auftauchen. Im Überlebensmodus kannst du Monsterspawner zerstören, aber nicht aufsammeln. Dafür hinterlassen sie Erfahrungspunkte.

WICHTIGE INFORMATION
Die meisten Spawner lassen sich deaktivieren, indem du ganz viele Fackeln um sie herum aufstellst.

EXPERTENRAT
Manchmal tauchen bis zu 4 Monster gleichzeitig auf, also sei auf der Hut!

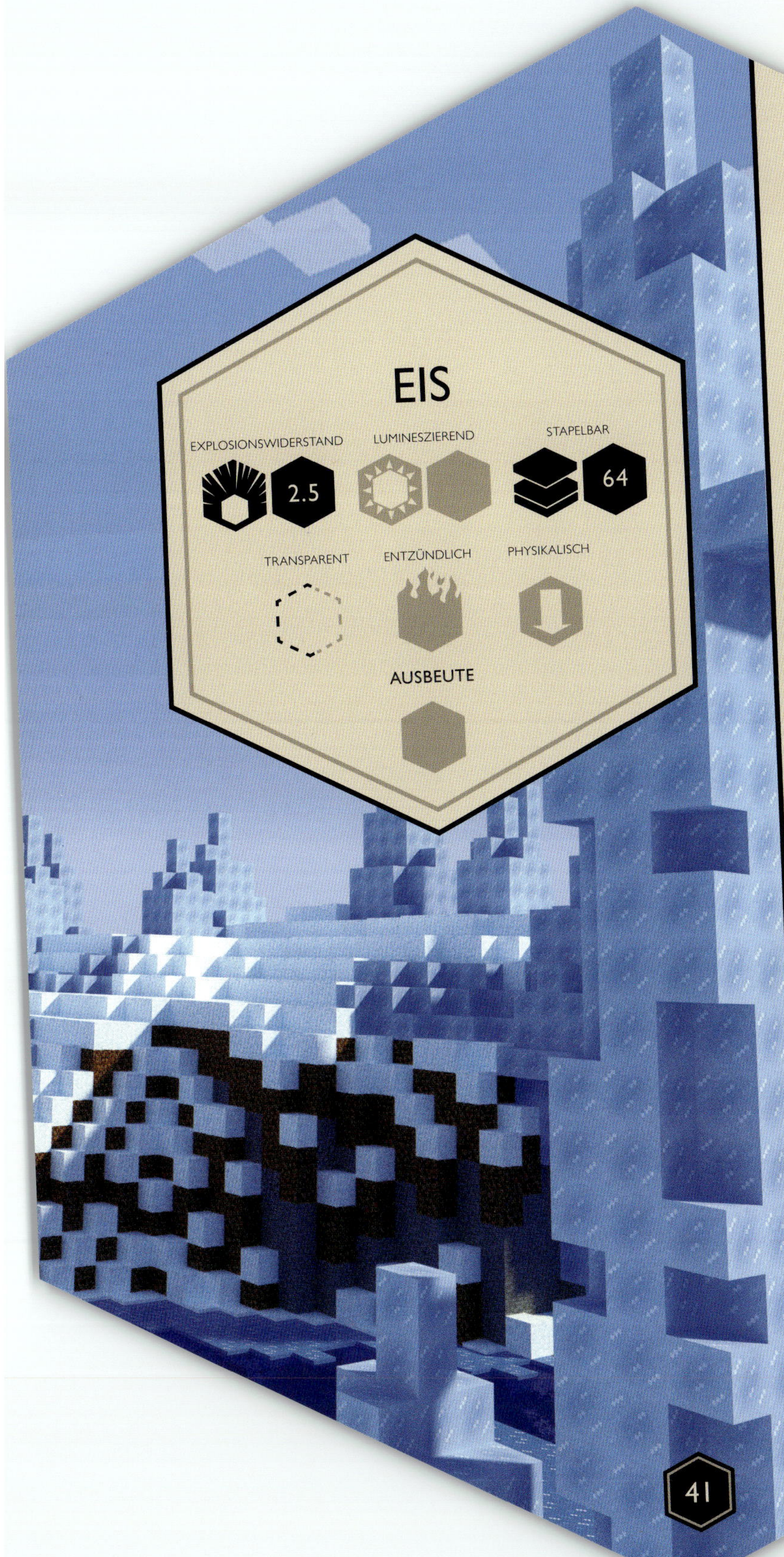

EIS

EXPLOSIONSWIDERSTAND: 2.5

LUMINESZIEREND

STAPELBAR: 64

TRANSPARENT

ENTZÜNDLICH

PHYSIKALISCH

AUSBEUTE

VERHALTEN

Eis ist zerbrechlich und glatt und formt sich in kalten Zonen über Wasser. Mithilfe der Verzauberung der Behutsamkeit lässt es sich aufsammeln. Bei Bestrahlung durch eine Lichtquelle (nicht durch die Sonne) mit einer Lichtstärke von 11 oder mehr verwandelt sich Eis in eine Wasserquelle (120–121). Es klingt verrückt, aber du kannst Eis mitten in einer Wüste platzieren, ohne dass es schmilzt. In einer Schneewelt dagegen reichen dafür schon ein paar in der Nähe aufgestellte Fackeln.

Objekte wie Wasser oder Spielerfiguren beschleunigen auf Eis. Daher kannst du Wasserrutschen einrichten, um abgeworfene Gegenstände oder abgebaute Blöcke schnell zu transportieren. Stufenblöcke auf Eis platziert gleiten ebenfalls.

VARIANTEN

Packeis formt sich regelmäßig in Tundra-Biomen. Es gleicht dem Eis in Form und Verhalten, ist aber nicht durchsichtig und schmilzt auch nicht in grellem Licht. Deshalb eignet es sich besonders für sicher ausgeleuchtete Transportsysteme.

ZUSATZINFORMATION

Eis entsteht nur, wenn ein solider Block angrenzt. Daher bildet es sich nie in der Mitte von Wasserstellen, sondern nur am Ufer.

TON

EXPLOSIONSWIDERSTAND 3

LUMINESZIEREND

STAPELBAR 64

TRANSPARENT

ENTZÜNDLICH

PHYSIKALISCH

AUSBEUTE

VORKOMMEN

Ton formt sich üblicherweise auf den Kies- und Sandbetten der Flüsse und Seen, wodurch er schwer zu finden ist. Das Schürfen ist aufwändig, da du dazu abtauchen musst. Nur selten formt sich Ton auch in Sandhügeln an der Oberfläche, also versuche dein Glück mit einer Schaufel. Ein abgegrabener Tonblock hinterlässt 4 Tonklötze.

FUNKTION

Ton kannst du brennen, färben und Ziegel (168–169) daraus herstellen. Ziegel sehen besser aus als gewöhnlicher Stein und verleihen einem Bauwerk den letzten Schliff. Doch dafür musst du Ton erst in großen Mengen beschaffen …

HERSTELLUNG

4 Tonklötze lassen sich zu einem Tonblock kneten.

VARIANTEN

Gebrannter Ton entsteht beim Schmelzen eines Tonblocks.

Der gebrannte Ton besitzt den gleichen Explosionswiderstand wie Stein, nämlich 30. Außerdem sieht er schick aus und ist ein nützliches Baumaterial. Erstaunlicherweise findest du ihn oft in Tafelbergen, wo er auf natürliche Weise entsteht.

Und jetzt wird es noch besser: Du kannst gebrannten Ton in 16 verschiedene Farben einfärben, von Orange bis Cyan. Allein das rechtfertigt doch die mühsame Jagd nach Ton, oder?

EXPERTENRAT

Solltest du bei der Suche nach Ton Probleme haben, denke daran, dass Ton etwas heller als Stein ist. Benutze ein Boot, um ihn von der Wasseroberfläche aus zu entdecken, bevor du zu graben anfängst. Das ist in der Regel leichter, als die Ufer nach Ton abzusuchen. Außerdem kommt Ton in Sumpfbiomen häufiger vor als anderswo.

Um ein ganzes Haus aus Ton zu errichten, legst du den Grundstein besser in der Nähe eines Flussbettes, um dir das Schürfen zu erleichtern.

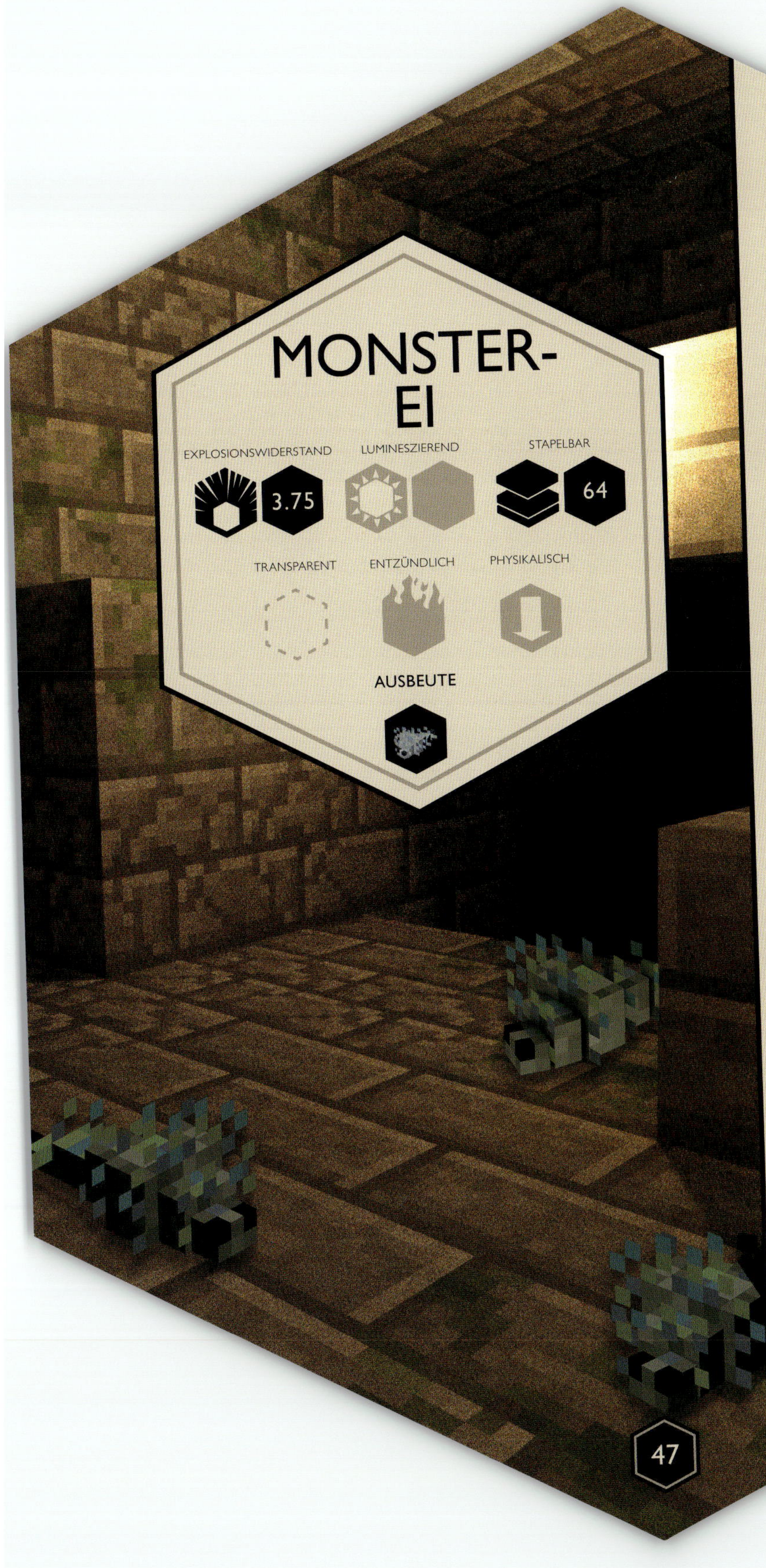

MONSTER-EI

EXPLOSIONSWIDERSTAND	LUMINESZIEREND	STAPELBAR
3.75		64

TRANSPARENT	ENTZÜNDLICH	PHYSIKALISCH

AUSBEUTE

VORKOMMEN

Monstereier kommen in Festungen und extremen Berglandschaften vor. Achtung Falle: Sie sehen wie ganz normaler Stein (12–15) oder Bruchstein (20–23) aus!

FUNKTION

Im Block verbergen sich 4 Silberfischchen, die herausspringen und dich sofort angreifen, wenn der Block zerstört wird. Schlimmer noch: Wenn du sie durch deine Attacke zurückwirfst, können sie ein anderes Monsterei beschädigen und noch mehr Silberfischchen auf den Plan rufen, bis dich letztendlich eine ganze Meute überrennt.

VERHALTEN

Du kannst der Gefahr durch Monstereier aus dem Weg gehen, indem du die Finger von Blöcken lässt, deren Abbau mit der Spitzhacke verdächtig lang dauert. Schwieriger wird es, wenn du mit der Hand gräbst, weil sie dann schneller zerbrechen. Aber nicht genug: Jedes Silberfischchen, das dir entkommt, verkriecht sich unter Stein und verwandelt den Block in ein Monsterei.

ZUSATZINFORMATION

Gräbst du mit einer Verzauberung der Behutsamkeit an einem Monsterei, hinterlässt es die Blocksorte, als die es die Silberfischchen getarnt hatten.

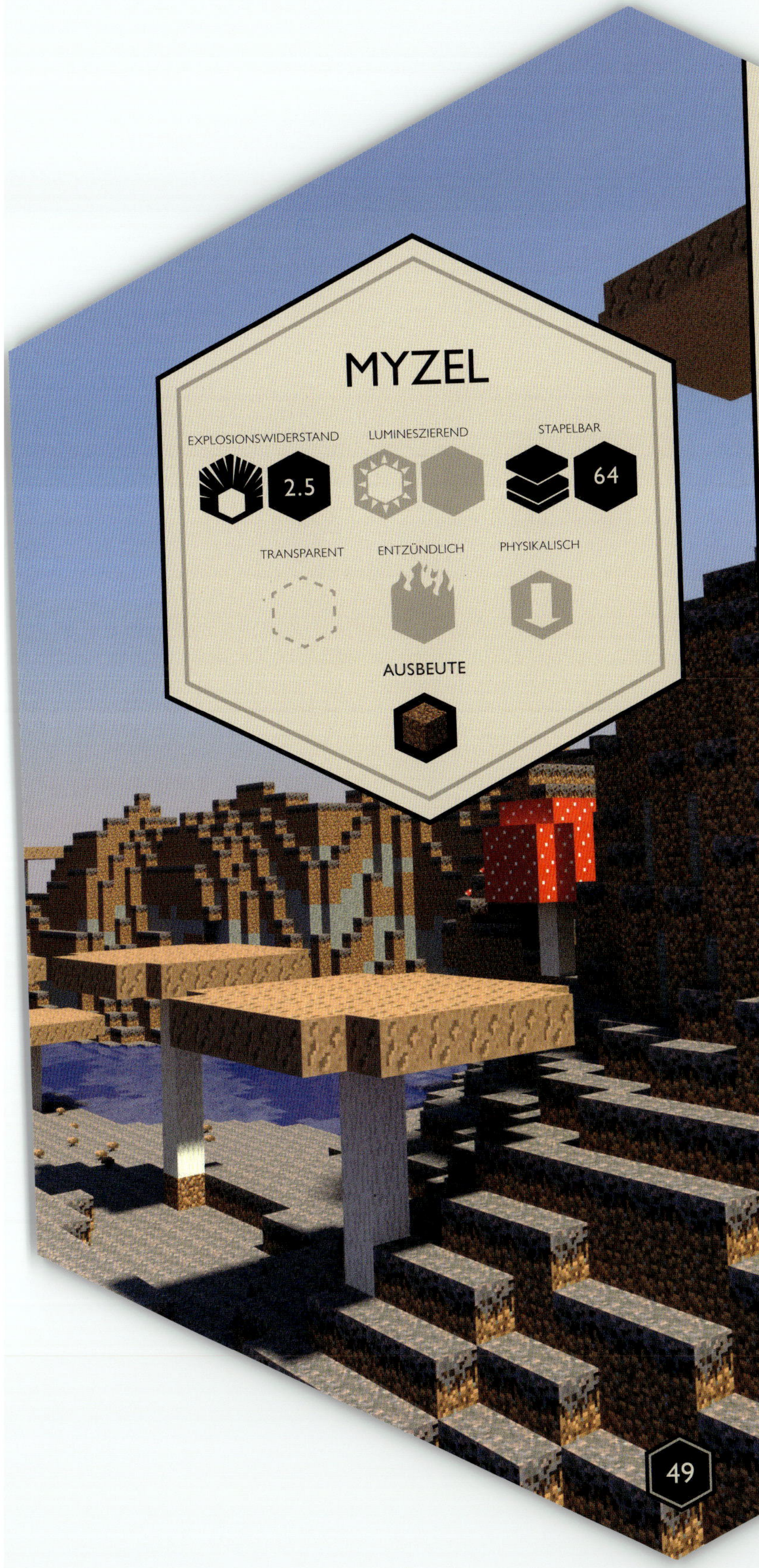

MYZEL

EXPLOSIONSWIDERSTAND 2.5

LUMINESZIEREND

STAPELBAR 64

TRANSPARENT

ENTZÜNDLICH

PHYSIKALISCH

AUSBEUTE

VORKOMMEN

Diese Sorte des Erdblocks kommt nur auf den raren Pilzinsel-Biomen vor.

FUNKTION

Pilze gedeihen auf Myzel schneller als auf jedem anderen Untergrund, und sie tun es auch bei hellerer Lichtstufe.

VERHALTEN

Myzel verhält sich wie Gras (16–17), da es sich nur unter Verwendung einer Verzauberung der Behutsamkeit abtragen lässt. Ansonsten erhältst du lediglich einen Erdblock. Es breitet sich auch über angrenzende Erde aus, wenn die Lichtstufe 9 oder mehr beträgt, und zieht sich zurück, wenn sie unter 3 sinkt.

Mit Myzel verseuchte Erde lässt sich nicht in Ackerland (176–179) umwandeln oder mit Setzlingen (82–83), Blumen (92–95), Melonen (108–109) oder Kürbissen (106–107) bepflanzen.

EXPERTENRAT

Willst du gleich ein Pilzinsel-Biom sehen, tippe im Welt-Seed-Generator „lost“ ein. Du wirst unmittelbar in der Nähe einer wunderschönen Pilzinsel landen.

VORKOMMEN

Prismarin ist ein steinartiges Material am Grund tiefer Ozeane, das in Version 1.8 eingeführt wurde. Auf dem Meeresgrund findest du Säulen und Mauern, die zu gewaltigen Tempelanlagen gehören und überwiegend aus Prismarin bestehen.

EIGENSCHAFTEN

Mit einem Trank der Nachtsicht oder einem Glowstone (140-141) im Gepäck wirst du feststellen, dass Prismarin Bruchstein (20–23) recht ähnlich sieht. Allerdings schimmert er wie Perlmutt abwechselnd bläulich, grünlich, grau oder violett. Prismarin verhält sich auch wie Bruchstein: Er besitzt denselben Explosionswiderstand, und du benötigst eine Spitzhacke zum Abbauen.

FUNKTION

Durch seine eigentümliche Farbe eignet sich Prismarin auch als Baumaterial. Er hebt sich auf dem Trockenen gut vom Hintergrund ab – eine willkommene Abwechslung zu Bruchsteinbauten.

HERSTELLUNG

Ein Prismarinblock lässt sich aus 4 Prismarinsplittern erzeugen. Diese werden von zerstörten Wächtern hinterlassen. Allerdings musst du eine Menge Wächter besiegen, um ein respektables Bauwerk aus Prismarin errichten zu können.

VARIANTEN

Der Prismarinziegel ist eine glatte Prismarinvariante und wird häufig in den unterseeischen Monumenten verwendet, meist für tragende Säulen und Zierwerk. Er lässt sich mit einer Spitzhacke abbauen oder aus 9 Prismarinscherben herstellen.

Dunkler Prismarin wird üblicherweise als Dekoration an Außenwänden verwendet. Wenn du einen größeren Klotz im Zentrum der Anlage entdeckst, weißt du, dass du auf Gold gestoßen bist. Dunkle Prismarinblöcke umgeben nämlich die Goldblöcke im Herzen der Schatzkammer. Zum Abbauen benötigst du eine Spitzhacke, aber er lässt sich auch aus 8 Prismarinscherben und einem Tintenbeutel (wird beim Ableben von Tintenfischen hinterlassen) herstellen.

ZUSATZINFORMATION

Prismarin wurde von einem Minecraft-Reddit-User benannt. AjaxGb reagierte auf eine Frage von Jeb nach einem Namen für seinen neuen Unterwasserstein. Er erfand eine Kombination aus dem Wort „Prisma" (ein Körper, der weißes Licht in seine Spektralfarben zerlegt) und „marine" (Dinge, die zum Meer gehören). Clever, oder?

SEELATERNE

EXPLOSIONSWIDERSTAND	LUMINESZIEREND	STAPELBAR
1.5	15	64

TRANSPARENT ENTZÜNDLICH PHYSIKALISCH

AUSBEUTE

VORKOMMEN

Wie ihr Name schon verrät, sind Seelaternen lumineszierende Blöcke. Man findet sie in Monumenten am Meeresboden.

FUNKTION

Nutzen ziehst du vor allem aus ihrem schauerlichen Licht, in das sie die Unterwasseranlage tauchen. Wie Glowstone (140–141) besitzen sie eine Leuchtkraft von 15 – die höchste Lichtstufe. Solange du keinen Trank der Nachtsicht zu dir genommen oder Glowstone-Blöcke rings um das Monument platziert hast, sind Seelaternen in den Tiefen der Ozeane die einzigen Lichtquellen weit und breit.

VERHALTEN

Wenn du Seelaternen mit einer Verzauberung der Behutsamkeit abbaust, hinterlassen sie sich selbst, ansonsten bleiben 2 bis 3 Prismarinkristalle zurück.

HERSTELLUNG

Seelaternen stellst du aus 5 Prismarinkristallen und 4 Prismarinscherben her. Beide Rohstoffe werden als Beute von Wächtern und Erzwächtern hinterlassen.

SCHWAMM

EXPLOSIONSWIDERSTAND 3

LUMINESZIEREND

STAPELBAR 64

TRANSPARENT

ENTZÜNDLICH

PHYSIKALISCH

AUSBEUTE

VORKOMMEN

Schwämme kommen auf natürliche Weise in Unterwassermonumenten vor.

FUNKTION

Schwämme haben die interessante Eigenschaft, anliegendes Wasser (120–121) aufzusaugen. Ein Schwamm hindert also Griefer daran, dein Haus zu überfluten. Außerdem sehen sie hübsch aus und könnten aufgrund ihrer Farbe und der dunklen Löcher glatt als dicker Käselaib durchgehen. Und wer will sein Haus nicht in Form eines Käsemonds bauen oder eine riesige Katzenstatue aus Emmentaler errichten?

VARIANTEN

Ein Schwamm wird zu einem nassen Schwamm, wenn er Wasser aufnimmt. Nasse Schwämme werden auch von Erzwächtern hinterlassen. Im Ofen kannst du nasse Schwämme wieder trocknen.

LUFT

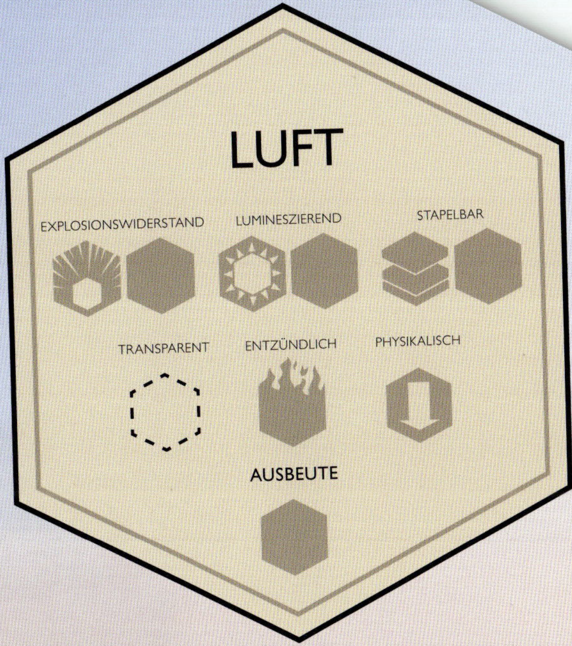

FUNKTION

Luft umgibt uns ständig. Doch du kannst keine Luftblöcke setzen oder abbauen, geschweige denn sie in deinem Inventar ablegen. Du kannst sie eigentlich nicht einmal sehen. Wofür sind sie dann überhaupt gut?

Man könnte Luft auch als die Antimaterie des Minecraft-Universums bezeichnen. Luft zerstörst du, indem du einen anderen Block an ihre Stelle setzt – egal ob Erde, deine Werkbank oder einen Endstein. Im Umkehrschluss erschaffst du Luft, wenn du einen Block zerstörst. Sie repräsentiert somit schlicht die Umkehrung aller Minecraft-Physik.

Luft ist dennoch nicht nutzlos! Bleibt ein fallender Block aus Kies oder Sand auf deinem Kopf stecken oder geht dir unter Wasser die Atemluft aus, sinkt deine Gesundheitsleiste um ein Herz pro Sekunde. Du kannst dem Erstickungstod nur entkommen, indem du deinen Kopf wieder in Luft hältst.

TRIVIALWISSEN

Notch programmierte die Luft ursprünglich als Nulleinheit, was aber das Spiel zum Absturz bringen konnte. Dinnerbone kam auf die Idee, der Luft den Blockstatus zu verleihen. Mit einem verzwickten Trick konnte man sogar Luft im Inventar platzieren. Aber das war ziemlich wahnwitzig und geht jetzt nicht mehr.

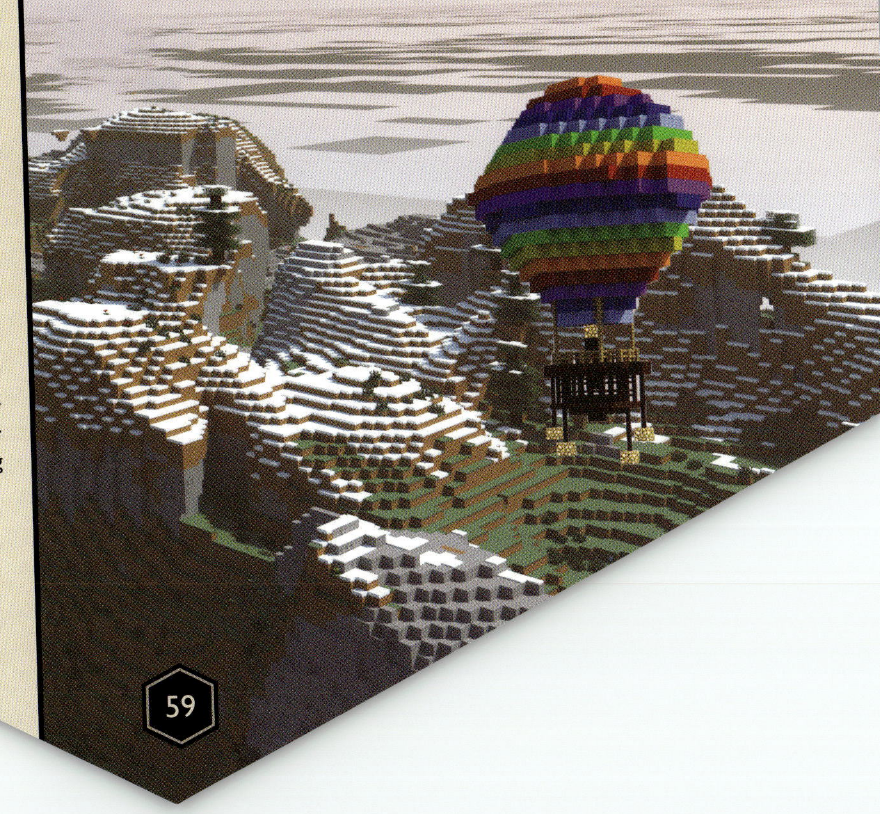

ERZE
UND MINERALIEN

GOLDERZ

EXPLOSIONSWIDERSTAND 15

LUMINESZIEREND

STAPELBAR 64

TRANSPARENT

ENTZÜNDLICH

PHYSIKALISCH

AUSBEUTE

VORKOMMEN

Gold ist selten, kostbar und unglaublich nützlich. Du findest es tief unter der Erde in den untersten 32 Schichten. So tief zu graben kann frustrierend sein, aber tröste dich: In jedem beliebigen Quader aus 16 mal 16 mal 16 Blöcken innerhalb der entsprechenden Schichten lassen sich durchschnittlich 6 Golderzblöcke finden.

FUNKTION

Gold zu fördern ist jede Mühe wert. Schmilz das Erz in einem Ofen zu Goldbarren, und du wirst eine Menge wichtiger Gerätschaften herstellen können: sensible Werkzeuge zum schnellen Abbauen, hilfreiche Uhren und sogar Antriebsschienen (268–271).

HERSTELLUNG

Aus 9 Goldbarren kannst du einen dekorativen Goldblock zusammensetzen – eine praktische Methode, um Gold raumsparend zu lagern.

Achte darauf, Goldblöcke mit einer Stein-Spitzhacke oder einem hochwertigeren Werkzeug abzubauen, sonst bleibt nach dem Zerstören nichts zurück.

Wenn du einen Goldbarren in eines deiner Werkbankfächer legst, erhältst du 9 Goldklumpen. Mit diesen lassen sich Karotten und Melonen vergolden.

TRIVIALWISSEN

Seltsamerweise lässt sich Gold als einziges Material nicht mit einem Werkzeug abbauen, das aus demselben Material besteht. Mit einer Gold-Spitzhacke kannst du nur Steinkohle (68–71) und Netherquarzerz (146–147) schürfen.

ZUSATZINFORMATION

Aus Goldblöcken lassen sich verzauberte Äpfel herstellen. Dazu brauchst du 72 Goldbarren – eine sehr kostspielige Investition, die aber den Aufwand wert ist. Verzauberte Äpfel verleihen beim Verzehr eine Menge hilfreicher Kräfte, unter anderem Regeneration und Resistenz gegen Feuer.

EISENERZ

EXPLOSIONSWIDERSTAND 15

LUMINESZIEREND

STAPELBAR 64

TRANSPARENT

ENTZÜNDLICH

PHYSIKALISCH

AUSBEUTE

VORKOMMEN

Eisenerz bildet sich in den unteren 64 Schichten. Du kannst es bereits unterhalb der Grasnarbe finden, außer in den Bergen. Ab einer Tiefe von 5 bis 40 Blöcken sind 1,3 % aller Blöcke aus Eisenerz. Sie verteilen sich auf Adern, die zwischen 4 und 10 Blöcke ins Gestein hineinreichen. Grabe also großzügig, um keinen Erzblock zu verpassen.

HERSTELLUNG

Eisen lässt sich nach dem Schmelzen zu sehr haltbaren Werkzeugen und Rüstungen verarbeiten, die nur noch durch die Verwendung von Diamanten übertroffen werden. Eisenbarren dienen zur Herstellung von Kompassen, Schienen (268–271), Kolben (262–263) und Loren.

EXPERTENRAT

Ein neugieriger Höhlenforscher trifft schneller auf freiliegendes Eisenerz an Wänden und Decken als der eifrigste Gräber.

TRIVIALWISSEN

Eisen ist die gebräuchlichste Zutat aller Minecraft-Rezepte: Es wird für 27 Gegenstände benötigt.

STEINKOHLE

EXPLOSIONSWIDERSTAND 15

LUMINESZIEREND

STAPELBAR 64

TRANSPARENT

ENTZÜNDLICH

PHYSIKALISCH

AUSBEUTE

VORKOMMEN

Kohle, die du aus Steinen herausklopfen kannst, findest du in beliebiger Höhe eingeschlossen in Steinkohlenblöcken. Manche zeigen sich an der Oberfläche, in Felswänden und Klippen.

FUNKTION

Du brauchst Kohle für die Herstellung von Fackeln und als Brennmaterial im Ofen zum Kochen und Schmelzen. Also sammle so viel, wie du kannst! Für jedes abgebaute Stück Kohle erhältst du wichtige Erfahrungspunkte. Kohlenerz hinterlässt beim Zerstören 9 Kohlenstücke, wovon ein einziges bis zu 8 Gegenstände im Ofen schmelzen kann.

HERSTELLUNG

Ein Stück Kohle und ein Stock ergeben 4 Fackeln.

Aus 9 Kohlenstücken kannst du einen Kohlenblock zusammensetzen. Das klassische Schwarz ist ideal für düster dekorierte Fassaden. Der Kohlenblock schmilzt außerdem bis zu 80 Gegenstände im Ofen statt der regulären 72 aus 9 unverarbeiteten Kohlenstücken.

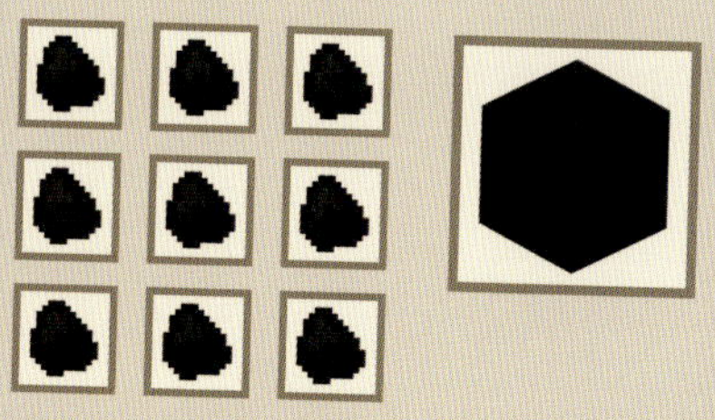

Stell dir vor, du hast 576 Stück Kohle herumliegen: Setze sie zu 64 Kohlenblöcken zusammen und stopfe damit deinen Ofen! Mehr geht nicht gleichzeitig hinein, aber du musst erst in einer Ewigkeit wieder nachlegen. Genieße den Tag!

WICHTIGE INFORMATION

Holzkohle ist genauso effizient, aber aufwändiger zu gewinnen als Steinkohle, weil du dazu Holzblöcke im Ofen schmelzen musst. Trotzdem ist sie am Anfang des Spiels gut geeignet als leicht zugängliches Brennmaterial, bevor du deine ersten Steinkohlevorkommen findest.

TRIVIALWISSEN

Mit der Verzauberung der Behutsamkeit lassen sich Steinkohlenblöcke aufsammeln und zu Kohlen schmelzen.

ZUSATZINFORMATION

Die im Nether ansässigen Witherskelette hinterlassen bei ihrem Ableben manchmal ein Stück Kohle. Auch wenn das eine Seltenheit ist, macht es Kohle doch zu einem „nachwachsenden" Rohstoff.

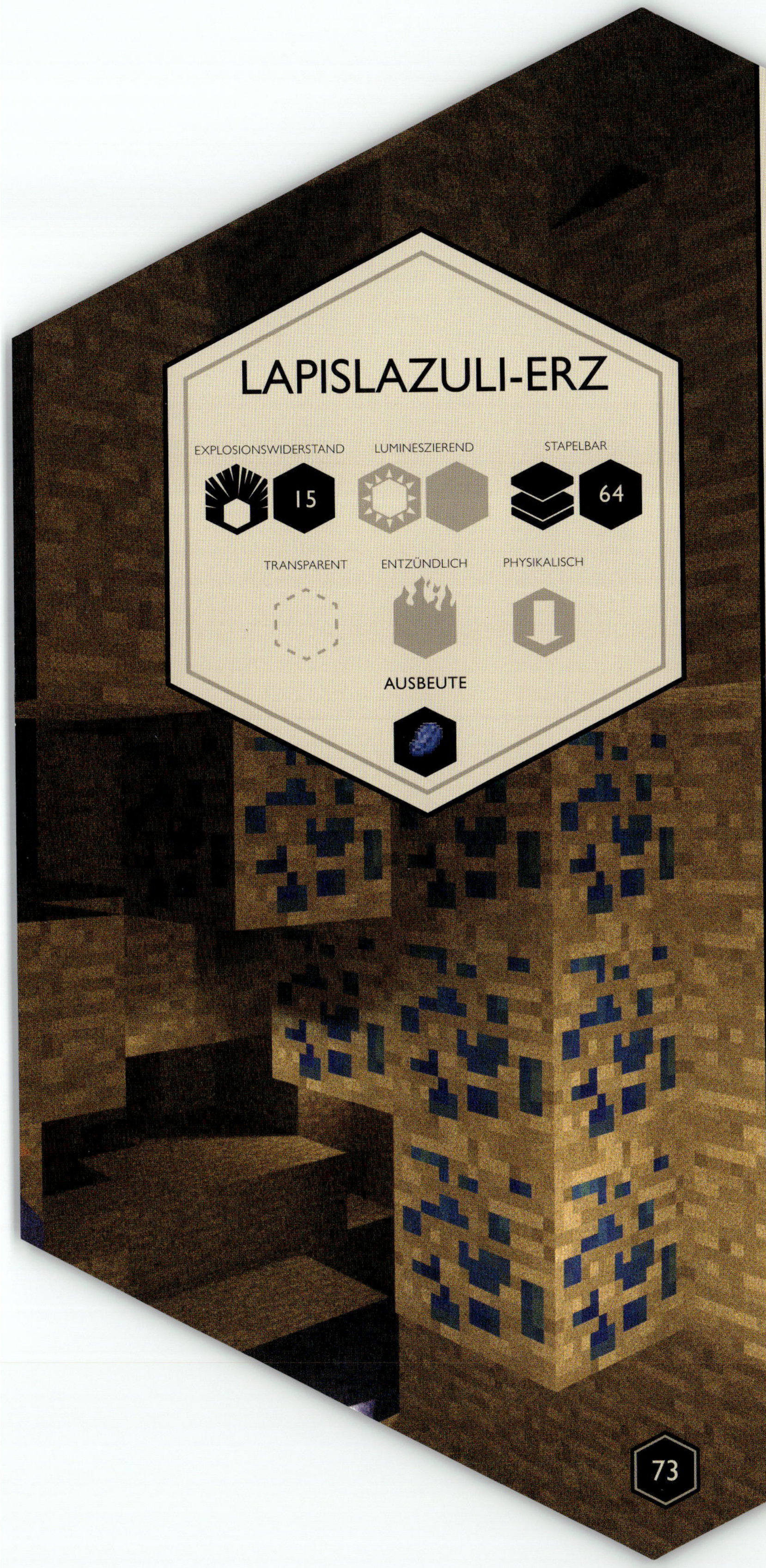

LAPISLAZULI-ERZ

EXPLOSIONSWIDERSTAND 15

LUMINESZIEREND

STAPELBAR 64

TRANSPARENT

ENTZÜNDLICH

PHYSIKALISCH

AUSBEUTE

VORKOMMEN

Lapislazuli taucht in Tiefen von 31 und weniger Blöcken über der Grundgesteinsebene auf. Am häufigsten zwischen der 13. und 16. Schicht, doch selbst dort ist es selten. Lapislazuli ist in etwa 1,1-mal so häufig wie Diamanterz, mit 3,43 Blöcken pro Chunk (Teilbereich 16 mal 16 Blöcke groß und 256 Blöcke hoch).

FUNKTION

Lapislazulierz beglückt nicht nur Leute mit einem Faible für blaue Dinge. Es hilft dir auch beim Verzaubern.

HERSTELLUNG

Schürfst du mit etwas anderem als einer Gold-Spitzhacke, hinterlässt das Mineral 4 bis 8 Lapislazulibrocken, mit denen man blauen Farbstoff herstellen oder direkt Ton (42–45), Glas (158–161) und Wolle (162–165) färben kann.

Aus 9 Lapislazulibrocken kannst du einen Lapislazuliblock zusammensetzen. Er ist platzsparend in der Aufbewahrung und attraktiv als Dekoration.

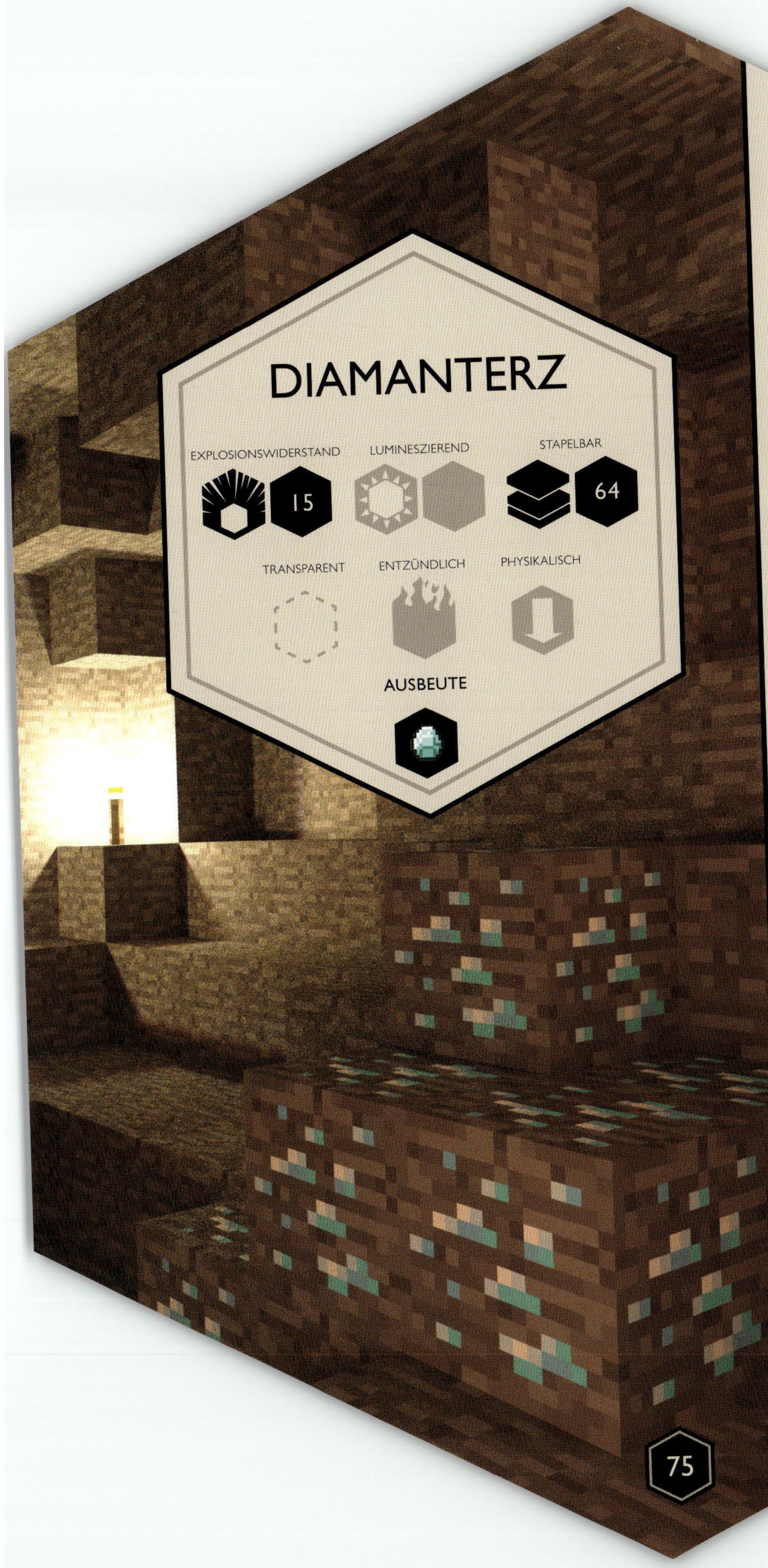

DIAMANTERZ

EXPLOSIONSWIDERSTAND 15

LUMINESZIEREND

STAPELBAR 64

TRANSPARENT

ENTZÜNDLICH

PHYSIKALISCH

AUSBEUTE

VORKOMMEN

Diamant ist eines der wichtigsten Elemente im Spiel. Unglücklicherweise auch eines der seltensten, da es nur in den untersten 15 Schichten vorkommt, und das auch nur mit einer Wahrscheinlichkeit von 1 zu 1182. Eine Spitzhacke aus Eisen oder Diamant ist notwendig, um den Edelstein aus dem Erzblock herauszulösen. Aber Diamanten lassen sich auch in den Truhen der Dörfer und in verlassenen Stollen finden.

FUNKTION

Unvergleichbar der Moment, in dem beim Graben etwas Bläuliches aufblitzt! Diamant ist nicht das wertvollste Erz, nur weil es schön und selten ist. Aus ihm lassen sich die haltbarsten und effizientesten Werkzeuge, Waffen und Rüstungen fertigen, und nur mit Diamant kannst du Plattenspieler (222–223), Zaubertische (226–229) und Feuerwerksraketen herstellen.

HERSTELLUNG

Solltest du glücklicher Besitzer einer großen Menge Diamanten sein, kannst du 9 davon zu einem Diamantblock zusammensetzen. Protzig!

REDSTONE-ERZ

EXPLOSIONSWIDERSTAND	LUMINESZIEREND	STAPELBAR
15	9	64

TRANSPARENT | ENTZÜNDLICH | PHYSIKALISCH

AUSBEUTE

VORKOMMEN

Redstone findest du in den untersten 16 Schichten. Grob geschätzt kommt ein Block Redstone-Erz auf 100 Blöcke Umgebungsmaterial. Du brauchst mindestens eine Eisen-Spitzhacke zum Schürfen. Aus einem Erzblock gewinnst du 4 bis 5 Blöcke Redstone-Staub.

FUNKTION

Redstone-Staub wird zu einer Redstone-Leitung (282–283), indem du ihn über nebeneinanderliegende Blöcke streust. Du brauchst den Staub außerdem für Redstone-Fackeln (278–281), Schienen (268–271), Uhrwerke, Kompasse und Kolben (262–263). Auch zum Brauen kannst du ihn verwenden. Er verlängert die Wirkung von Tränken. Ein Redstone-Block dient als mobile Energiequelle bei Redstone-Leitungen und Verstärkern (284–287).

ZUSATZINFORMATION

Wenn Redstone-Erz berührt oder bewegt wird, sendet es einen Partikeleffekt aus und leuchtet für 45 Sekunden schwach auf.

SMARAGDERZ

EXPLOSIONSWIDERSTAND 15
LUMINESZIEREND
STAPELBAR 64
TRANSPARENT
ENTZÜNDLICH
PHYSIKALISCH
AUSBEUTE

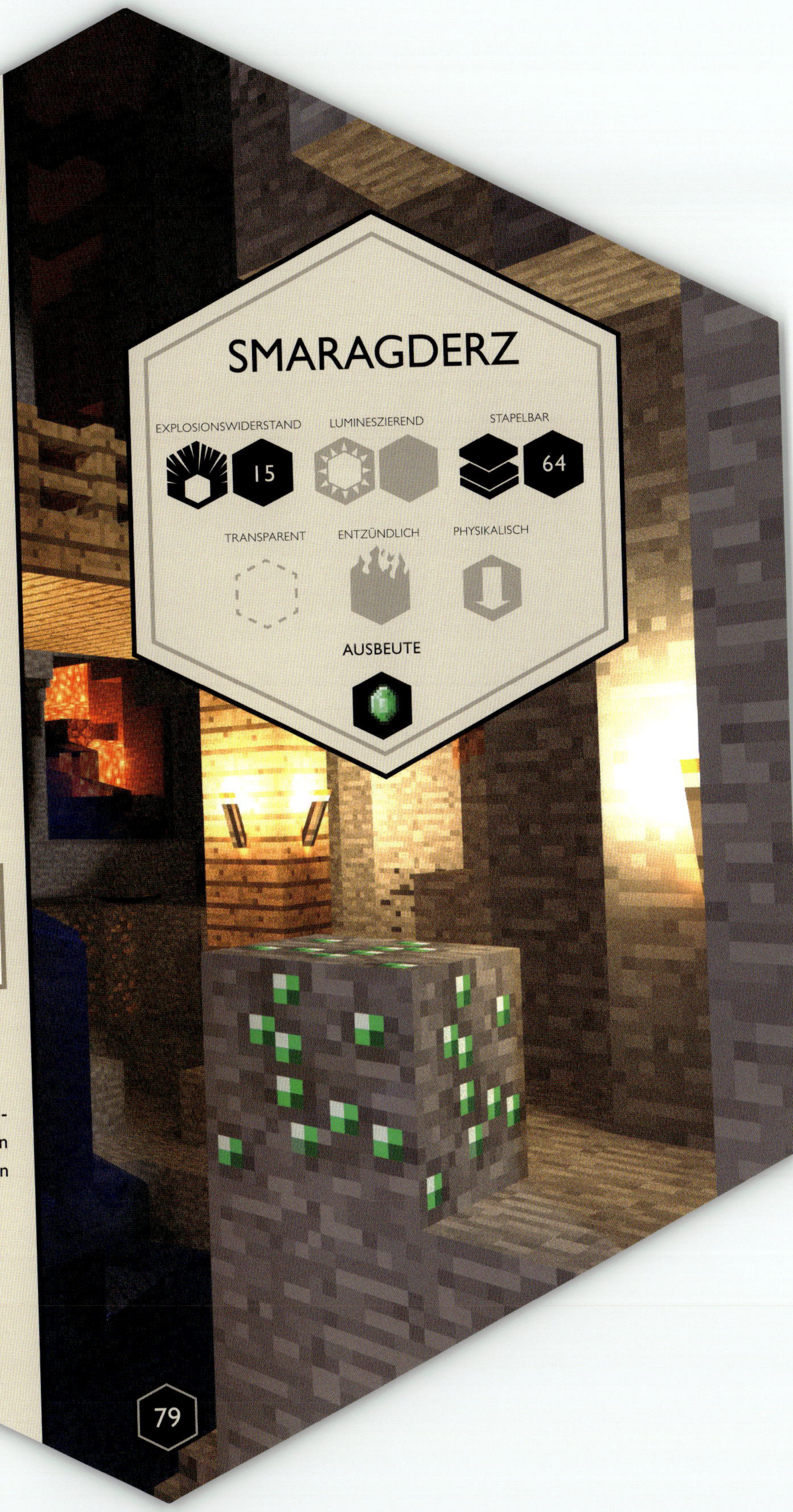

VORKOMMEN

Das seltenste Erz in Minecraft ist der grünliche Smaragd, der ausschließlich in extremen Bergbiomen in einer Tiefe von 4 bis 32 Blöcken über der Grundgesteinsebene vorkommt. Eine Smaragdader besteht aus einem einzigen Block und lässt sich nur mit einer Spitzhacke aus Eisen oder Diamant abbauen.

FUNKTION

Mit Smaragd kannst du nicht furchtbar viel herstellen, aber er ist sehr hilfreich als Währung beim Handel mit Dorfbewohnern. Wenn du einen Smaragdblock als Dekoration einsetzen willst, füge 9 Smaragde zu einem soliden Block zusammen. Außerdem lässt sich mit Smaragd ein Leuchtfeuer (240-243) erzeugen.

WICHTIGE INFORMATION

Extreme Bergbiome erkennt man an gewaltigen Bergmassiven, steilen Klippen und hohen Wasserfällen. Zudem haben sie mehr Höhlen als andere Biome.

PFLANZEN

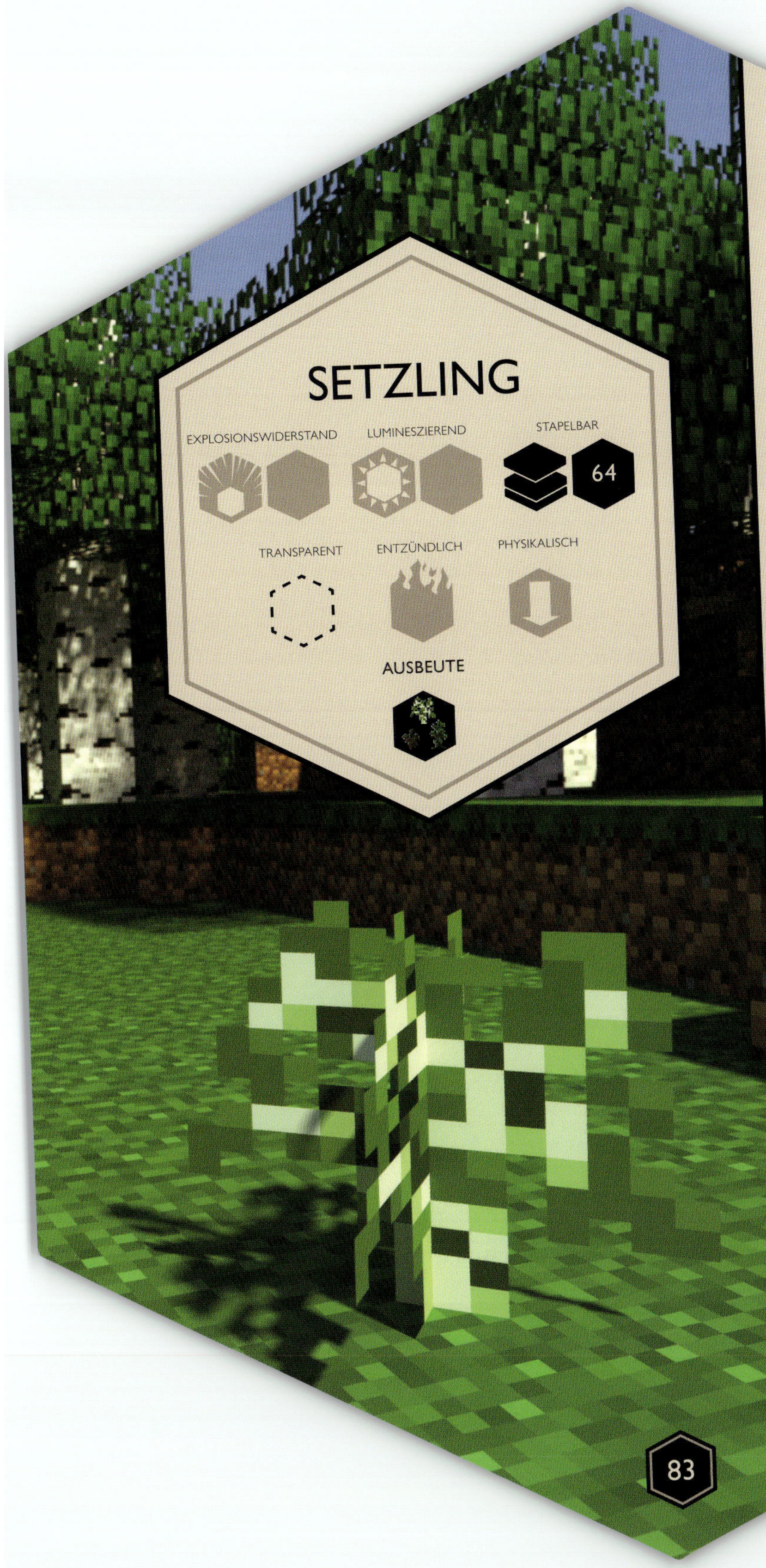

SETZLING

EXPLOSIONSWIDERSTAND
LUMINESZIEREND
STAPELBAR
TRANSPARENT
ENTZÜNDLICH
PHYSIKALISCH
AUSBEUTE

VORKOMMEN

Setzlinge fallen mit einer Chance von 1 zu 20 aus Blätterblöcken (88–89) heraus, wenn sich die Baumkrone auflöst oder du die Blöcke zerstörst. Man unterscheidet 6 Arten von Setzlingen und ordnet sie den jeweiligen Bäumen (84–87) zu.

KULTIVIERUNG

Pflanze einen Setzling in einer Umgebung mit einer Lichtstufe von mindestens 9 und viel Platz nach oben auf Gras (16–17), Erde oder Podsol (18–19). 6 freie Blöcke freier Raum über dem Setzling sind Voraussetzung für ungehindertes Wachstum, mit 10 oder mehr Blöcken ist das Wachstum optimal.

Fichten und Tropenbäume wachsen von allen Baumarten am höchsten. Wenn du möglichst viel Holz abbauen willst, pflanze 4 Setzlinge in einem Viereck nebeneinander. Sumpfbäume und die riesigen Versionen der Fichten und Birken lassen sich nicht aus Setzlingen züchten.

EXPERTENRAT

Es dauert 30 Minuten, bis aus einem Setzling ein neuer Baum wächst, doch mit Knochenmehl kannst du das Wachstum extrem beschleunigen. Das kann dich aber bis zu 4 Anwendungen kosten.

WICHTIGE INFORMATION

Blätter in der Luft hindern einen Setzling nicht am Wachstum, nur ungenügende Lichtverhältnisse oder zu wenig Raum.

VORKOMMEN

In Minecraft gibt es 6 verschiedene Holzsorten. Jede hat eine unterschiedliche Rinde und Holzfarbe.

Verwendest du als Baumaterial ungehobeltes Holz, möchtest du die verschiedenen Farbtöne der Rinde womöglich aufeinander abstimmen. Jede Sorte ist in anderen Biomen heimisch: Tropenholz wächst nur im Dschungel, Eiche gedeiht in Wäldern, Sümpfen, Tundra und Taiga, aber auch im Dschungel. Die Schwarzeiche findet man nur in dichten Wäldern.

FUNKTION

Holz ist ein entscheidender Rohstoff für deine ersten Schritte im Überlebensmodus. Du brauchst es zur Herstellung der ersten Werkzeuge und Gegenstände wie Werkbank (214–215) und Spitzhacke. Eigentlich kannst du Holz immer gebrauchen, egal wie weit fortgeschritten du im Spiel bist. Aus ungehobeltem Holz kannst du Holzbretter (154–157) zurechtsägen, die in vielen Rezepten zum Einsatz kommen. Besonders beim Graben in die Tiefe solltest du etwas Holz parat haben, um unterwegs Werkzeuge nachzuproduzieren.

Ganz nebenbei kannst du Holz wunderbar als Brennmaterial einsetzen, falls du keine Kohle findest. Platziere dazu einfach einen ungehobelten Holzblock unten in deinem Ofen und oben einen Block deiner Wahl, den du schmelzen möchtest.

EXPERTENRAT

Bäume kannst du auch mit den bloßen Fäusten abholzen, aber das dauert lange. Du rüstest dich besser so früh wie möglich mit einer Holzfälleraxt.

TRIVIALWISSEN

Jeder Baum ist einzigartig – von der Birke mit ihrer weißen Rinde über den Tropenbaum, der ganze 32 Blöcke in die Höhe schießen kann, bis hin zur Akazie, deren Stamm auch mal schräg wächst.

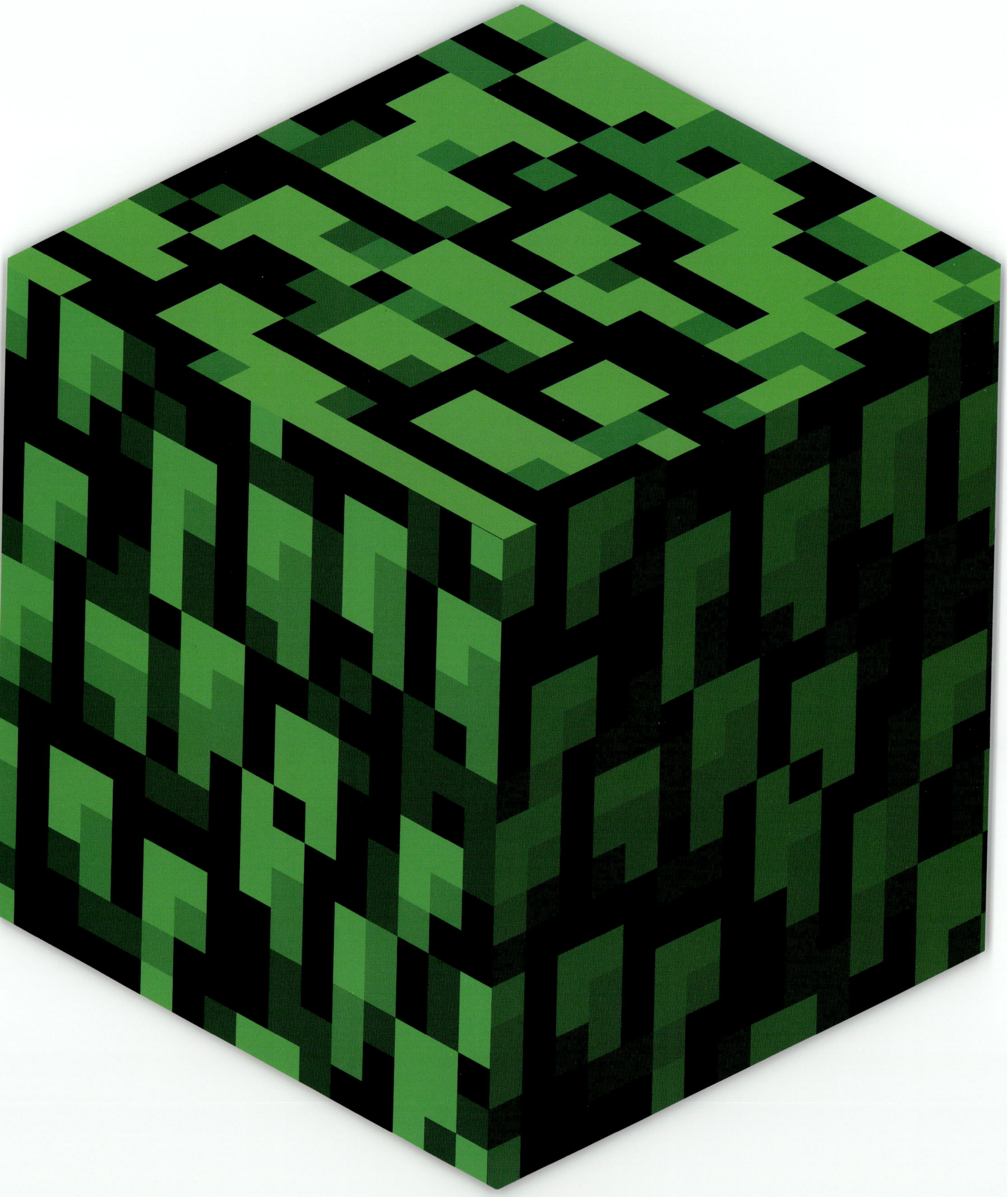

BLÄTTER

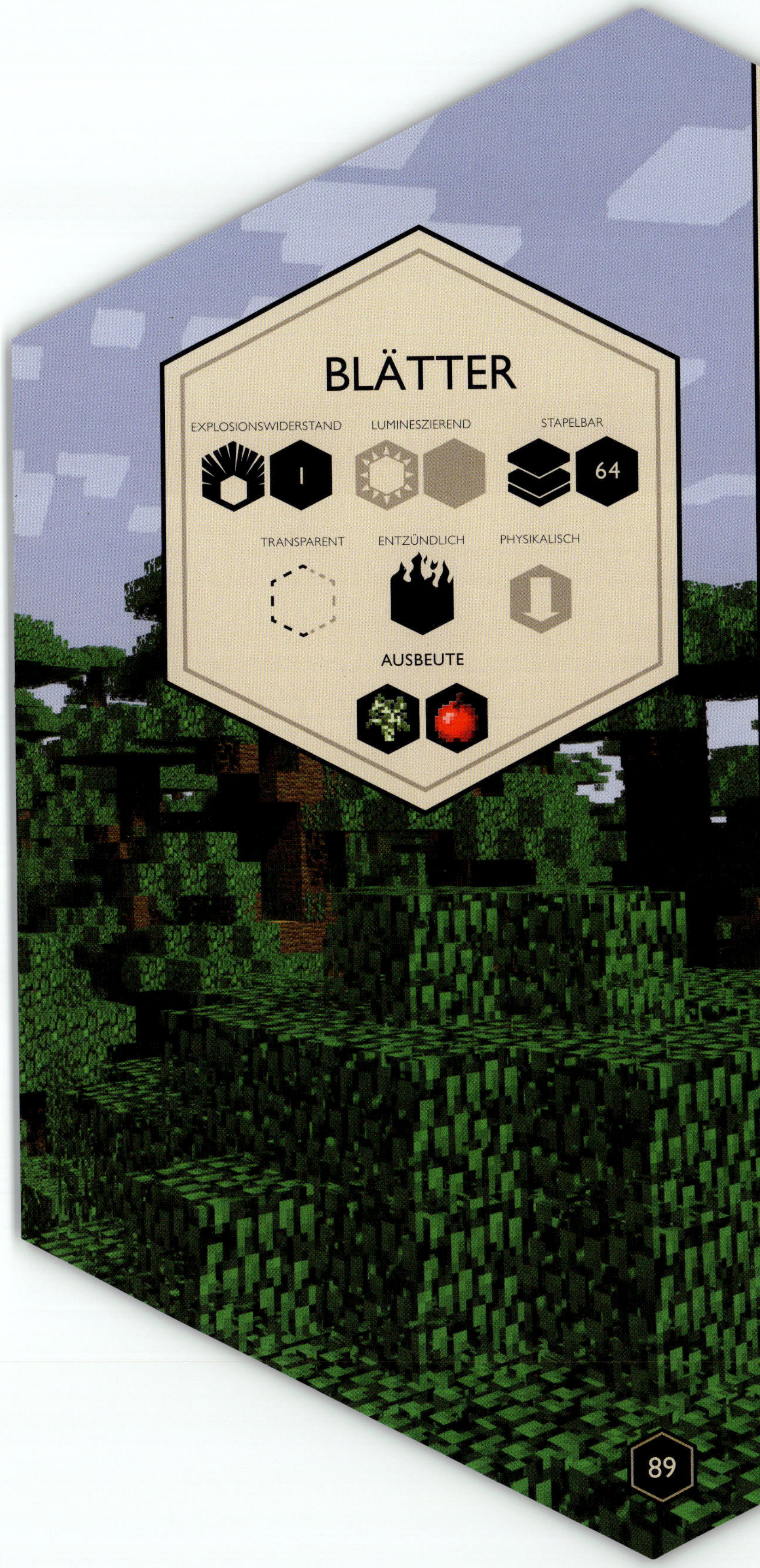

VORKOMMEN

Genauso wie beim Holz (84–87) gibt es 6 verschiedene Blättersorten. Sie unterscheiden sich leicht in der Färbung, je nachdem in welchem Biom sie wachsen.

Birke Fichte Tropenbaum

Eiche Schwarzeiche Akazie

FUNKTION

Blätter hinterlassen Setzlinge (82–83) und eignen sich gut als Dekoration.

VERHALTEN

Laub ist hoch entzündlich und leicht abzubauen. Holzt du einen Baumblock ab, an dem Blätter anliegen, lösen sie sich langsam auf und werfen dabei manchmal einen Setzling ab. Sie verschwinden, solange kein weiterer Holzblock innerhalb von 4 Blöcken in der Nähe ist. Dies gilt nicht für Blätterblöcke, die du selbst platziert hast.

WICHTIGE INFORMATION

Die Blätter lassen sich als Blöcke einsammeln, wenn du eine Schere verwendest oder dein Werkzeug mit einer Verzauberung der Behutsamkeit versehen ist.

EXPERTENRAT

Falls du verzweifelt nach Nahrung suchst, zerstöre Eichenblätter. Mit einer Chance von 1 zu 200 fällt dabei ein Apfel zu Boden.

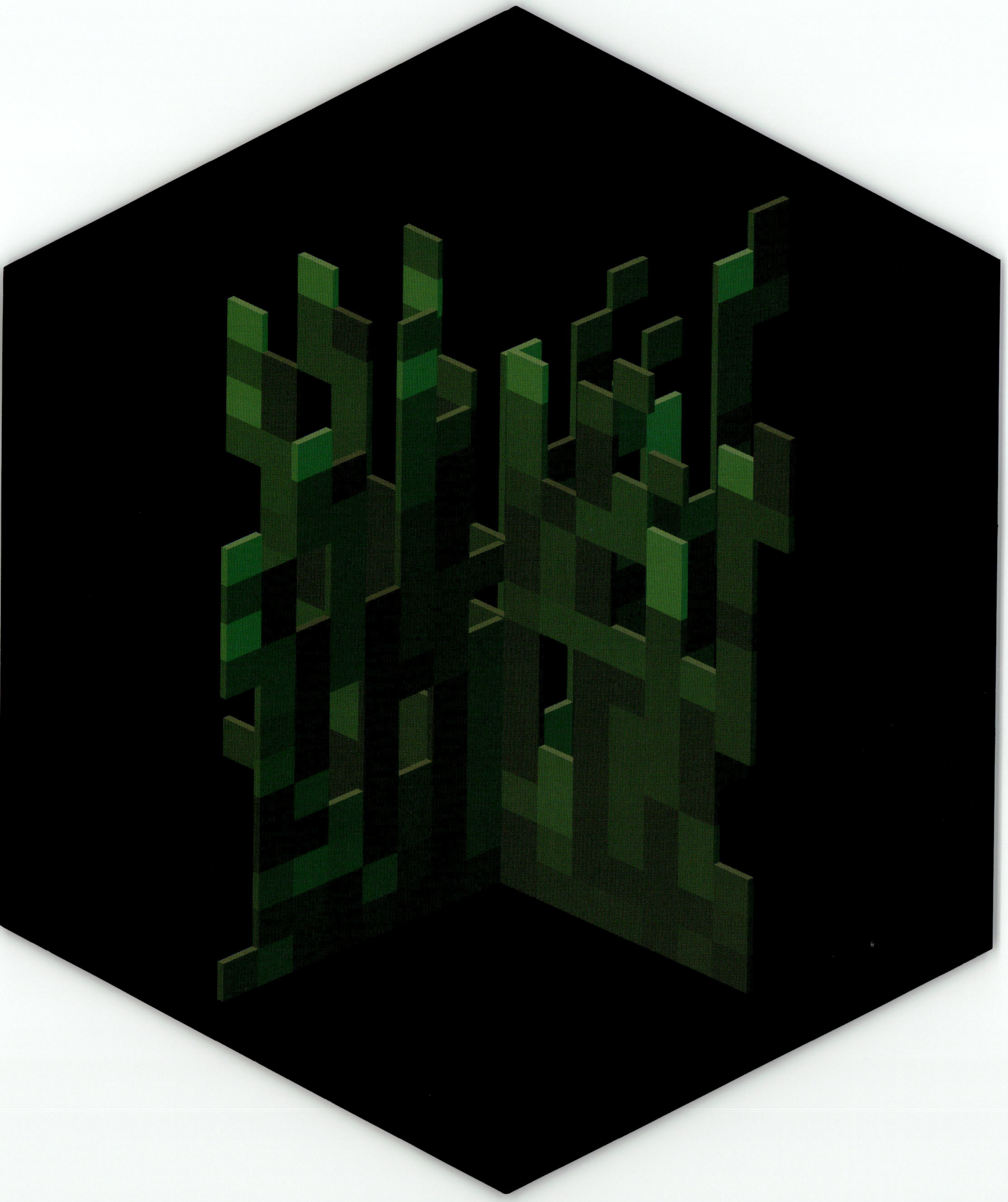

HOHES GRAS

EXPLOSIONSWIDERSTAND | LUMINESZIEREND | STAPELBAR 64

TRANSPARENT | ENTZÜNDLICH | PHYSIKALISCH

AUSBEUTE

VORKOMMEN

Nicht zu verwechseln mit dem normalen Gras (16–17), wächst das hohe Gras in vielen Biomen auf der Oberfläche auch als Farn oder Busch ab Lichtstufe 8.

VERHALTEN

Wenn du es zerstörst, bleiben ab und zu Weizenkörner (100-101) übrig.

VARIANTEN

Farne wachsen in der Taiga, der Riesentaiga sowie in Dschungeln und lassen sich mit einer Schere abschneiden und in einen Blumentopf (190–191) stecken. Doppelt so hohes Gras lässt sich ebenfalls in Blumentöpfen pflanzen. Um es zu züchten, musst du Knochenmehl über einem Grasblock verteilen. Dies geht auch über hohem Gras, um eine 2 Blöcke hohe Variante zu züchten.

EXPERTENRAT

Ansammlungen von Gras lassen sich abtragen, indem du einen Kübel Wasser darüber auskippst. Das ist eine gute Erntemethode, denn sie hinterlassen dabei wie üblich Weizenkörner.

VORKOMMEN

Blumen sprießen auf Grasblöcken in der Oberwelt, ganz selten auch an düsteren Orten wie Höhlen und verlassenen Stollen oder gar inmitten von Lava.

VARIANTEN

Es gibt 13 verschiedene Blumensorten: Löwenzahn und Mohn gedeihen in jeglichen Biomen außer in Sümpfen. In Sümpfen wächst nur die blaue Orchidee, die zudem in der Taiga wächst. Sternlauch lässt sich ausschließlich in Blumenwäldern rupfen, den er sich mit vielen anderen Blumensorten teilt. Dort und in grünen Ebenen erblühen Porzellansternchen, Margeriten und Tulpen in roten, orangen, weißen und rosafarbenen Varianten.

Flieder, Pfingstrosen und Rosensträucher zeigen ihre Blütenköpfchen in den verschiedenen Waldbiomen, lassen sich aber nicht in Blumentöpfe verpflanzen. Genauso wenig wie die Sonnenblume, die ihr Köpfchen immer ostwärts reckt und nur in den speziellen Sonnenblumenebenen heimisch ist.

Rosen findet man ab jetzt nur noch in den PlayStation- und Xbox-Fassungen.

Die faszinierende Cyan-Blume lässt sich nur auf der Pocket Edition sehen.

BLUMEN

EXPLOSIONSWIDERSTAND

LUMINESZIEREND

STAPELBAR

64

TRANSPARENT

ENTZÜNDLICH

PHYSIKALISCH

AUSBEUTE

FUNKTION

Blumen zieren die Oberwelt mit ihren abwechslungsreichen Farben. Wenn du Blumen zerstörst, kannst du sie aufsammeln und irgendwo anders pflanzen. Allerdings sollten sie mindestens Lichtstufe 8 haben und keinen soliden Block über sich, der die Sonne verdeckt.

Abgesehen von der Cyan-Blume lassen sich alle Blumen zu Farbstoff verkochen. Diese Farbmittel erlauben es dir, Wolle, Ton und Glas einzufärben. An den Blütenblättern siehst du, welchen Farbstoff sie ergeben, aber manche lassen sich sogar zu neuen Farbmischungen kombinieren. Probiere es selbst aus, und du lernst schnell das ganze Spektrum kennen.

Gelber Farbstoff

WICHTIGE INFORMATION

Mithilfe von Knochenmehl kannst du Blumen aus Grasblöcken sprießen lassen. Nebenbei kann dabei auch hohes Gras (90–91) aufleben. Die Blumensorte hängt vom Biom ab, indem du den Dünger gerade anwendest.

ZUSATZINFORMATION

Eisengolems tragen Mohnblumen herum und lassen diese fallen. Dies ist eine Verneigung vor dem japanischen Film *„Das Schloss im Himmel“* von Hayao Miyazaki. Rätselhaft und bedeutsam zugleich.

EXPERTENRAT

Da Sonnenblumen ihre Köpfe stets nach Osten neigen, helfen sie dir, deine Position zu bestimmen, wenn du weder Karte noch Kompass mit dir führst oder die Sonne nicht sehen kannst.

TRIVIALWISSEN

Der englische Name der Margerite ist im Spiel „Oxeye Daisy“ – eine Referenz auf die erste Spielefirma von Jeb, „Oxeye Game Studio“.

PILZE

EXPLOSIONSWIDERSTAND

LUMINESZIEREND 1

STAPELBAR 64

TRANSPARENT

ENTZÜNDLICH

PHYSIKALISCH

AUSBEUTE

VORKOMMEN

In den dunkleren Ecken der Minecraft-Welten gedeihen Pilze bei Lichtstufe 12 oder weniger. Du findest sie unter Bäumen und unterirdisch. Auf Myzel (48–49) wachsen sie unter jeglichen Bedingungen, mithilfe von Knochenmehl gedeihen sie sogar zu riesigen Pilzen (98–99).

FUNKTION

Die beste Verwendung für Pilze ist eine leckere Suppe. Du brauchst dafür beide der auffindbaren Pilzsorten: rote und braune. Mit den braunen lassen sich auch fermentierte Spinnenaugen kochen.

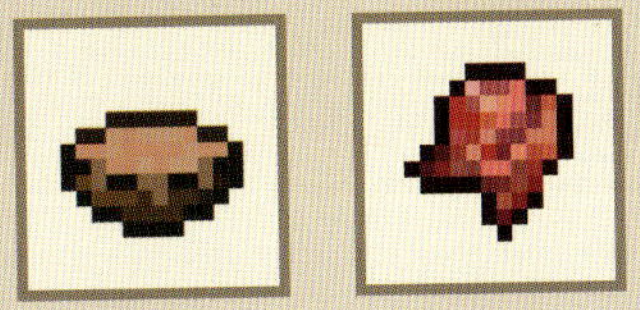

WICHTIGE INFORMATION

Einer Pilzkuh kannst du mit Scheren rote Pilze aus dem Fell pflücken. Mit einer Holzschüssel kannst du von ihnen direkt Pilzsuppe melken.

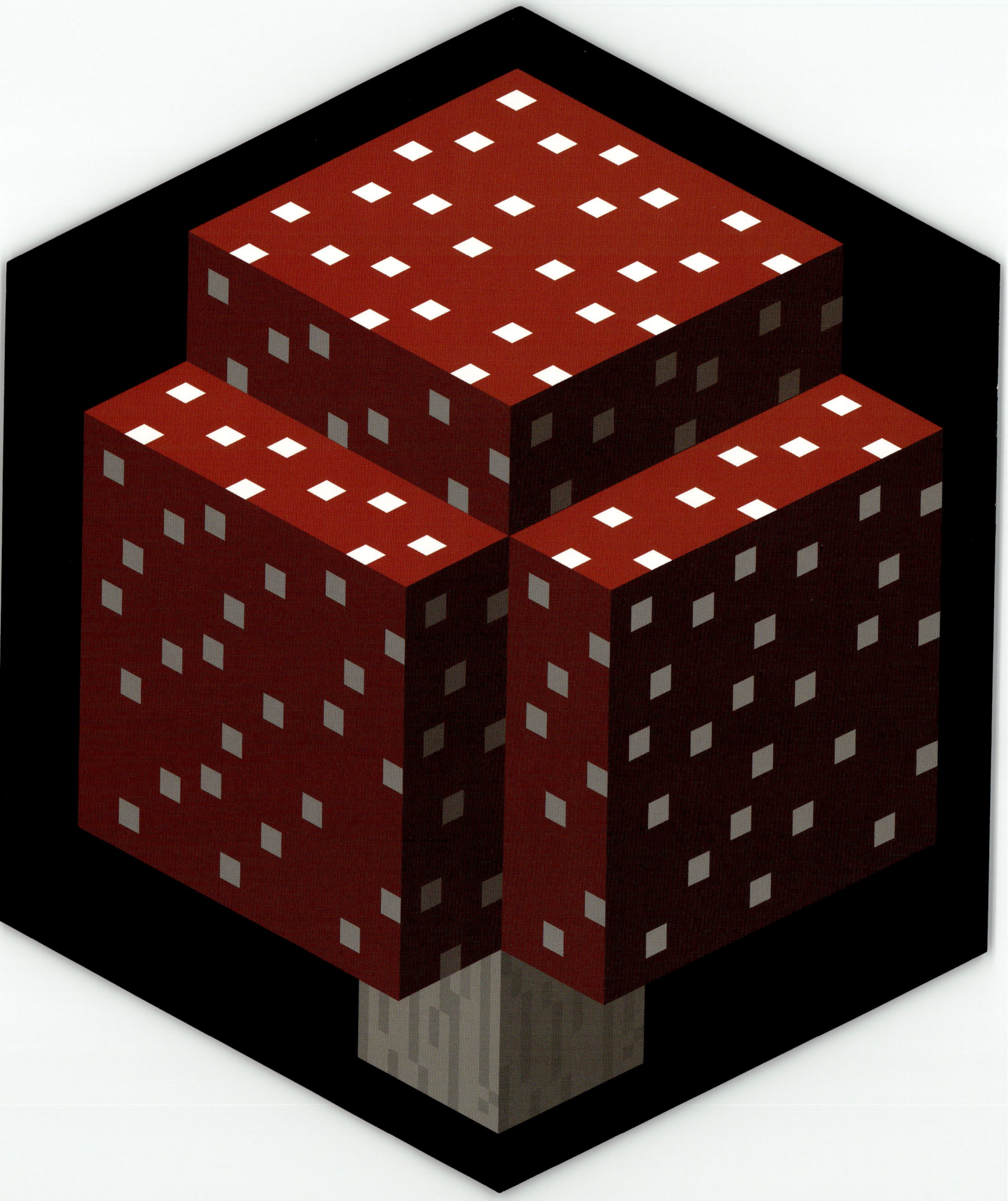

VORKOMMEN

In der Welt von Minecraft gibt es viele wunderliche Dinge, aber am wunderlichsten sind vielleicht die riesigen roten und braunen Pilze. Entdecken kannst du sie auf den Pilzinsel-Biomen und unter den geschlossenen Baumkronen der dichten Wälder.

EIGENSCHAFTEN

Die riesigen Pilze setzen sich aus verschiedenen Blöcken zusammen. Ihr Stamm wird zwischen 5 und 7 Blöcken hoch, die braunen fächern sich zu einem flachen Schirm auf, die roten wölben sich zu einer Glocke.

FUNKTION

Jeder zerstörte Block eines Riesenpilzes hinterlässt bis zu 2 kleine Pilze. Daher sind sie eine großartige Quelle zum Pilzesammeln. Allerdings brauchst du neben dem bewährten Knochenmehl auch viel Platz: 8 Blöcke in die Höhe und 7 mal 7 Blöcke in der Horizontalen, damit beide Sorten sich entwickeln können.

ZUSATZINFORMATION

Auch die Riesenexemplare benötigen zum Wachsen eine Lichtstufe unter 12 – es sei denn, sie stehen auf Myzel (48-49), dann ist es egal.

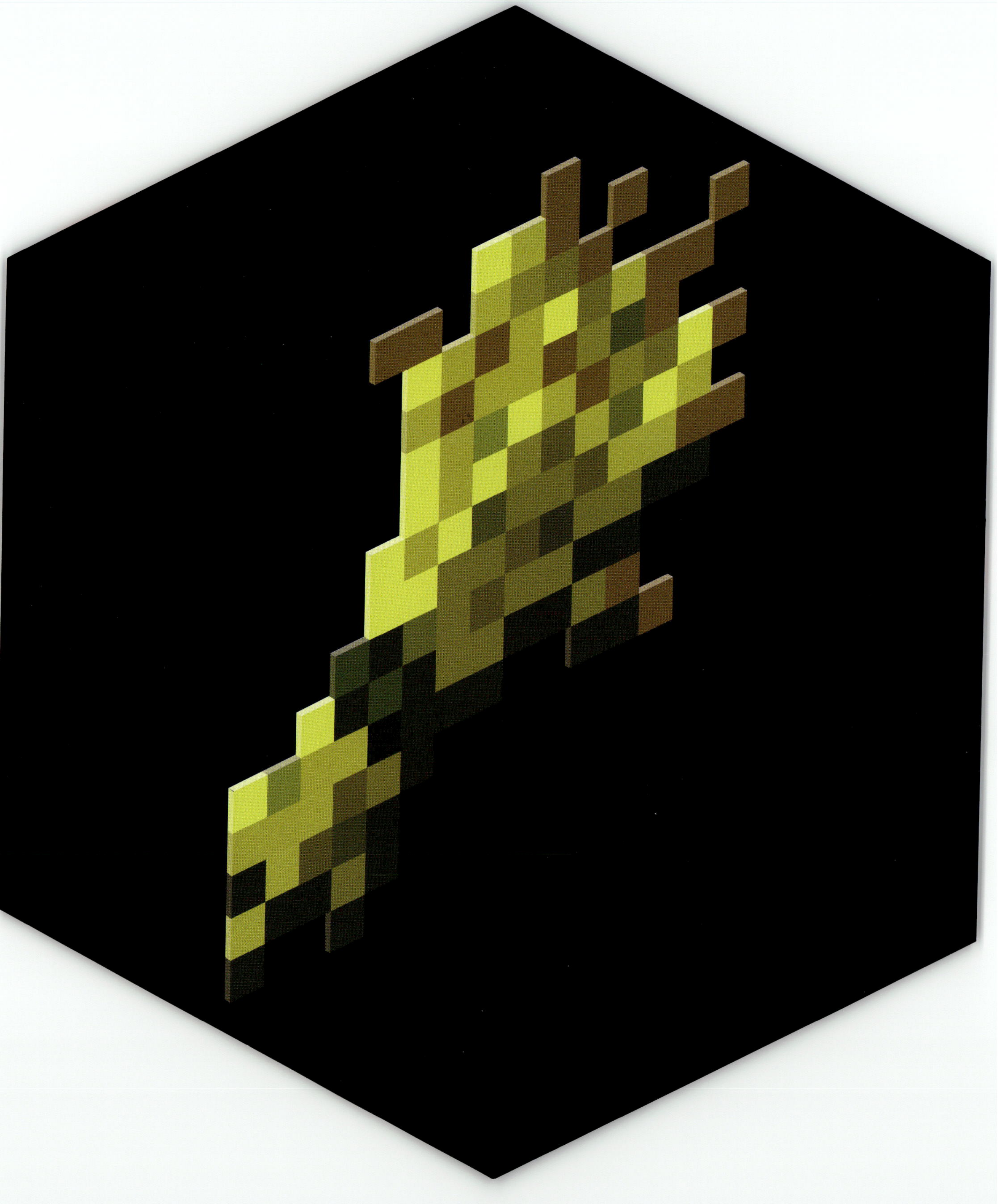

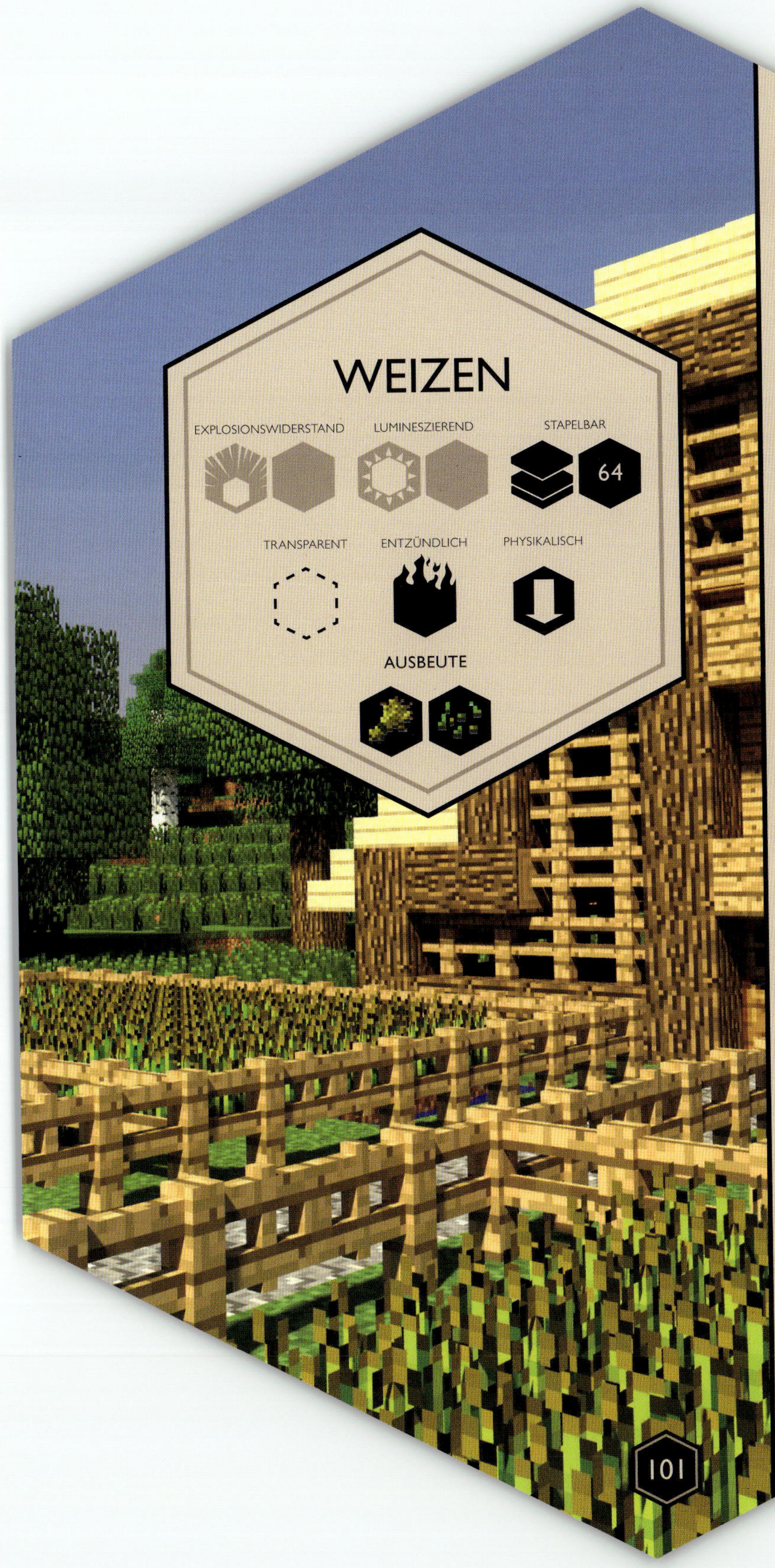

WEIZEN

EXPLOSIONSWIDERSTAND | LUMINESZIEREND | STAPELBAR 64

TRANSPARENT | ENTZÜNDLICH | PHYSIKALISCH

AUSBEUTE

FUNKTION

Weizen brauchst du zum Kuchenbacken (224–225) genauso wie für die Viehzucht. Er wächst aus Weizenkörnern, die auf Ackerland (176–179) gesät werden. Die Samen klopfst du aus hohem Gras (90–91) heraus.

KULTIVIERUNG

Weizen gedeiht erst ab Lichtstufe 9. Angrenzendes Wasser, das das Ackerland im Abstand von weniger als 4 Blöcken bewässert, ist nicht unbedingt nötig, beschleunigt aber den Reifeprozess. Auch eine Zeile braches Ackerland neben dem angepflanzten Weizen treibt das Wachstum an.

Der Weizen durchläuft 8 Wachstumsphasen, in denen er größer und dunkler wird. Jede der Phasen dauert zwischen 5 und 35 Minuten. Bei suboptimalen Bedingungen brauchst du viel Geduld. Knochenmehl kann auch helfen, aber du brauchst eine gewaltige Menge, weil du jede einzelne Ähre bestäuben musst.

Erst wenn die Ähre voll ausgewachsen ist, hinterlässt sie beim Zerstören den kostbaren Weizen, praktischerweise bis zu 3 Weizenkörner.

TRIVIALWISSEN

Obwohl es kein Wasser im Nether gibt, kannst du Weizen dort anbauen, sonderlich schnell wachsen wird er allerdings nicht.

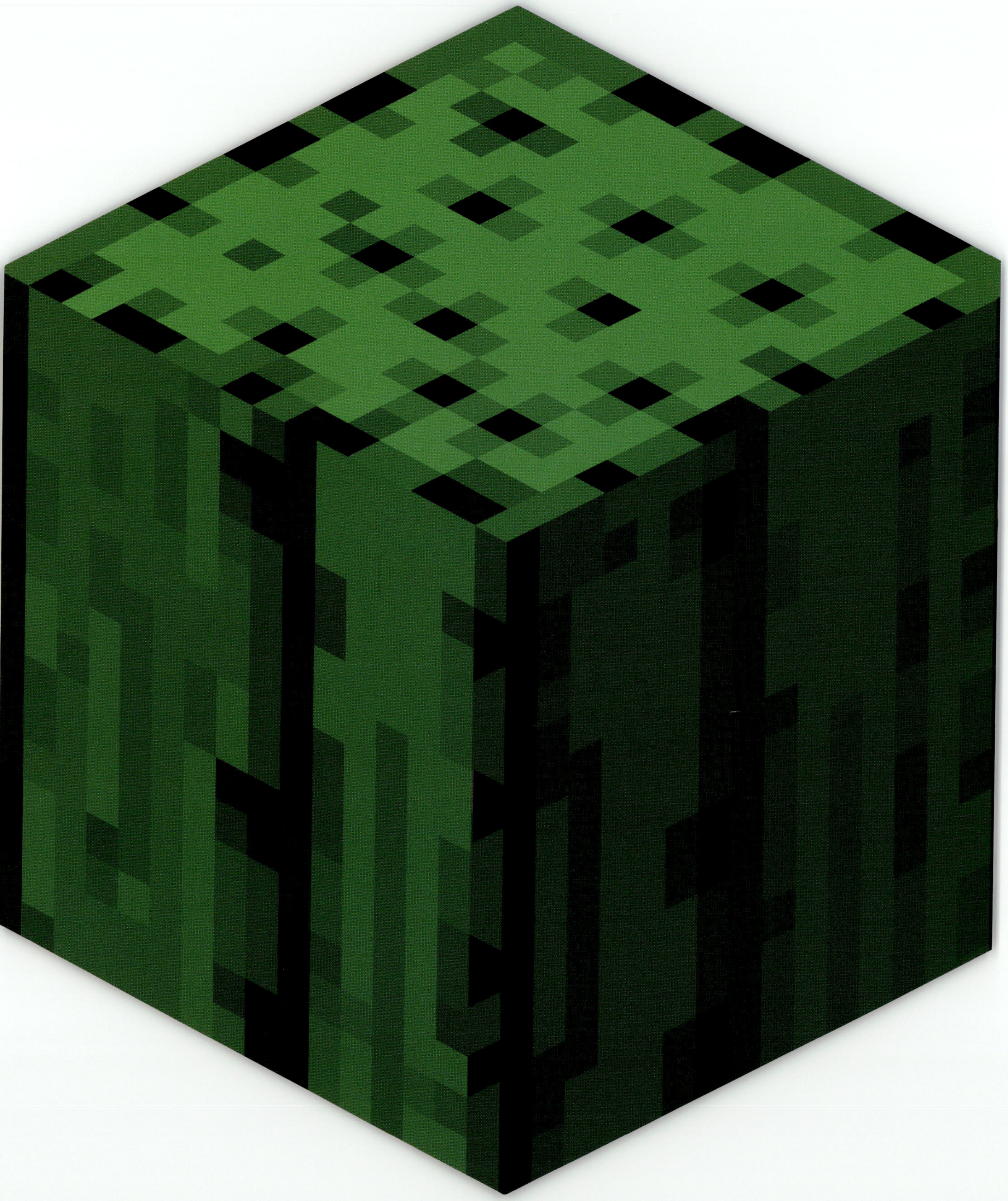

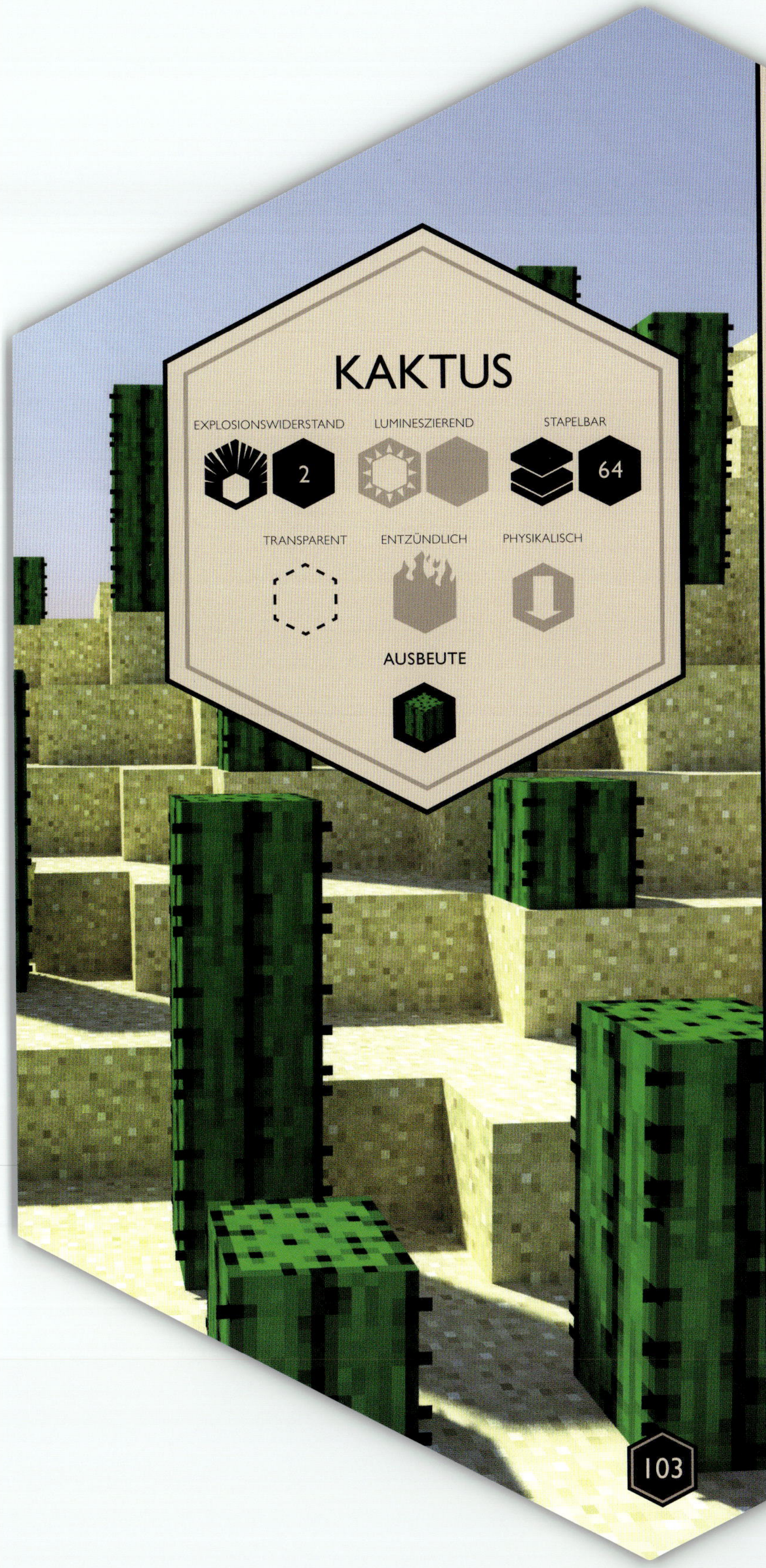

KAKTUS

EXPLOSIONSWIDERSTAND	LUMINESZIEREND	STAPELBAR
2		64

TRANSPARENT	ENTZÜNDLICH	PHYSIKALISCH

AUSBEUTE

VORKOMMEN

Stolz und dornig stehen sie in der öden Wüste: Kakteen wachsen auf Sand bis zu 3 Blöcke hoch.

FUNKTION

Kakteen eignen sich nicht als Baumaterial, aber sie lassen sich im Ofen zu Farbstoff schmelzen. Da Kakteen Mobs verletzen, sind sie als Verteidigungsanlage einsetzbar. Die feindlichen Mobs sind zwar klug genug, sich nicht einfach in die Dornen locken zu lassen, aber ein Wehrzaun aus Kakteen hält sie auf und erschwert es ihnen, dich mit Pfeilen zu beschießen.

Wegen ihrer Dornen können Kakteen nicht direkt nebeneinander stehen. Für einen Wehrzaun musst du sie also diagonal anordnen. Da die oberen Blöcke nachwachsen, wenn sie entfernt wurden, brauchst du nur einen einzigen Kaktus, um mehrere pflanzen zu können.

ZUSATZINFORMATION

Ein Kaktus lässt sich hervorragend als Müllschlucker zweckentfremden: Die Gegenstände, die du in seine Dornen wirfst, verschwinden.

EXPERTENRAT

Zerstörst du einen Kaktusblock, gehen alle darüber befindlichen mit kaputt. Konzentriere dich bei der Kakteenernte also auf den untersten Block.

ZUCKERROHR

EXPLOSIONSWIDERSTAND LUMINESZIEREND STAPELBAR 64

TRANSPARENT ENTZÜNDLICH PHYSIKALISCH

AUSBEUTE

VORKOMMEN

Zuckerrohr wächst auf natürliche Weise neben Wasser auf Sand, Erde oder Gras, ganz ähnlich wie der Kaktus (102–103). Es kommt vor, dass Zuckerrohr noch höher schießt – in ganz seltenen Fällen sogar höher als 4 Blöcke. Du selbst kannst es beliebig hoch anbauen.

FUNKTION

Oh süßer Quell des Wissens! In Minecraft lassen sich aus Zuckerrohr zwei Kultur schaffende Gegenstände herstellen: Zucker und Papier.

KULTIVIERUNG

Brich einfach einen der oberen Zuckerrohrblöcke ab und pflanze ihn neben Wasser, und schon hast du zwei Pflanzen. Zuckerrohrpflanzen wachsen sehr langsam, jeder neue Block braucht 16 Phasen, bevor der nächste nachschießt.

EXPERTENRAT

Zuckerrohr kann das Fließen von Wasser und sogar Lava behindern. Eine Spielerfigur kann aber ohne Probleme hindurchspazieren und unter Wasser sogar Atemluft schöpfen. Mit Zuckerrohr lassen sich senkrechte Luftkanäle bis auf den Meeresgrund legen.

KÜRBIS

EXPLOSIONSWIDERSTAND 5

LUMINESZIEREND

STAPELBAR 64

TRANSPARENT

ENTZÜNDLICH

PHYSIKALISCH

AUSBEUTE

VORKOMMEN

In Minecraft kannst du das ganze Jahr über Kürbisfratzen schnitzen: Kürbisse wachsen in fast allen Biomen in Grüppchen auf dem Gras an der Oberfläche.

FUNKTION

Die orangefarbenen Klötze ergeben Kürbislaternen (184–185) und Kürbiskuchen.

KULTIVIERUNG

Beim Abbauen der reifen Kürbisse bleiben Kürbissamen zurück, mit denen du neue Kürbisse anpflanzen kannst. Setzt du sie in Ackerland (176–179), dauert es etwa 30 Minuten, bis ein Kürbisstängel herangewachsen ist (Knochenmehl hilft auch hier) und du einen Kürbisblock ernten kannst. Praktischerweise musst du keinen neuen säen, weil am abgeernteten Stängel ein neuer nachwächst.

EXPERTENRAT

Ein Kürbis lässt sich als Helm tragen. Seine weiche Hülle bietet zwar keinen Schutz, und durch die Fratzenlöcher siehst du weniger. Dafür kannst du aber den Endermännern direkt in die Augen sehen, ohne sie zu reizen.

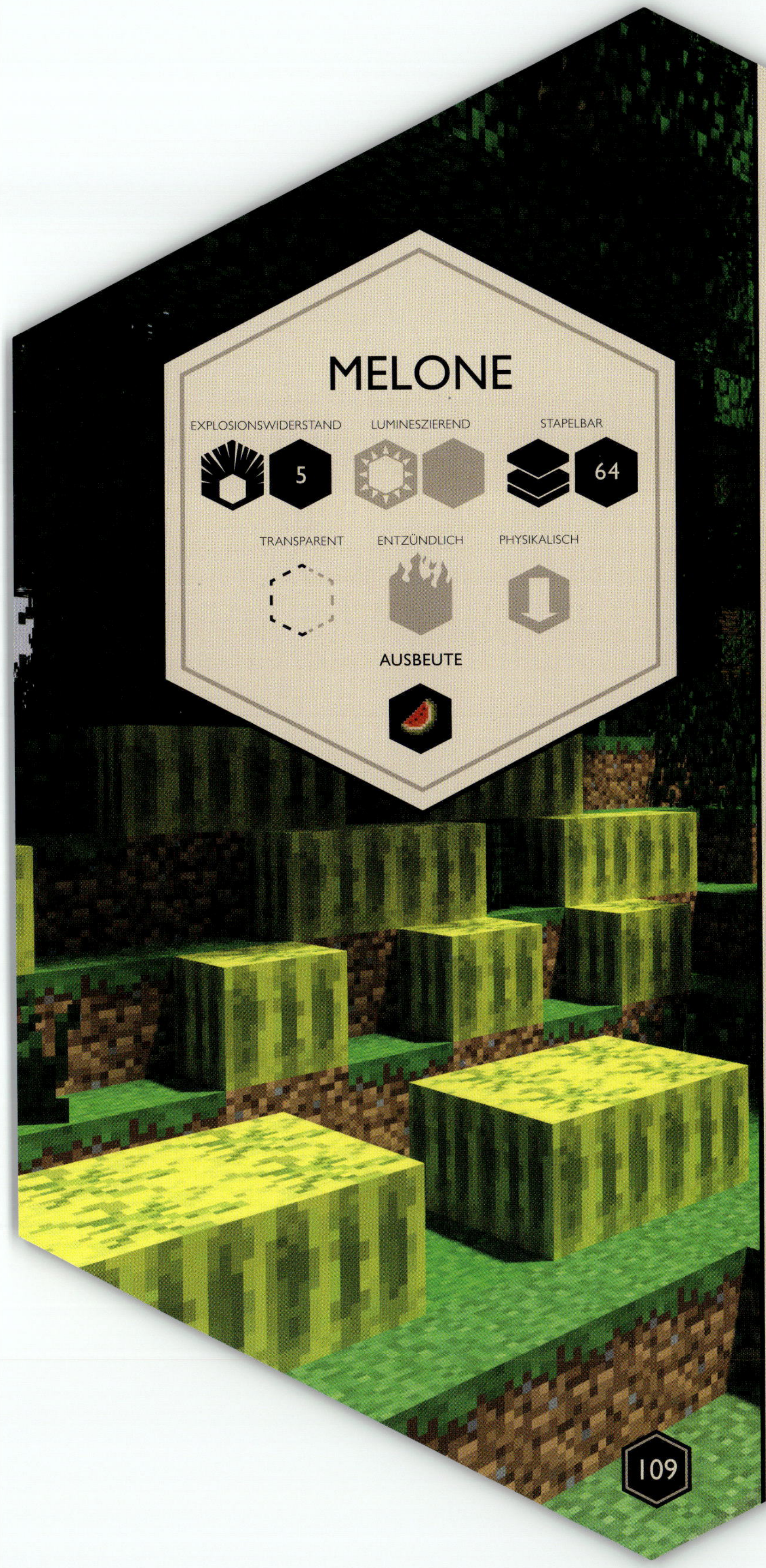

MELONE

EXPLOSIONSWIDERSTAND 5

LUMINESZIEREND

STAPELBAR 64

TRANSPARENT

ENTZÜNDLICH

PHYSIKALISCH

AUSBEUTE

VORKOMMEN

Die Melone wächst im Dschungel und ist saftig, aber nicht besonders nahrhaft.

FUNKTION

Beim Zerstören zerspringt sie in 3 bis 7 Scheiben, von denen jede nur einen einzigen Punkt der Hungerleiste wiederherstellt. Vielleicht hast du mehr Spaß daran, sie als Dekoration einzusetzen. Aus 9 Melonenscheiben kannst du einen Melonenblock herstellen.

VERHALTEN

Ähnlich dem Kürbis (106–107) wächst auch die Melone an einem Stängel, der auf Ackerland aus Melonensamen sprießt. An diese Samen gelangst du nicht nur, indem du den Stängel zerstörst, sondern auch durch Handel mit Dorfbewohnern. Oder du findest sie in Truhen in verlassenen Stollen.

ZUSATZINFORMATION

Mit Goldnuggets kannst du Melonenscheiben in glitzernde Melonenscheiben verwandeln. Die kannst du zwar nicht mehr essen, aber an einem Braustand für das Brauen von Tränken der Heilung (230–233) verwenden.

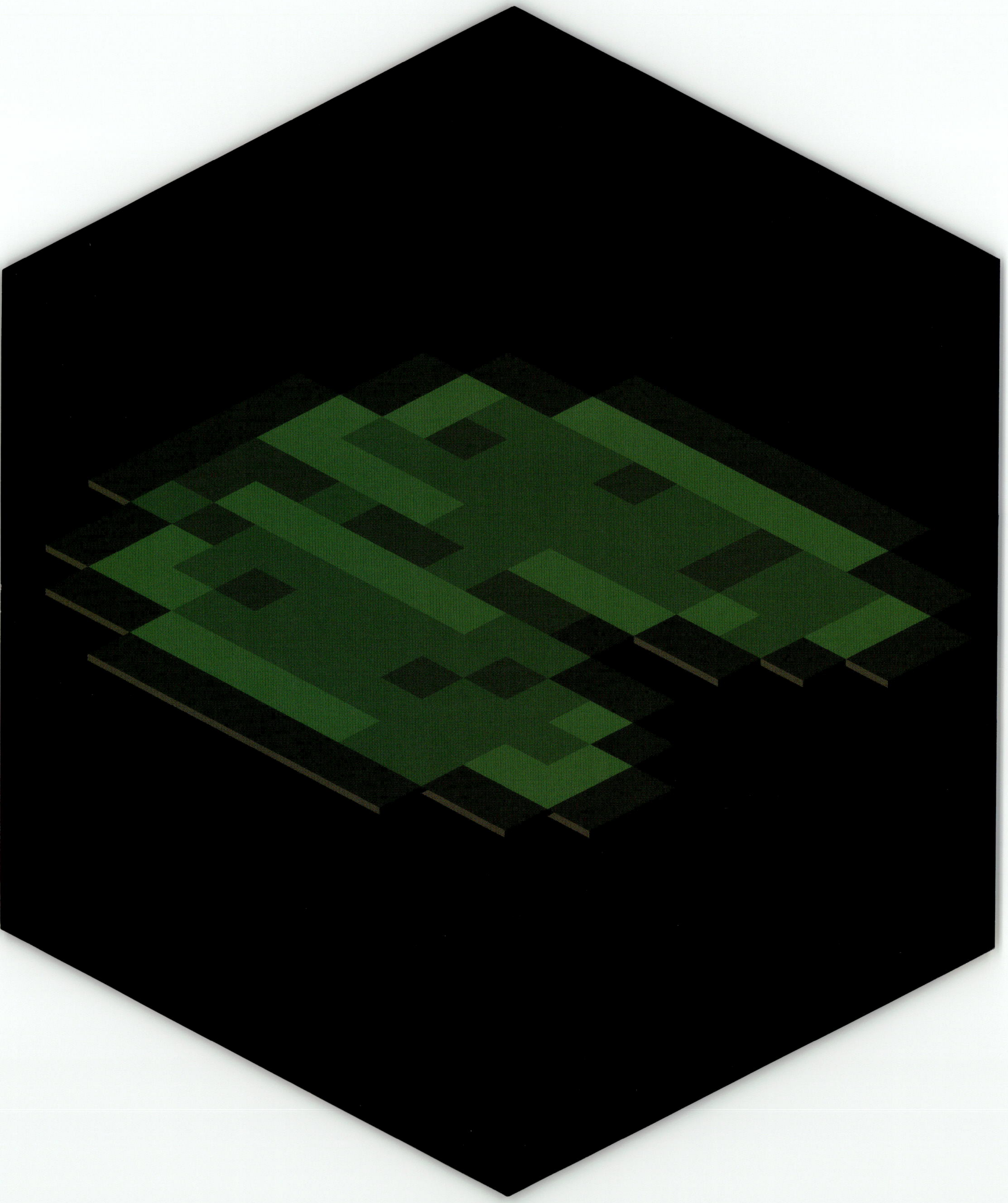

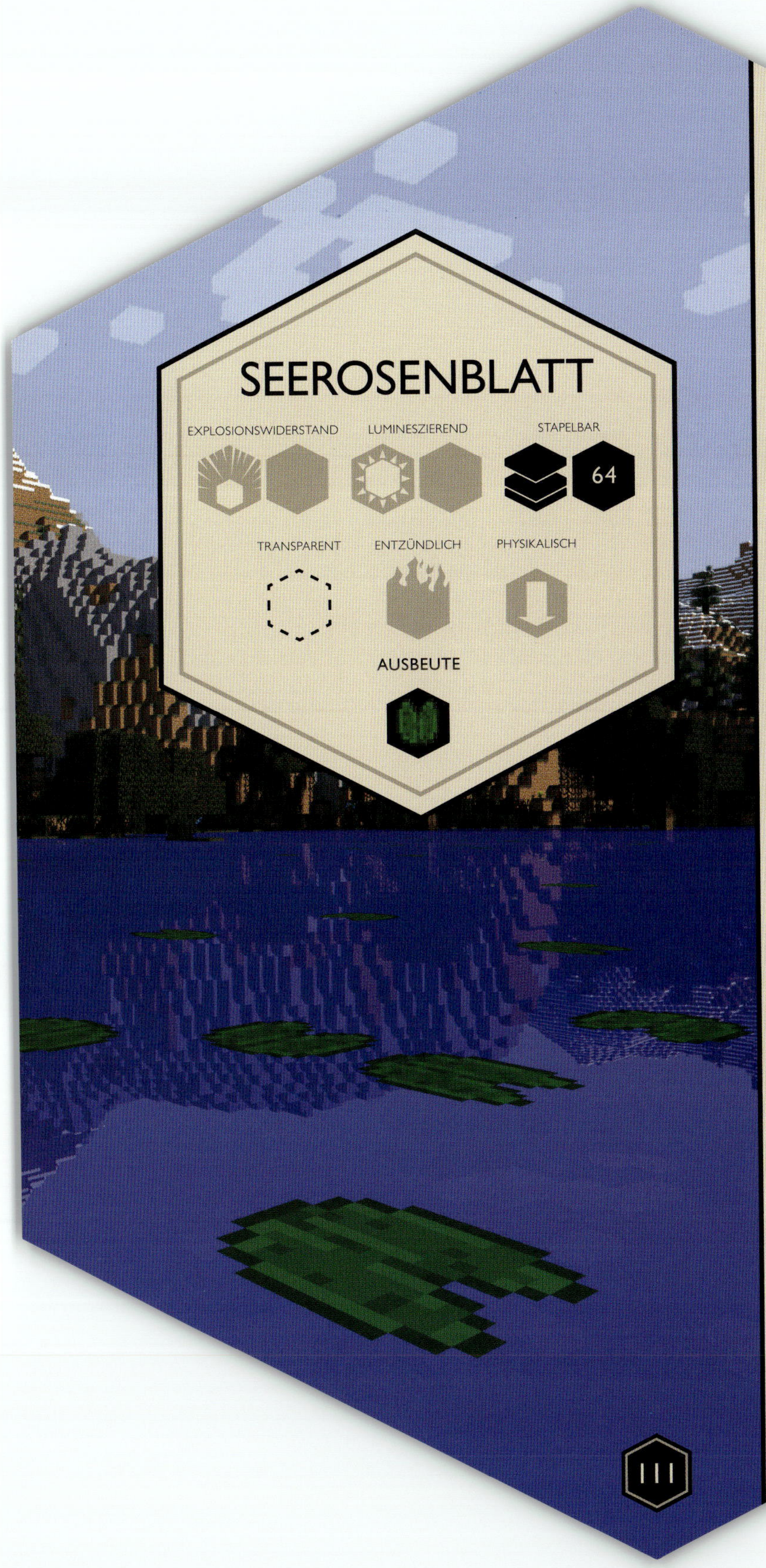

SEEROSENBLATT

EXPLOSIONSWIDERSTAND · LUMINESZIEREND · STAPELBAR 64

TRANSPARENT · ENTZÜNDLICH · PHYSIKALISCH

AUSBEUTE

VORKOMMEN

Seerosenblätter wachsen natürlicherweise auf der Wasseroberfläche in Sümpfen.

FUNKTION

Du kannst auf ihnen über das Wasser spazieren wie auf festen Blöcken. Sie lassen sich abbauen und an anderer Stelle pflanzen, jedoch nur auf stehendem und fließendem Wasser.

Mit Seerosenblättern lassen sich in kurzer Zeit Brücken bauen. Zudem eignen sie sich ideal als Baumaterial für schwimmende Inseln im Ozean, da die auf Blätter gesetzten Blöcke nicht untergehen. Das erspart dir, auf den Meeresgrund hinabzutauchen oder von der Küste eine Verbindung für ein Fundament zu legen. Sie eignen sich auch, um deine Feinde aufzuhalten, da man weder mit Booten durch sie hindurchfahren noch hindurchschwimmen kann.

WICHTIGE INFORMATION

Rohstoffe wie zum Beispiel Zuckerrohr und Weizen bleiben auf den Seerosenblättern liegen, anstatt zu versinken. Das erleichtert die Ernte am Wasser.

TRIVIALWISSEN

Die Ausrichtung des Seerosenblatts wird durch die Koordinaten seines Blocks bestimmt. Du hast demnach keinen Einfluss darauf, wie es liegt, selbst wenn du es versetzt.

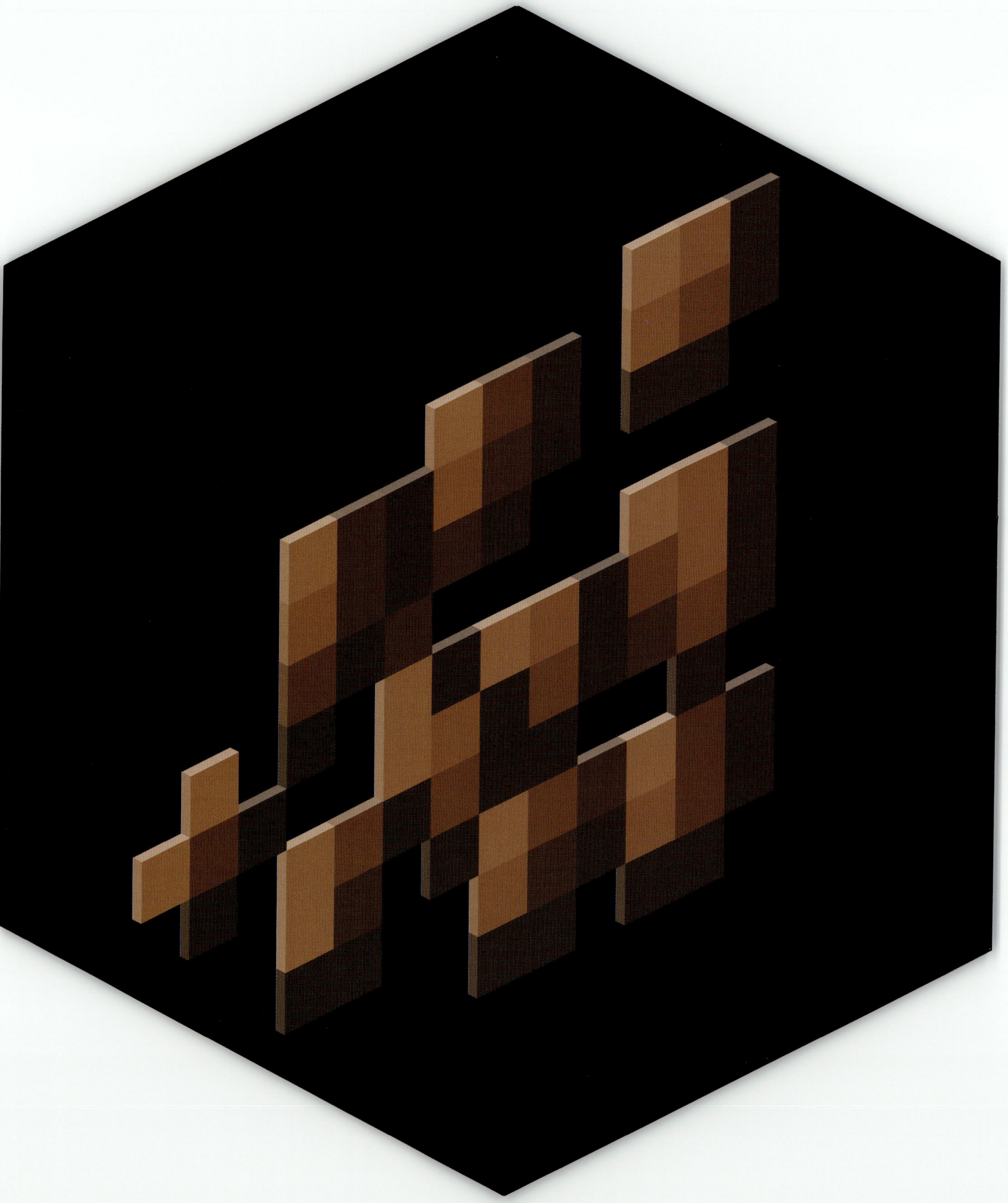

KAKAOBOHNEN

EXPLOSIONSWIDERSTAND 15
LUMINESZIEREND
STAPELBAR 64
TRANSPARENT
ENTZÜNDLICH
PHYSIKALISCH
AUSBEUTE

VORKOMMEN
Kakaobohnen wachsen in Form von Kakaohülsen an Tropenbäumen.

VERHALTEN
Die jungen Kakaohülsen sind erst klein und grün, später reifen sie zu braunen prallen Säcken heran. Bereits den unreifen Hülsen kannst du einzelne Kakaobohnen entnehmen. Mit etwas Geduld wirst du mit ganzen 3 Kakaobohnen am Ende belohnt. Auch in schlechten Lichtverhältnissen dauert der Reifeprozess nur einige Minuten.

KULTIVIERUNG
Du kannst Kakao selbst züchten, indem du ihn wie einen Gegenstand in deiner Hand auf einen Block Tropenholz anwendest. Knochenmehl hilft dir auf die bekannte Weise, doch lohnt sich sein Einsatz bei der schnellen Wachstumsrate der Kakaohülse kaum.

FUNKTION
Weizen gemischt mit Kakaobohnen ergibt leckere Schokoladenkekse.

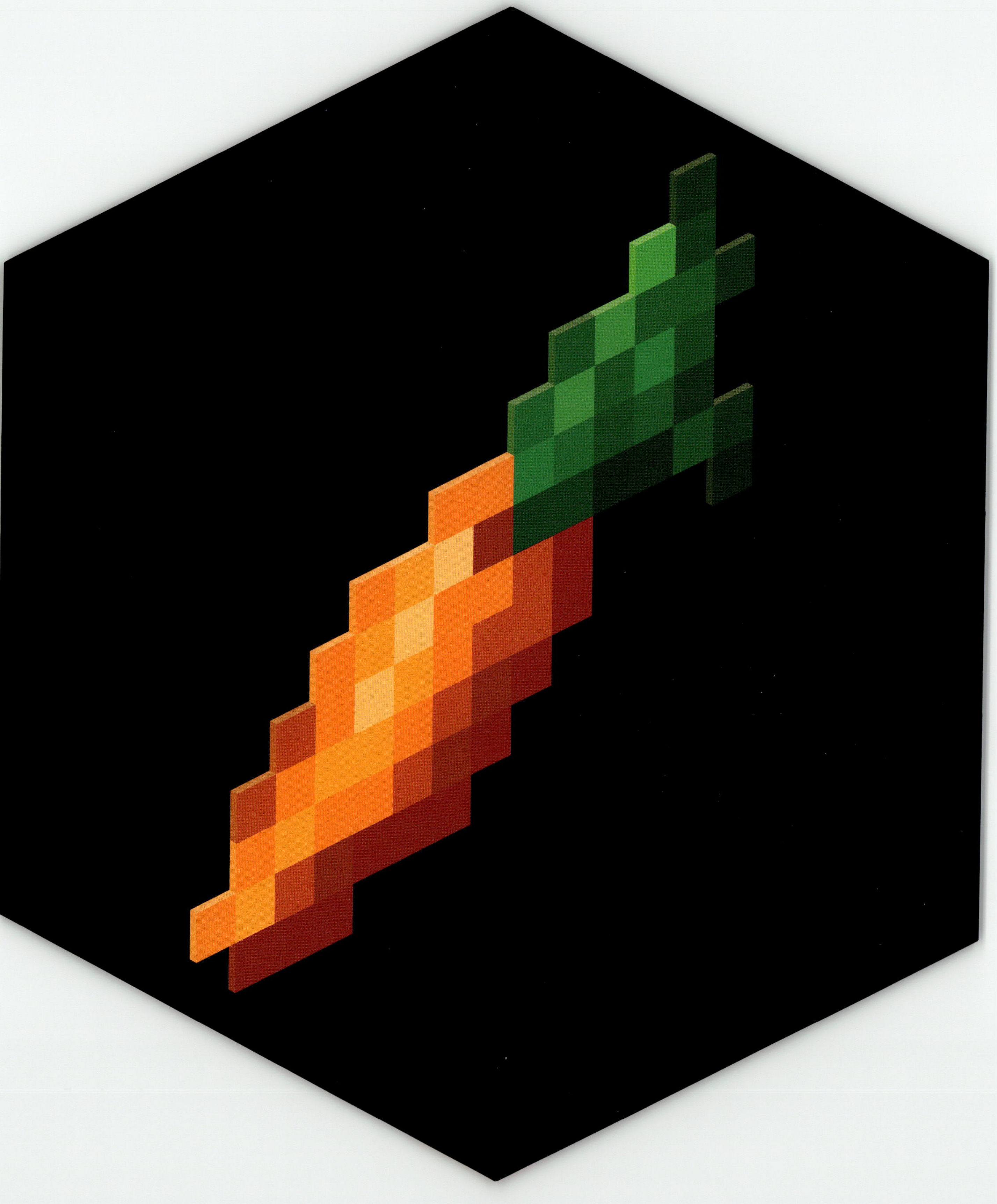

KAROTTEN

EXPLOSIONSWIDERSTAND LUMINESZIEREND STAPELBAR

TRANSPARENT ENTZÜNDLICH PHYSIKALISCH

AUSBEUTE

VORKOMMEN

Karotten werden gerne von Dorfbewohnern angebaut, und manchmal lässt ein Zombie welche fallen.

FUNKTION

Karotten sind Grundbestandteil des Tranks der Nachtsicht. Natürlich müssen sie dazu mit Gold veredelt sein.

Hängst du eine Karotte an eine Angelrute, bekommst du einen neuen Gegenstand, mit dem sich ein gesatteltes Schwein lenken lässt.

KULTIVIERUNG

Die Karotte ist eine dankbare Kulturpflanze, weil sie einfach anzubauen und sehr sättigend ist. Ganze 4 Hungerpunkte bekommst du durch ihren Verzehr. Karotten musst du, so wie sie sind, in Ackerland (176–179) stecken. Bei einer Lichtstufe von mindestens 9 und Wasser in der Nähe (innerhalb von 4 Blöcken) wachsen sie am schnellsten. Die Karotten müssen 8 Wachstumsphasen durchlaufen, bevor du sie rupfen kannst. Spare nicht beim Knochenmehl, es kann bis zu 3 Anwendungen brauchen, bis es wirkt.

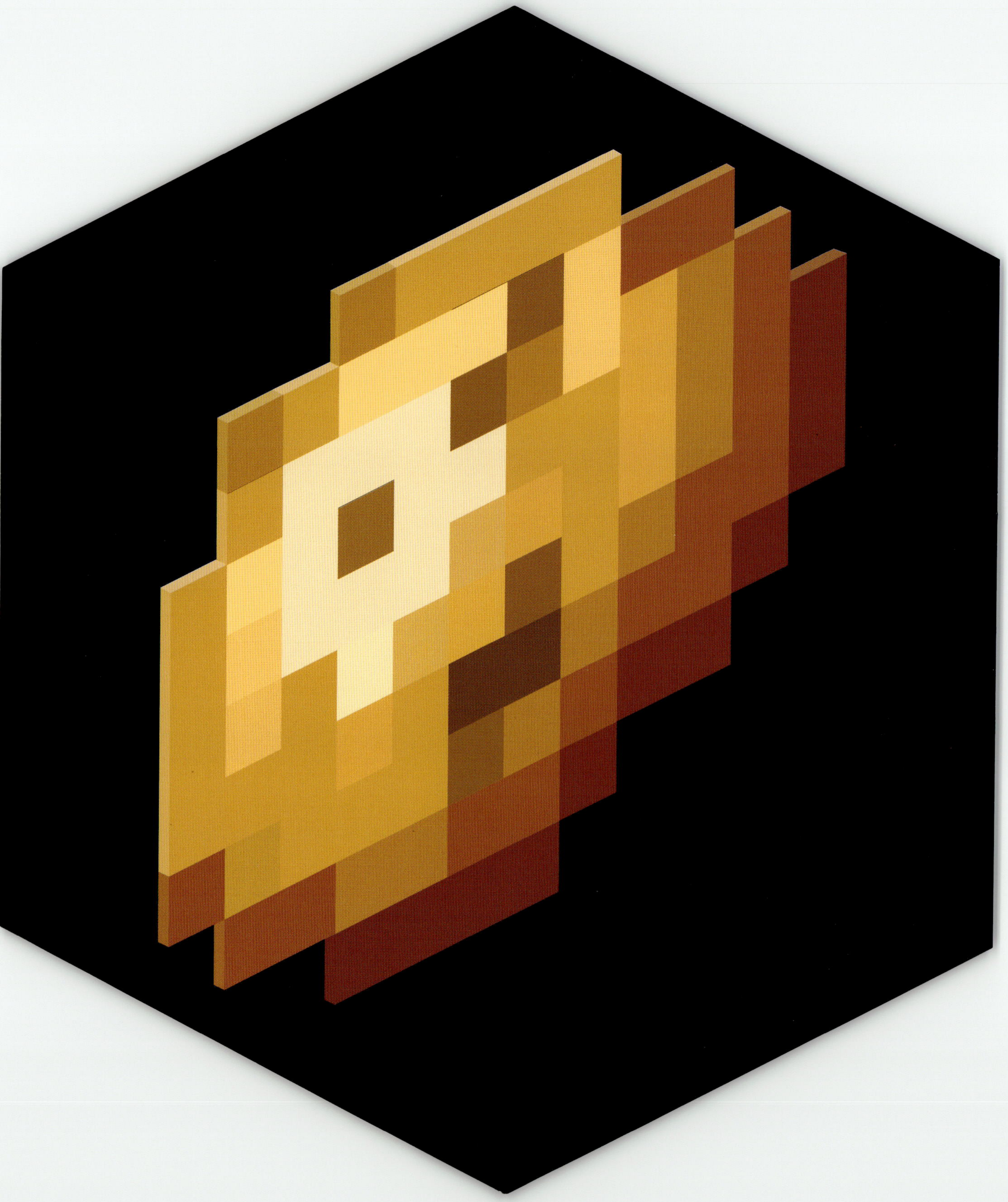

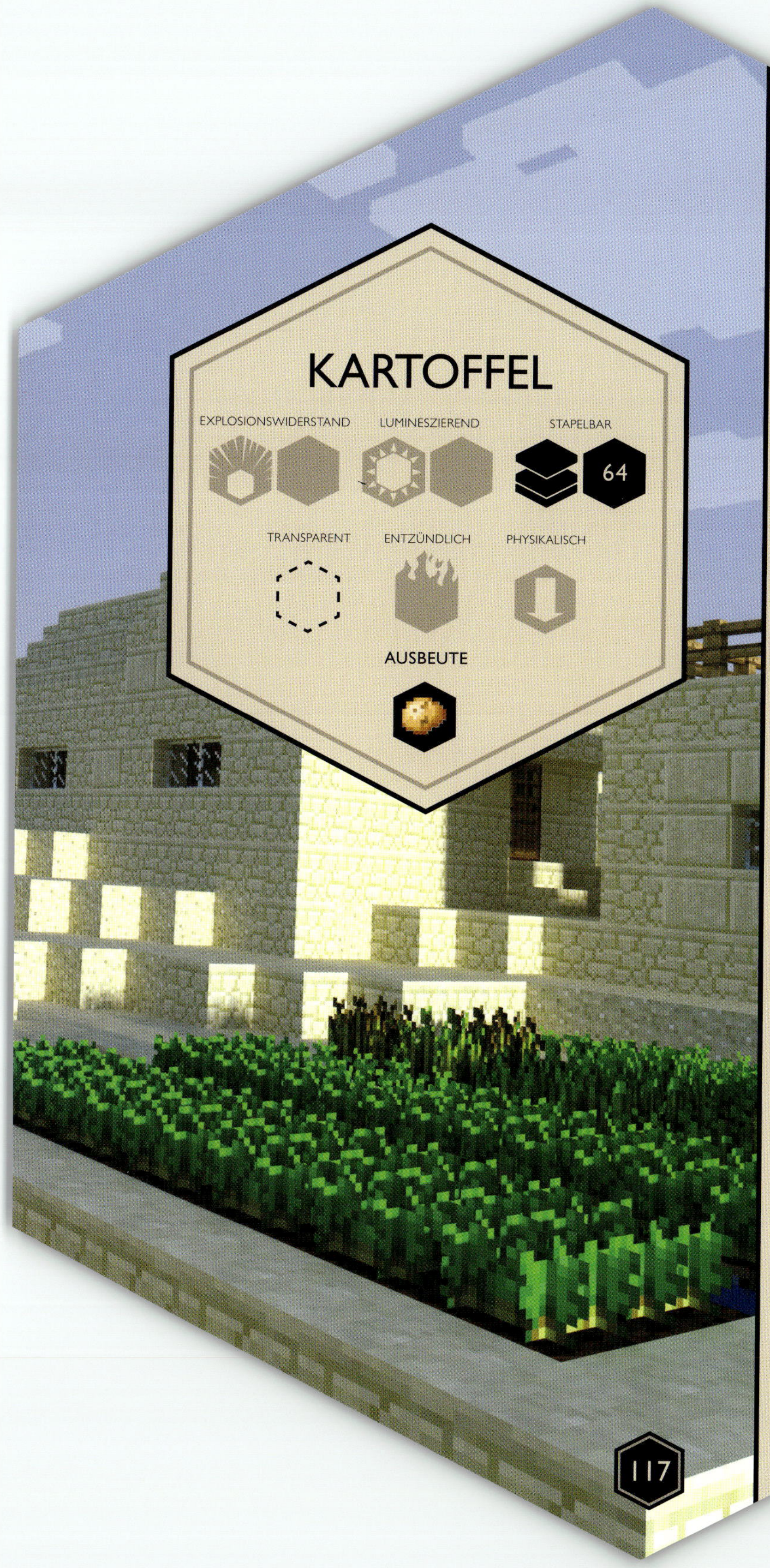

KARTOFFEL

EXPLOSIONSWIDERSTAND | LUMINESZIEREND | STAPELBAR 64

TRANSPARENT | ENTZÜNDLICH | PHYSIKALISCH

AUSBEUTE

VORKOMMEN
Neben der Karotte (114–115) wird auch die Kartoffel gerne von Dorfbewohnern angebaut und findet sich manchmal in der Hinterlassenschaft besiegter Zombies.

FUNKTION
In ihrem Endstadium hinterlässt eine geerntete Kartoffel bis zu 4 festkochende Kartoffeln, die sich wieder einpflanzen lassen. Im Ofen gebackene Kartoffeln geben dir ganze 6 verlorene Hungerpunkte zurück.

KULTIVIERUNG
Kartoffeln mögen nicht besonders hübsch sein, aber gemessen am Hegeaufwand erzielst du mit ihnen einen der höchsten Erträge. Wie die Karotte brauchen sie Ackerland, am besten bewässertes (Wasser innerhalb von 4 Blöcken), und sind nach 8 Wachstumsphasen reif.

EXPERTENRAT
Augen auf bei der Kartoffelernte! Unter etwa 50 geernteten ist eine giftige. Du erkennst sie an einem leichten Grünstich, und sie lässt sich weder backen noch pflanzen. Du verlierst sofort 2 Gesundheitspunkte, wenn du sie isst!

GASE UND FLÜSSIG-KEITEN

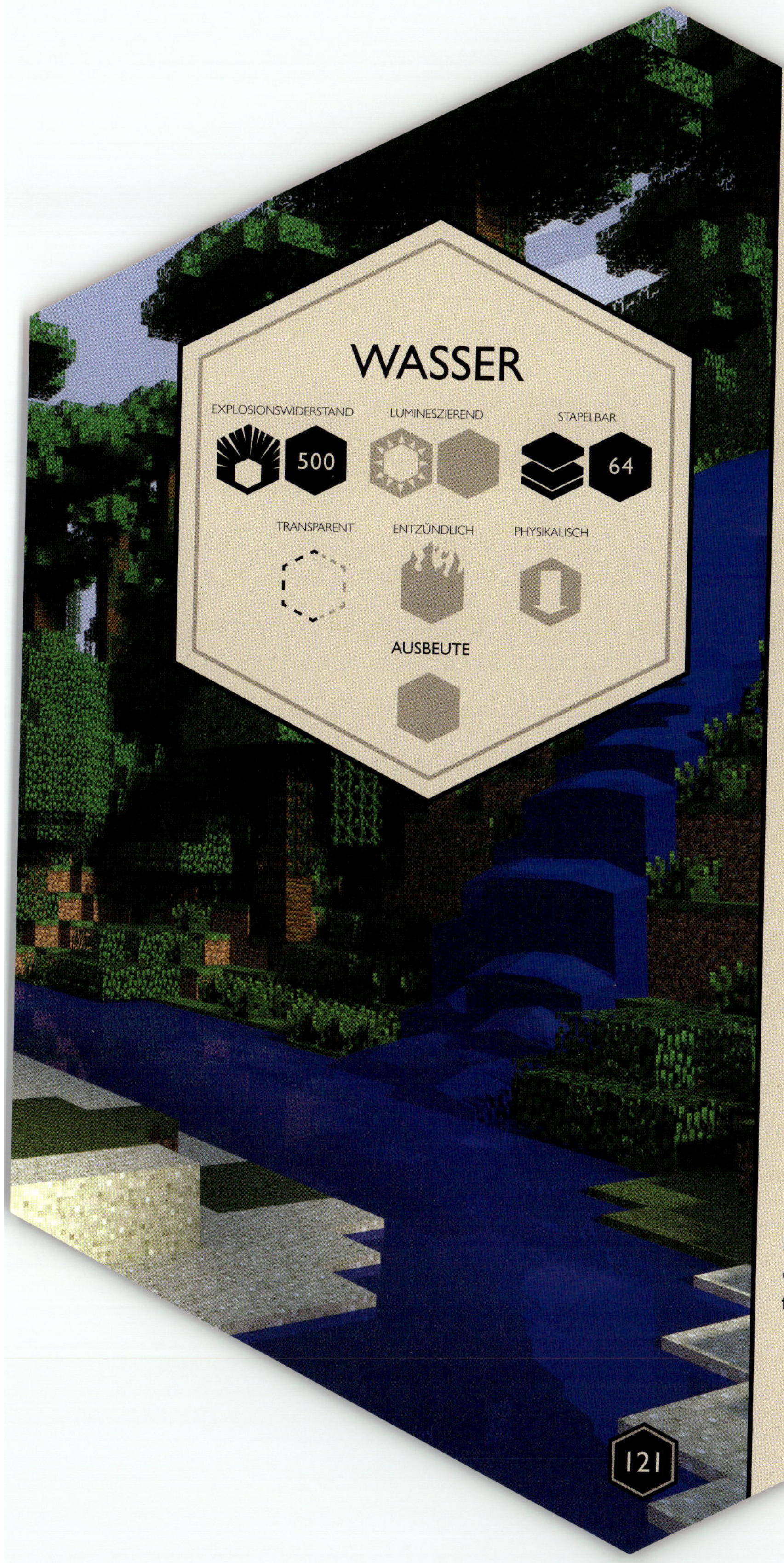

WASSER

EXPLOSIONSWIDERSTAND 500

LUMINESZIEREND

STAPELBAR 64

TRANSPARENT

ENTZÜNDLICH

PHYSIKALISCH

AUSBEUTE

VORKOMMEN

Wasser hat grundsätzlich einen Pegel von 64 Blöcken über der Grundgesteinsebene (Meereshöhe). Es kann aber auch als Wasserfall in die Tiefe stürzen sowie unterirdisch als Quelle sprudeln.

FUNKTION

Wasser ist unglaublich vielseitig. Auch in der Minecraft-Welt ist es Lebensquell der Pflanzen. Es kann zu Eis (40–41) gefrieren und fließende Lava (122–125) zu Stein (12–15) erstarren lassen. Du kannst einen Wasserfall wie einen Aufzug nutzen und darin senkrecht nach oben schwimmen. Mithilfe von Wasser kannst du nicht nur Stein und Bruchstein erzeugen, sondern auch den kostbaren Obsidian (34–37).

VARIANTEN

Wasser gibt es in zwei Zuständen: fließend und stehend. Wenn du Wasser aus einem Eimer kippst, schaffst du eine Wasserquelle, die sich auf ebenem Boden 7 Blöcke weit ausbreitet.

EXPERTENRAT

Jeder Wasserblock reduziert das Licht um 2 Stufen – deshalb wird es auf einem Tauchgang schnell düster. Abhilfe schafft ein Trank der Nachtsicht.

ZUSATZINFORMATION

Seen, Flüsse, Meere und Quellen bestehen aus Wasser-Quellblöcken. Entnimmst du einem Gewässer einen Wasserblock, fließt sofort Wasser nach.

LAVA

- EXPLOSIONSWIDERSTAND: 500
- LUMINESZIEREND: 15
- STAPELBAR: 64
- TRANSPARENT
- ENTZÜNDLICH
- PHYSIKALISCH
- AUSBEUTE

VORKOMMEN

Lava erscheint an der Oberfläche in Lavabecken mit nur geringer Ausdehnung, doch in der Tiefe können riesige Lavaseen entstehen. Bis 10 Blöcke über der Grundgesteinsebene ist Lava besonders häufig. Bist du schon einmal beim Graben aus Versehen auf Lava gestoßen und hast eine gefährliche Kaskade feuerroter Glut ausgelöst? Aus einzelnen Lava-Quellblöcken können sich ganze Ströme bilden. Und wie zu erwarten, ist der Nether voll davon.

EIGENSCHAFTEN

Blubberndes, geschmolzenes Gestein: kein Wunder, dass eine der häufigsten Todesursachen in Minecraft mit Lava zu tun hat. Sie steckt im Vorbeifließen entzündliches Material in Brand und zerstört nahezu alles auf ihrem Weg: Pflanzen, Fackeln und Mechanismen. Kurzum, mit Lava spielt man nicht!

FUNKTION

Generell hält man sich von Lava besser fern: Wenn du mit ihr in Kontakt kommst, verlierst du alle 0,5 Sekunden 2 Herzen deiner Gesundheitsleiste.

Allerdings ist Lava eine besonders ergiebige Brennstoffquelle für Öfen (216–217). Kommen Hühner, Schweine oder Kühe der Lava zu nahe, sind sie im Handumdrehen gebraten und verzehrfertig. Traurig, aber lecker! Noch praktischer ist der Schaden, den sie Monstern zufügt, die nicht dem Nether entstammen. Ein Burggraben oder andere gemeine Fallen machen sich die gefährlichen Eigenschaften der Lava zunutze.

VERHALTEN

Im Nether fließt Lava wie Wasser (120–121) auf ebenem Grund 7 Blöcke weit in jede Richtung, in der Oberwelt jedoch nur 4 Blöcke. Im Nether fließt sie noch dazu schneller.

WICHTIGE INFORMATION

Bringt man Lava mit Wasser zusammen, entstehen verschiedene andere Substanzen. Ergießt sich Lava über eine Wasserfläche, entsteht Stein, berührt sie einen Wasserblock von der Seite, verwandelt sich dieser in Bruchstein. Und Obsidian entsteht, wenn Wasser direkt auf einen Lava-Quellblock trifft.

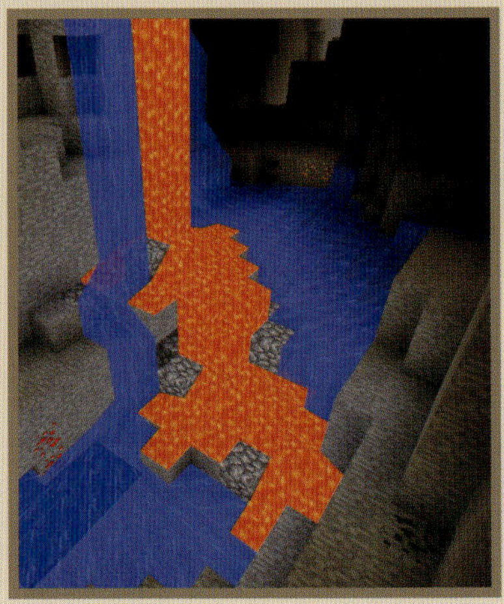

EXPERTENRAT

Ein schlauer Minenarbeiter hat immer einen Eimer Wasser dabei. Er kann dir das Leben retten, wenn du unerwartet auf Lava stößt.

TRIVIALWISSEN

Erstaunlicherweise hat Zuckerrohr (104–105) die Fähigkeit, Lava aufzuhalten. Verzehrt die Lava allerdings das Wasser im Umfeld, hat auch des Zuckerrohrs letztes Stündlein geschlagen …

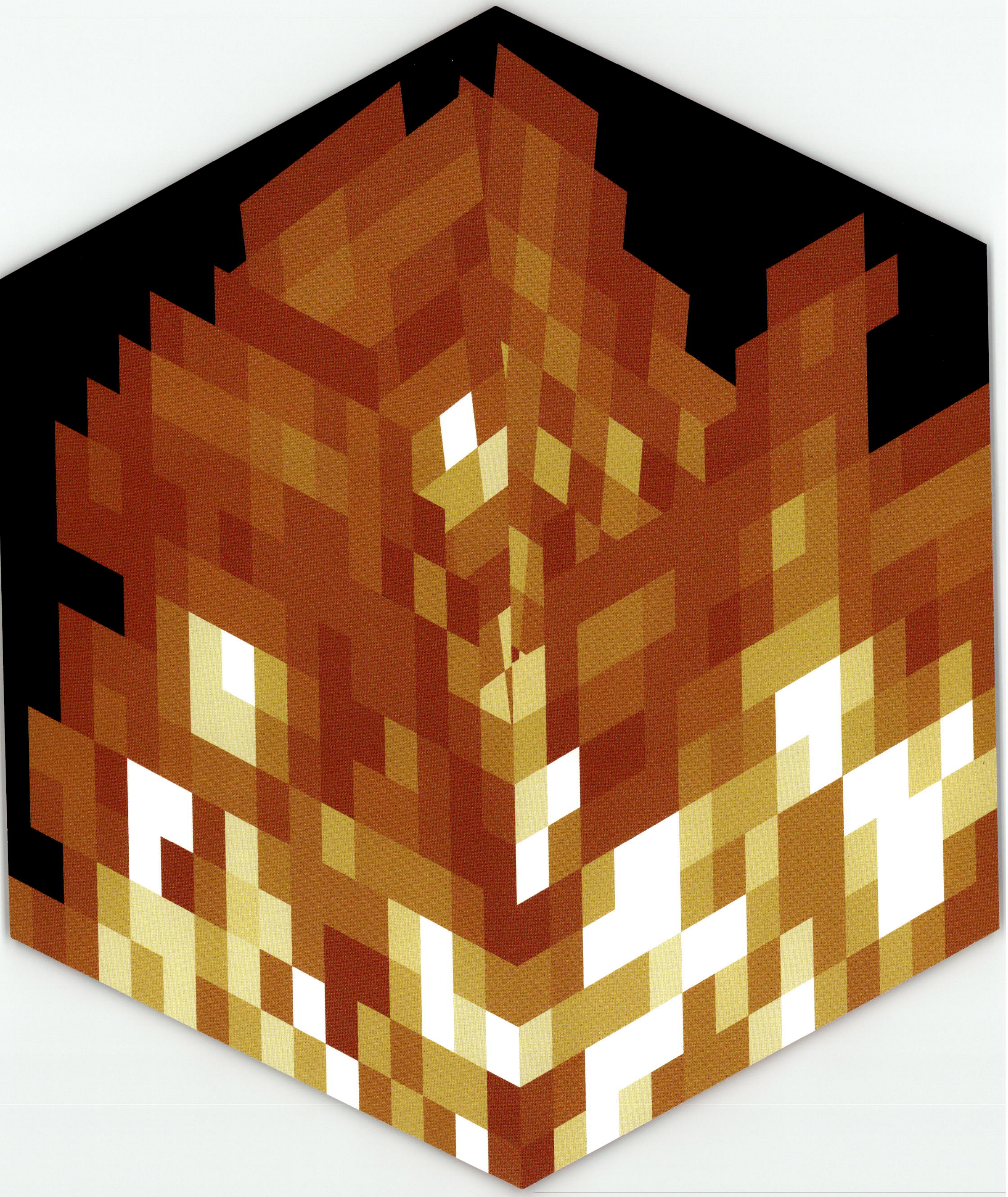

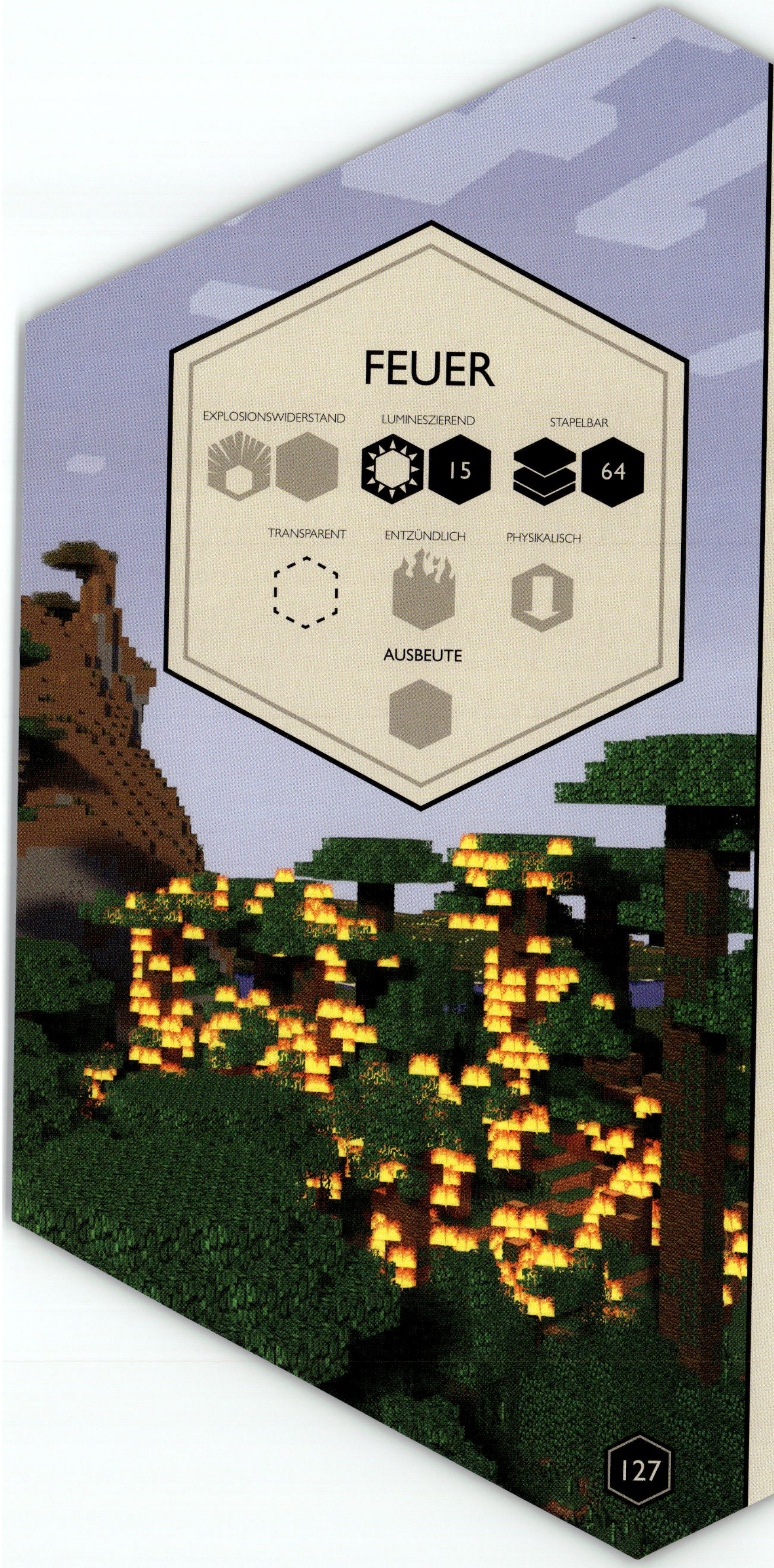

FUNKTION

Mit der Lava (122–125) kommt das Feuer. Es breitet sich über entzündliche Blöcke aus und löscht diese aus, bevor es verschwindet. Bücherregale, Wolle, Kohlenblöcke, Blätter, Ranken, hohes Gras, Strohballen und prinzipiell alles, was primär aus Holz besteht, ist entzündlich.

VERHALTEN

Feuer besetzt einen Luftblock (58–59) und hat die Angewohnheit, sich besonders nach oben auszubreiten. Es kann einen Block abwärts oder waagerecht und 4 Blöcke aufwärts wandern. Wenn du etwas um eine Feuerquelle herum konstruierst, halte ausreichend Abstand, besonders oben darüber.

Feuer erlischt nach ein paar Sekunden, sobald sich kein entzündliches Material mehr in seiner Reichweite befindet. Nur ein Block brennt bis in alle Ewigkeit: Netherstein (134-135).

EXPERTENRAT

Du kannst Feuer von der Seite ausklopfen oder von oben mit Wasser, Sand oder Kies löschen.

WICHTIGE INFORMATION

Dass sich Vieh in seine verzehrfertige Form verwandelt, wenn es mit Feuer in Berührung kommt, sollte man mit Humor nehmen. Mahlzeit!

NETHER
UND ENDE

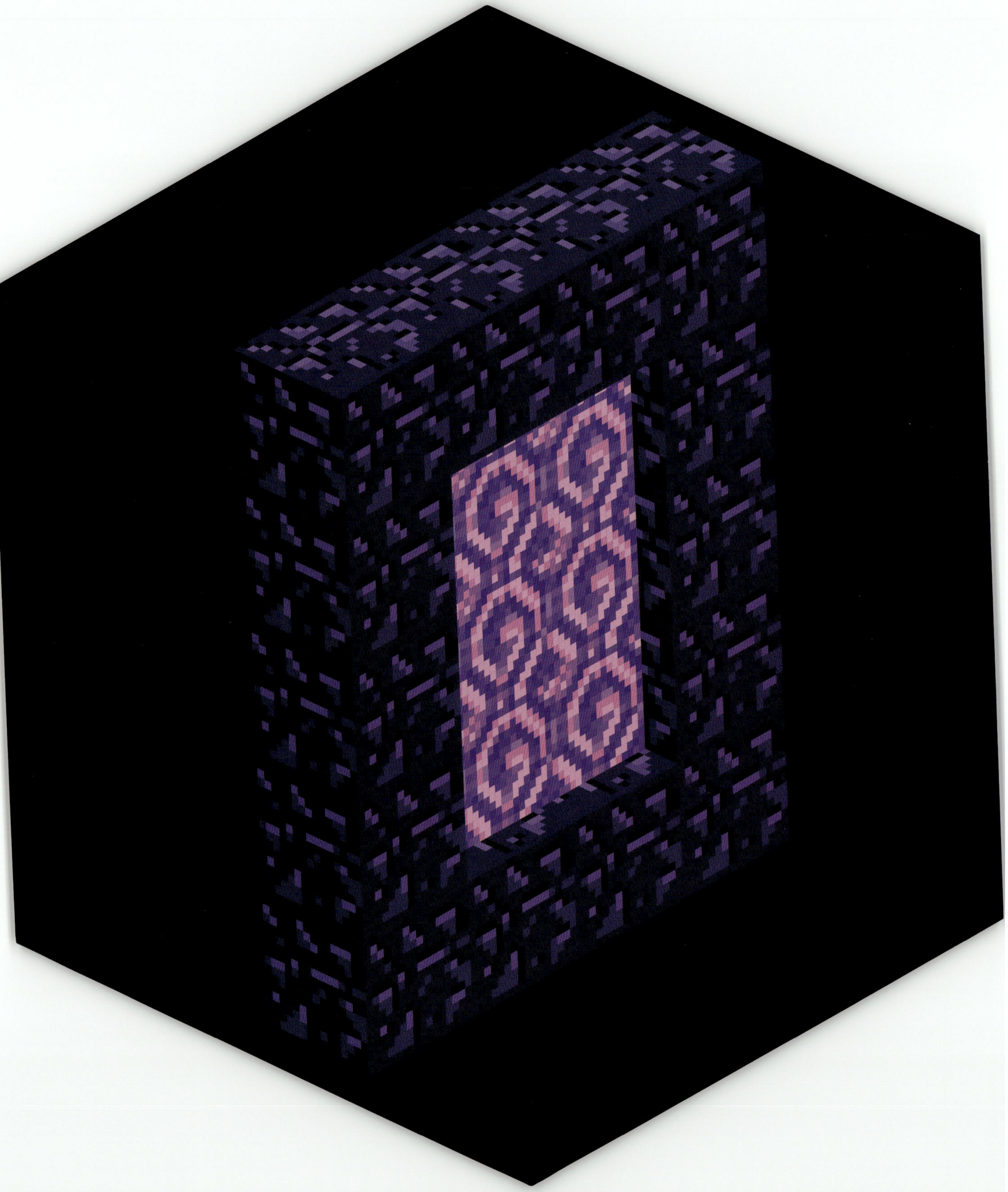

NETHERPORTAL

EXPLOSIONSWIDERSTAND

LUMINESZIEREND 11

STAPELBAR 64

TRANSPARENT

ENTZÜNDLICH

PHYSIKALISCH

AUSBEUTE

FUNKTION

Netherportal-Blöcke sind der lilafarbene Wirbel, der sich im Zentrum eines Rahmens aus Obsidianblöcken (34–37) bildet. Es gibt nur einen Grund für dich, ein Netherportal zu errichten: Du willst den unheimlichen Nether erforschen.

Aber warum um alles in der Minecraft-Welt würdest du in diese unwirtliche Dimension vordringen wollen? Es lockt die große Zahl nützlicher Rohstoffe!

VERHALTEN

Die Netherportal-Blöcke senden nach der Aktivierung einen lilafarbenen Partikeleffekt aus und geben einen unverwechselbaren und gruseligen Klang ab. Ohne zu mogeln, kannst du keine Netherportal-Blöcke aufsammeln und sie verschwinden, sobald auch nur ein Block aus dem Rahmen gerissen wird. Auch eine Flut oder eine Explosion kann sie zerstören.

Eigentlich sind Netherportal-Blöcke hohl – im Gegensatz zu anderen ähnlichen Blöcken, durch die du hindurchspazieren kannst, wie zum Beispiel Wasser.

HERSTELLUNG

Um ein Netherportal zu errichten, musst du einen Rahmen aus Obsidianblöcken zusammensetzen: 5 Blöcke hoch und 4 Blöcke breit. Entzünde ein Feuerzeug oder eine Feuerladung in der Mitte des Rahmens, und die Netherportal-Blöcke erscheinen.

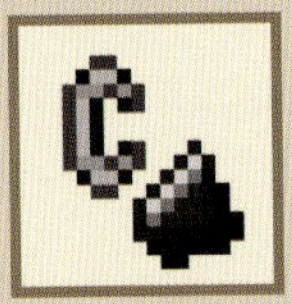

Harrst du einige Augenblicke in der Mitte des Rahmens aus, verzerrt sich deine Sicht, und du entschwindest in die höllische Umgebung des Nethers.

WICHTIGE INFORMATION

Minecraft-Veteranen nehmen immer Feuerzeug und Obsidianblöcke mit in den Nether. Ghasts können Portale nämlich mit Leichtigkeit zerstören, und es kommt oft vor, dass du sie wieder aufbauen musst.

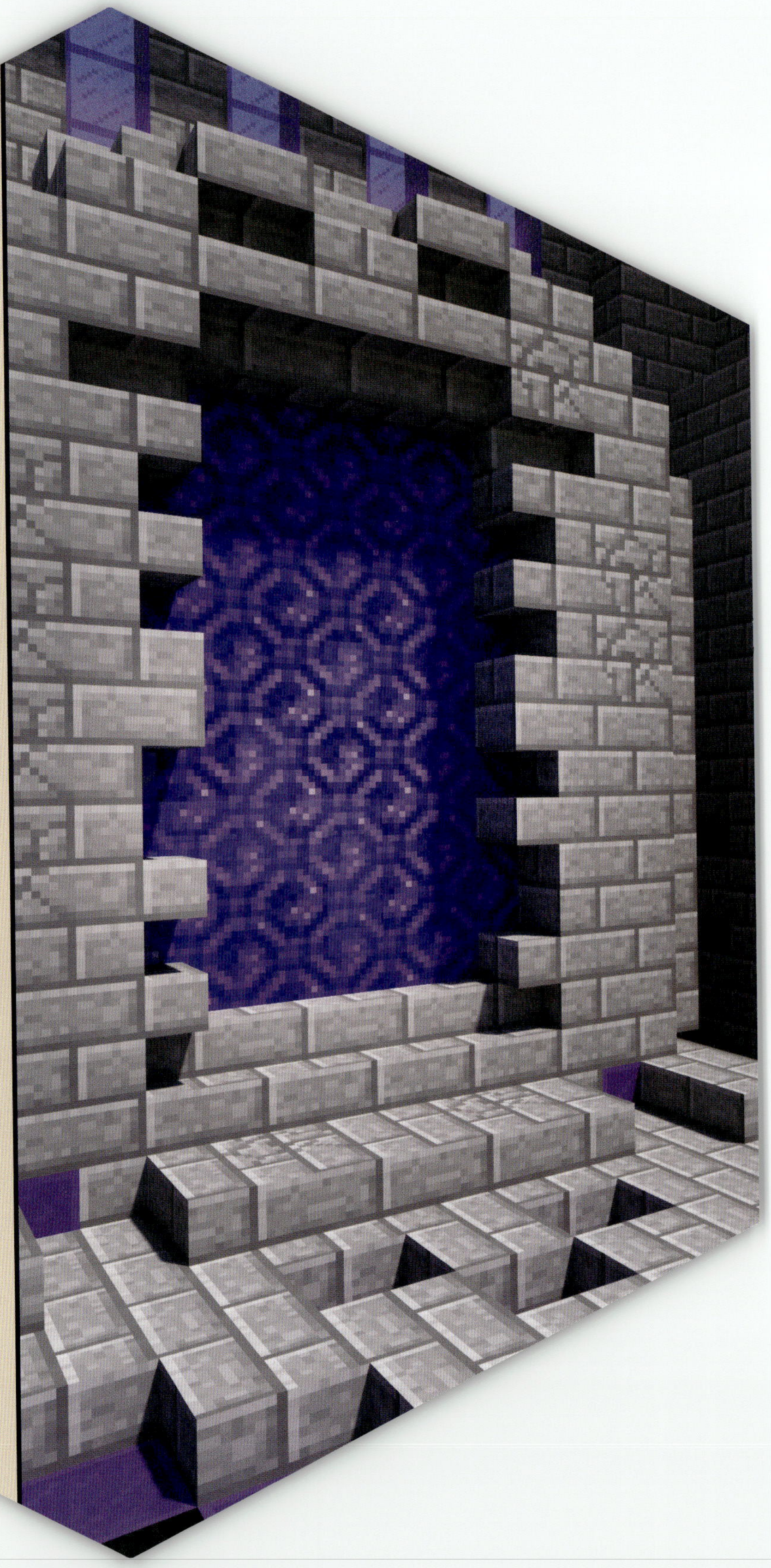

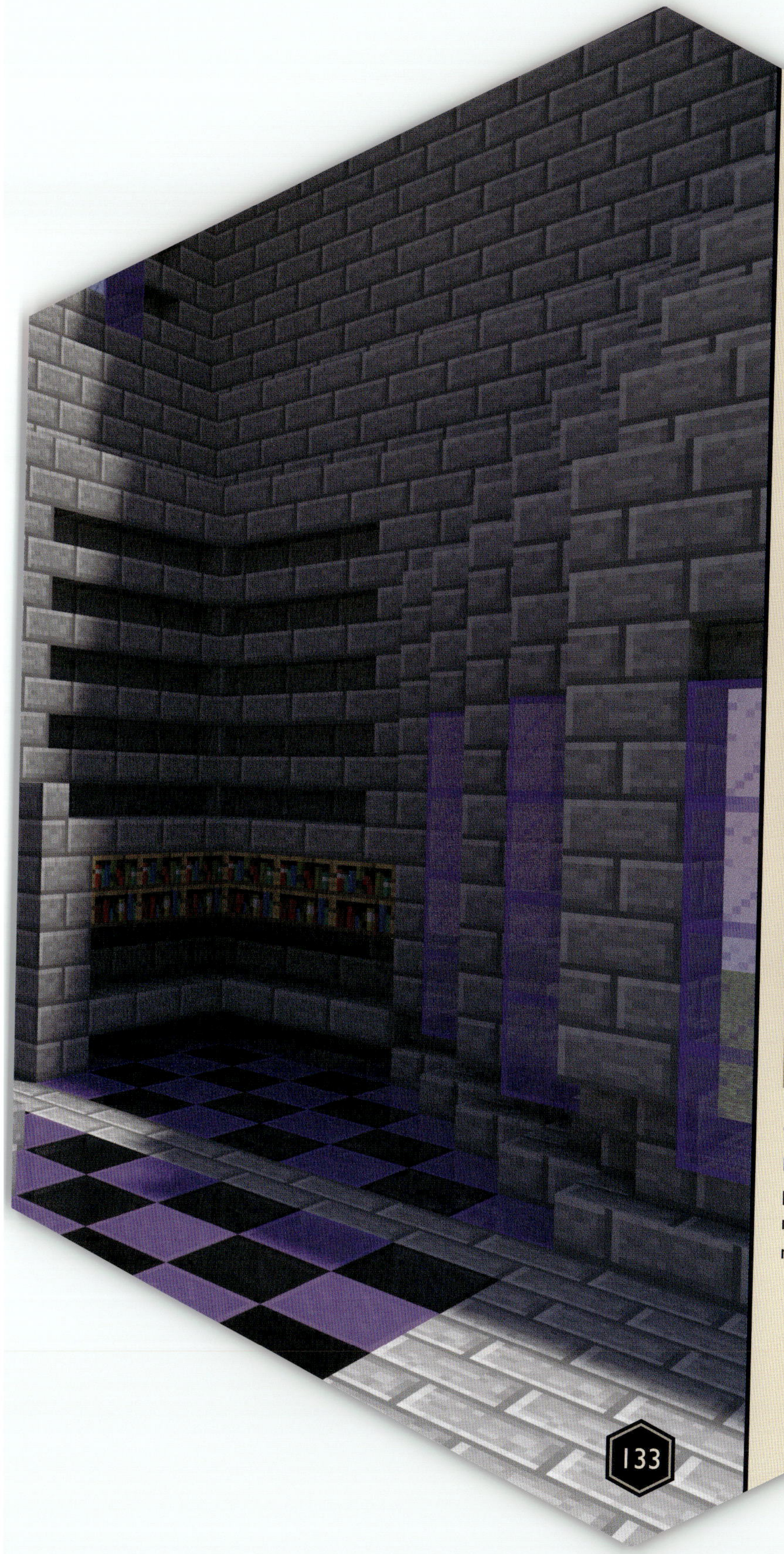

EXPERTENRAT

Vergiss nie, dass auf deiner Seite des Portals in der Oberwelt die Zombie-Pigmen auftauchen können.

TRIVIALWISSEN

Du kannst gerne versuchen, ein Netherportal auch im Ende zu errichten. Aber sei nicht enttäuscht, wenn dir die Aktivierung nicht gelingt.

NETHERSTEIN

EXPLOSIONSWIDERSTAND: 2

LUMINESZIEREND

STAPELBAR: 64

TRANSPARENT

ENTZÜNDLICH

PHYSIKALISCH

AUSBEUTE

VORKOMMEN

Die Oberwelt ist zugepflastert mit Erde und Stein. Der häufigste Block im Nether und somit das Äquivalent dazu ist der Netherstein. Auch wenn er zu den Steinen zählt, lässt er sich ähnlich leicht zerstören wie Erde. Kein guter Schutz also gegen Explosionen oder mit Schaufeln bewaffnete Feinde.

FUNKTION

Schmilzt du Netherstein im Ofen, erhältst du Netherziegel, die sich zu Netherziegelblöcken (142–143) zusammensetzen lassen. Die wohl wichtigste Funktion des Nethersteins aber ist seine unendliche Brenndauer, wenn er angezündet ist. Deshalb züngeln im Nether auch überall Flammen. So lassen sich mit ihm immerwährende Feuerwälle gegen feindliche Mobs aufschütten oder Fallen auslegen, in die deine unbedarfte Beute hineinwandert.

WICHTIGE INFORMATION

Netherstein reagiert bei Feuer anders als andere Blöcke: Die Flammen breiten sich nicht über aneinanderliegende Nethersteine aus, und die Blöcke werden nicht vernichtet.

EXPERTENRAT

Für ein offenes Feuer eignet sich nichts besser als Netherstein, da er ewig vor sich hin brennt. Halte ihn einfach von anderen entzündlichen Blöcken fern.

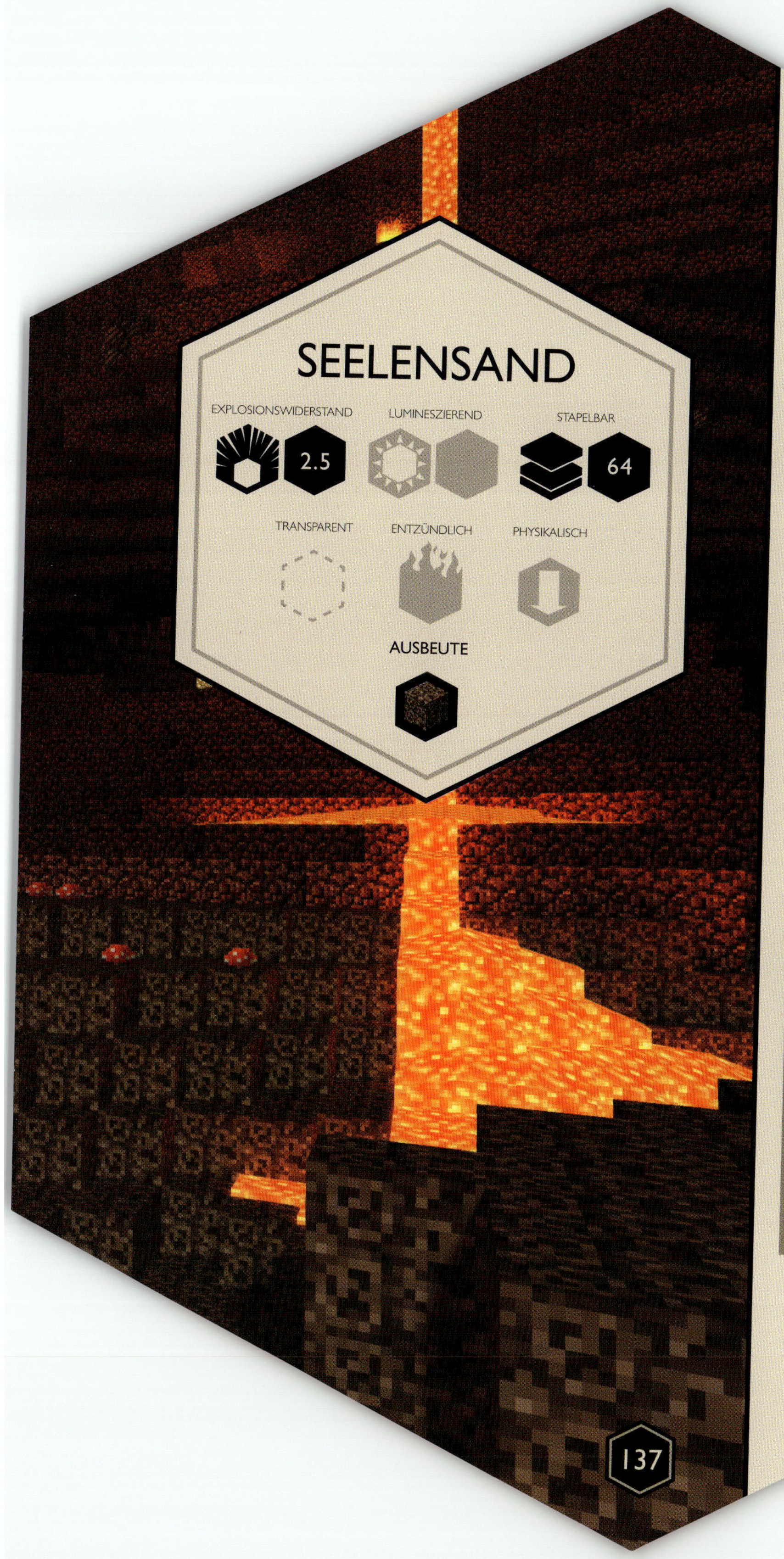

SEELENSAND

EXPLOSIONSWIDERSTAND 2.5

LUMINESZIEREND

STAPELBAR 64

TRANSPARENT

ENTZÜNDLICH

PHYSIKALISCH

AUSBEUTE

VORKOMMEN

Seelensand findet man im Nether häufig in der Nähe von Lavaseen.

VERHALTEN

Weil seine Textur an schreiende Fratzen (Hilfe!) erinnert, zählt Seelensand zu den eher sonderbaren Blöcken in Minecraft. Er verhält sich ein wenig wie Treibsand, da er die Bewegung von Spielern und Mobs verlangsamt, die ihn überqueren.

FUNKTION

Die Verlangsamung lässt sich als Falle oder Schikane einsetzen. Aber vergiss nicht, dass auch du langsamer wirst! Am stärksten ist die Wirkung, wenn du Wasser über den Seelensand gießt. Darin schwimmende Gegenstände kommen dabei vollständig zum Stillstand.

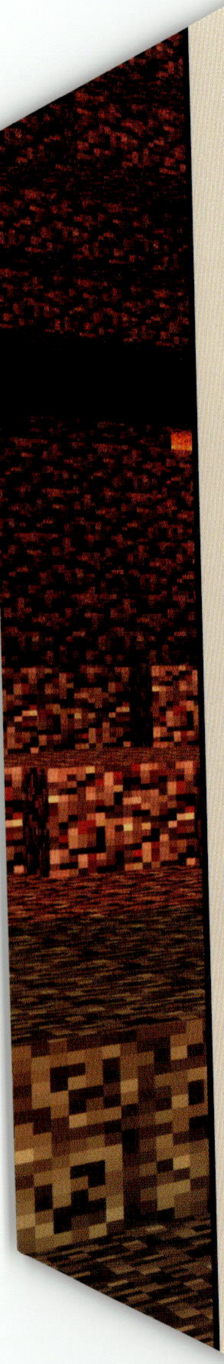

EIGENSCHAFTEN

Eine weitere Merkwürdigkeit ist die Höhe. Der Block ist nur 7/8 so hoch wie ein regulärer Block. Platzierst du eine Stufe (166–167) neben Seelensand, musst du auf sie springen. Um eine Einbahnstraße einzurichten, setze einen Block Seelensand vor einem 2 Blöcke hohen Durchgang. So kannst du die Stelle nur noch in einer Richtung passieren. Gespenstisch!

WICHTIGE INFORMATION

Seelensand ist der einzige Block, auf dem die Netherwarze (144–145) wächst. Da die sie Hauptbestandteil vieler Tränke ist, brauchst du Seelensand zum Brauen.

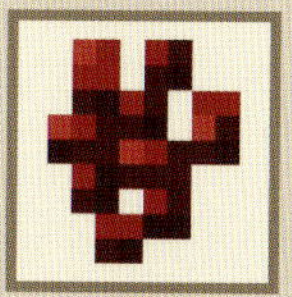

ZUSATZINFORMATION

Mithilfe von Seelensand lässt sich der Wither erschaffen, ein dreiköpfiges fliegendes Bossmonster. Arrangiere 4 Seelensandblöcke in einer T-Form und pflanze dem Konstrukt 3 Witherskelettköpfe auf.

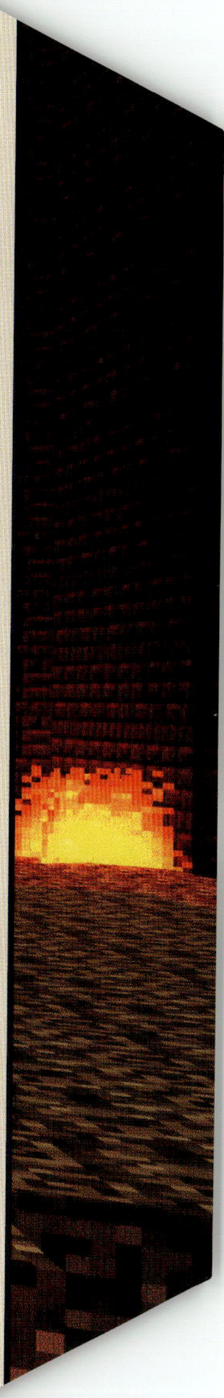

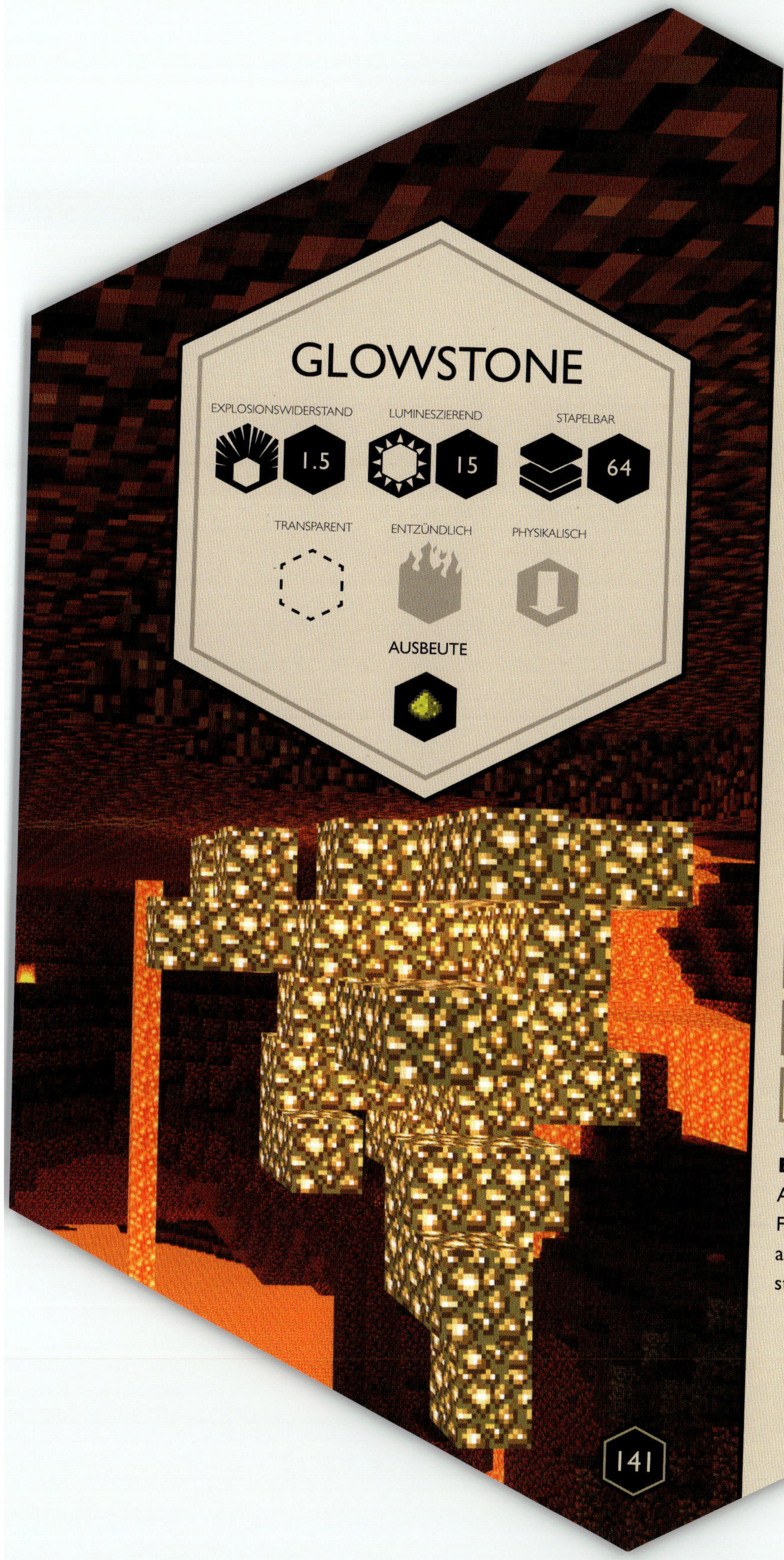

GLOWSTONE

EXPLOSIONSWIDERSTAND 1.5

LUMINESZIEREND 15

STAPELBAR 64

TRANSPARENT

ENTZÜNDLICH

PHYSIKALISCH

AUSBEUTE

VORKOMMEN

Der Nether strotzt vor Gefahren, dennoch bietet er einem beliebten Baumaterial und zugleich einer wunderschönen natürlichen Lichtquelle in der Minecraft-Welt ein Zuhause: dem Glowstone.

FUNKTION

Der glühende Stein leuchtet etwas heller als Fackeln (204–207). Du kannst eine ganze Wand aus Glowstone-Blöcken bauen und damit einen Raum erleuchten. Da er durch den Kontakt mit Wasser nicht erlischt, kannst du ihn auf deine Tauchgänge mitnehmen.

HERSTELLUNG

Wenn du den Glowstone zerstörst, hinterlässt er 2 bis 4 Handvoll Glowstone-Staub (Ausnahme: eine Verzauberung der Behutsamkeit liegt auf dem Werkzeug, dann hinterlässt er sich selbst).

EXPERTENRAT

An Glowstone-Blöcken lassen sich keine Fackeln, Hebel oder Knöpfe anbringen, also plane umsichtig, wenn du mit Glowstone baust.

NETHERZIEGEL

VORKOMMEN

Die Festungsanlagen im Nether bestehen aus Netherziegeln. Finde sie, um deinen Vorrat aufzufüllen.

FUNKTION

Im Nether fliegen dir ständig Ghast-Feuerbälle um die Ohren. Aber Netherziegel sind gegen diese explosiven Geschosse genauso resistent wie Stein und Bruchstein. Netherziegelblöcke lassen sich in entsprechende Treppen (174–175), Zäune (182–183) und Stufen (166–167) umwandeln.

VERHALTEN

Netherziegel lassen sich schneller abbauen als Stein. Ein Netherziegelblock besteht aus 4 Netherziegeln (die durch Schmelzen von Netherstein entstehen).

EXPERTENRAT

Netherfestungen sind ein gefährliches Pflaster. Statte dich mit deiner besten Waffe und Rüstung aus. Gegen die Lohen ist jede Form der Feuerresistenz hilfreich.

NETHERWARZE

EXPLOSIONSWIDERSTAND
LUMINESZIEREND
STAPELBAR 64
TRANSPARENT
ENTZÜNDLICH
PHYSIKALISCH
AUSBEUTE

FUNKTION

Willst du dein Geschick mit Verzauberungen ausprobieren? Dann mache dich mit der Netherwarze vertraut, der rötlichen pilzartigen Pflanze aus dem Nether. Gebraut mit einer Flasche Wasser ergibt sie den seltsamen Trank, Grundbestandteil der meisten nützlichen Tränke wie Nachtsicht und Heilung.

KULTIVIERUNG

Die Netherwarze wächst üblicherweise unter Treppenstufen in den Netherfestungen (in den PlayStation- und Xbox-Fassungen auch auf Seelensandstränden). Du findest sie aber auch in Truhen. In der Oberwelt kannst du sie überall anbauen, solange du sie in Seelensand (136–139) steckst. Sie wächst in 4 Phasen im Verlauf von 15 Minuten heran und ist somit schneller reif als Weizen.

Beim Ernten erhältst du ab der 3. Wachstumsphase bereits eine Netherwarze und 2 bis 4 in der letzten.

ZUSATZINFORMATION

Knochenmehl wirkt hier nicht. Hab Geduld! Dafür sind die Lichtverhältnisse ziemlich egal.

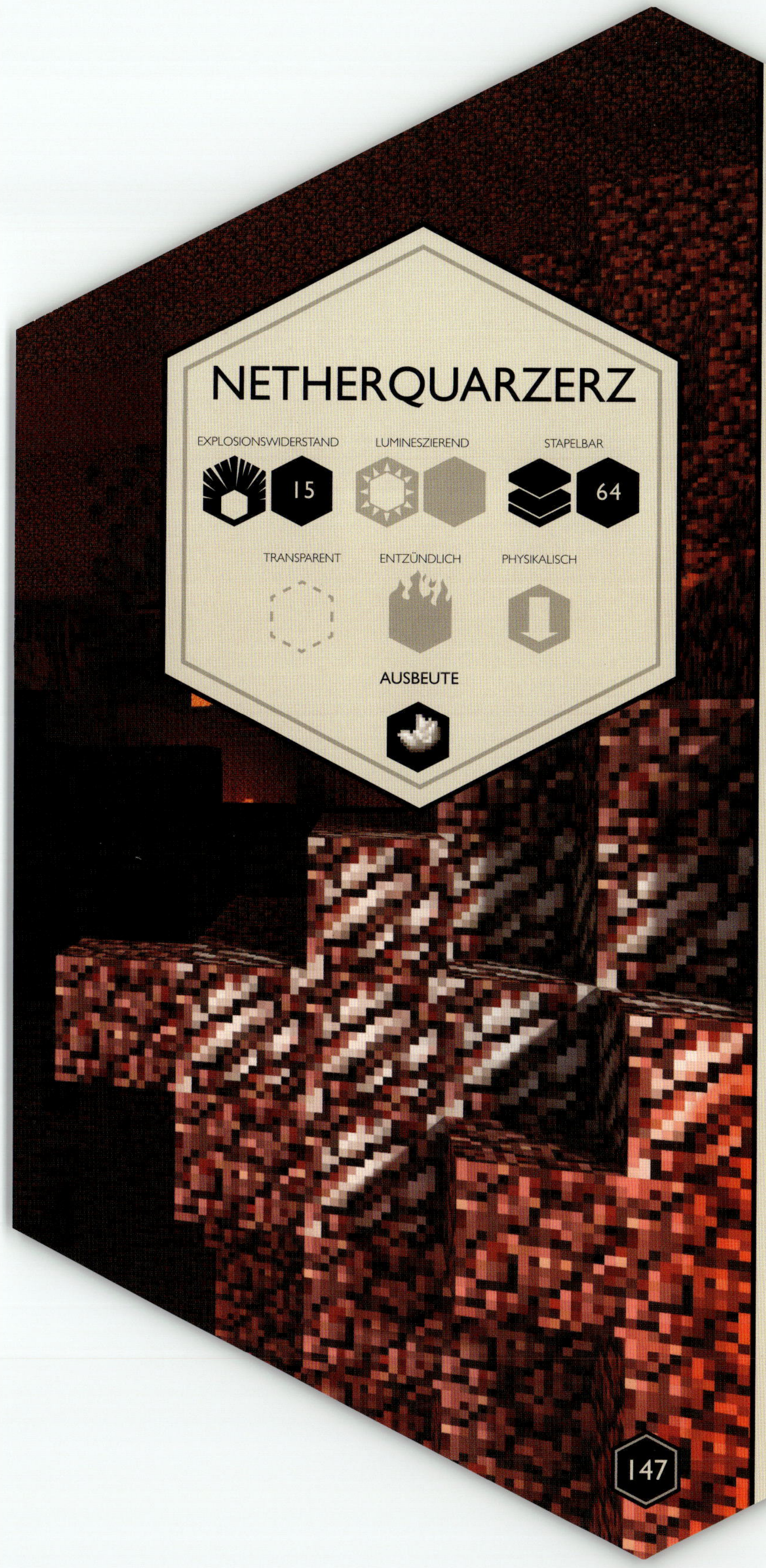

NETHERQUARZERZ

EXPLOSIONSWIDERSTAND 15

LUMINESZIEREND

STAPELBAR 64

TRANSPARENT

ENTZÜNDLICH

PHYSIKALISCH

AUSBEUTE

VORKOMMEN

Netherquarzerz ist ein von Redstone-Tüftlern heißbegehrtes Material. Es wird in Komparatoren (290–293) und Tageslichtsensoren (302–303) eingesetzt.

Quarzkristalle lassen sich mit einer Spitzhacke aus Netherquarzerz-Blöcken gewinnen. Dieses Erz kommt nur im Nether vor, dafür aber relativ häufig. In den zerklüfteten Wänden aus Netherstein lassen sich Erzblöcke gut erkennen.

FUNKTION

Aus 4 Kristallen lässt sich ein wunderschöner, marmorgleicher weißer Quarzblock zusammensetzen. Daraus lassen sich Stufen, Treppen und 2 verschiedene Dekorationen herstellen: Quarzsäulen und gemeißelte Quarzblöcke.

Stilsichere Baumeister verwenden Quarz für zeitlos geschmackvolle Häuser.

ENDSTEIN

EXPLOSIONSWIDERSTAND 45

LUMINESZIEREND

STAPELBAR 64

TRANSPARENT

ENTZÜNDLICH

PHYSIKALISCH

AUSBEUTE

VORKOMMEN

Endsteine findest du nirgendwo anders als im Ende. Abgesehen von den Schwierigkeiten, dort hinzugelangen, musst du die ergatterten Endsteine auch noch zurück in die Oberwelt schaffen! Und der einzige Weg zurück führt über den Enderdrachen, den du besiegen musst. Erst dann öffnet sich das Endportal (236–239), und du kannst wieder nach Hause.

FUNKTION

Kaum ein Block ist so schwierig zu beschaffen wie Endstein. Doch seine erstaunliche Widerstandskraft und einzigartige gelbliche Oberfläche machen ihn zu einem sehr begehrten Baumaterial. Obsidian mag härter sein, aber nur Endstein widersteht den Feuerbällen des Enderdrachen. Außerdem brauchst du lediglich eine hölzerne Spitzhacke zum Abbauen.

WICHTIGE INFORMATION

Endstein ist nach dem Grundgestein (24–25) und Obsidian (34–37) auf Platz 3 der widerstandsfähigsten Blöcke in der Minecraft-Welt. Eine Creeper-Explosion aus nächster Nähe kann ihn jedoch zerstören.

EXPERTENRAT

Endertruhen erleichtern den Rücktransport von Endsteinen in die Oberwelt ein wenig. Platziere eine in der Oberwelt und die zweite im Ende. So kannst du Gegenstände sicher zurück nach Hause bringen.

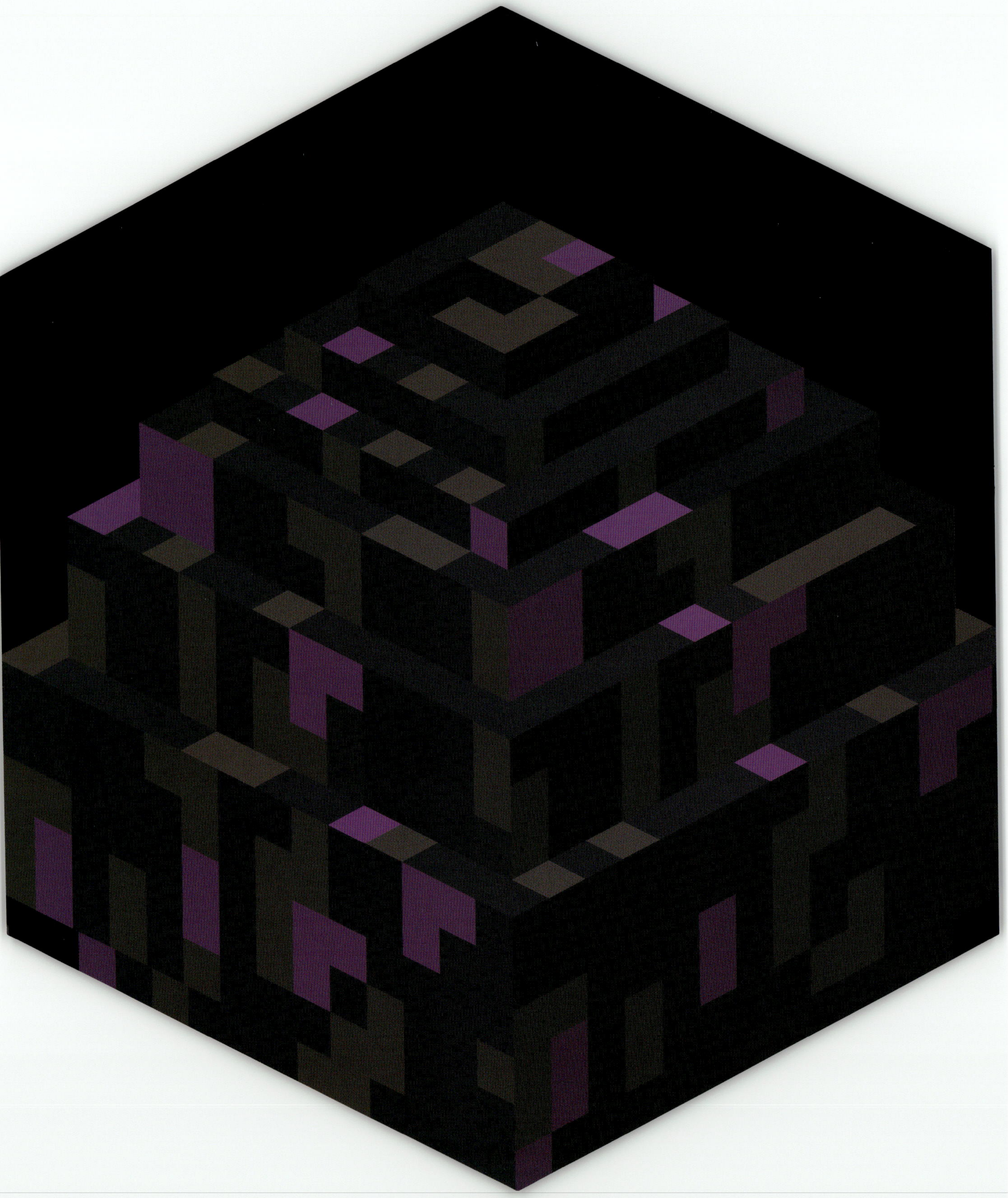

DRACHENEI

EXPLOSIONSWIDERSTAND	LUMINESZIEREND	STAPELBAR
45	1	64

TRANSPARENT	ENTZÜNDLICH	PHYSIKALISCH

AUSBEUTE

ACHTUNG! Nur weiterlesen, wenn du wissen willst, was im / am Ende des Spiels passiert.

FUNKTION

Das Drachenei ist eine der, wenn nicht DIE wertvollste Trophäe in Minecraft. Mit anderen Worten: Das Ei ist völlig nutzlos, zeigt aber, was für ein abgebrühter Haudegen du bist. Ein echter Minecraft-Profi eben.

VERHALTEN

Das Drachenei erscheint auf der Spitze des Endportals, das sich öffnet, sobald du den Enderdrachen besiegt hast. Es ist allerdings ein wenig umständlich, das Ei aufzulesen. Damit es zerbricht und so zu einem sammelbaren Gegenstand wird, muss es zuerst auf einen nicht festen Block fallen wie etwa eine Fackel, ein Zaunteil oder ein Schild. Wenn du nämlich versuchst, es mit bloßen Händen aufzuheben, verschwindet es und erscheint an einem zufälligen Ort in 15 Blöcken Entfernung.

Gut aufsammeln kannst du das Drachenei mit Kolben (262–263). Dabei wird das Ei vom Portal auf einen zerstörbaren Block nebenan geschubst.

TRIVIALWISSEN

Da das Drachenei nur einmal in jeder neuen Minecraft-Welt vorkommt, ist es der seltenste Block im ganzen Spiel.

VOM
SPIELER
GENERIERT

TNT
TNT

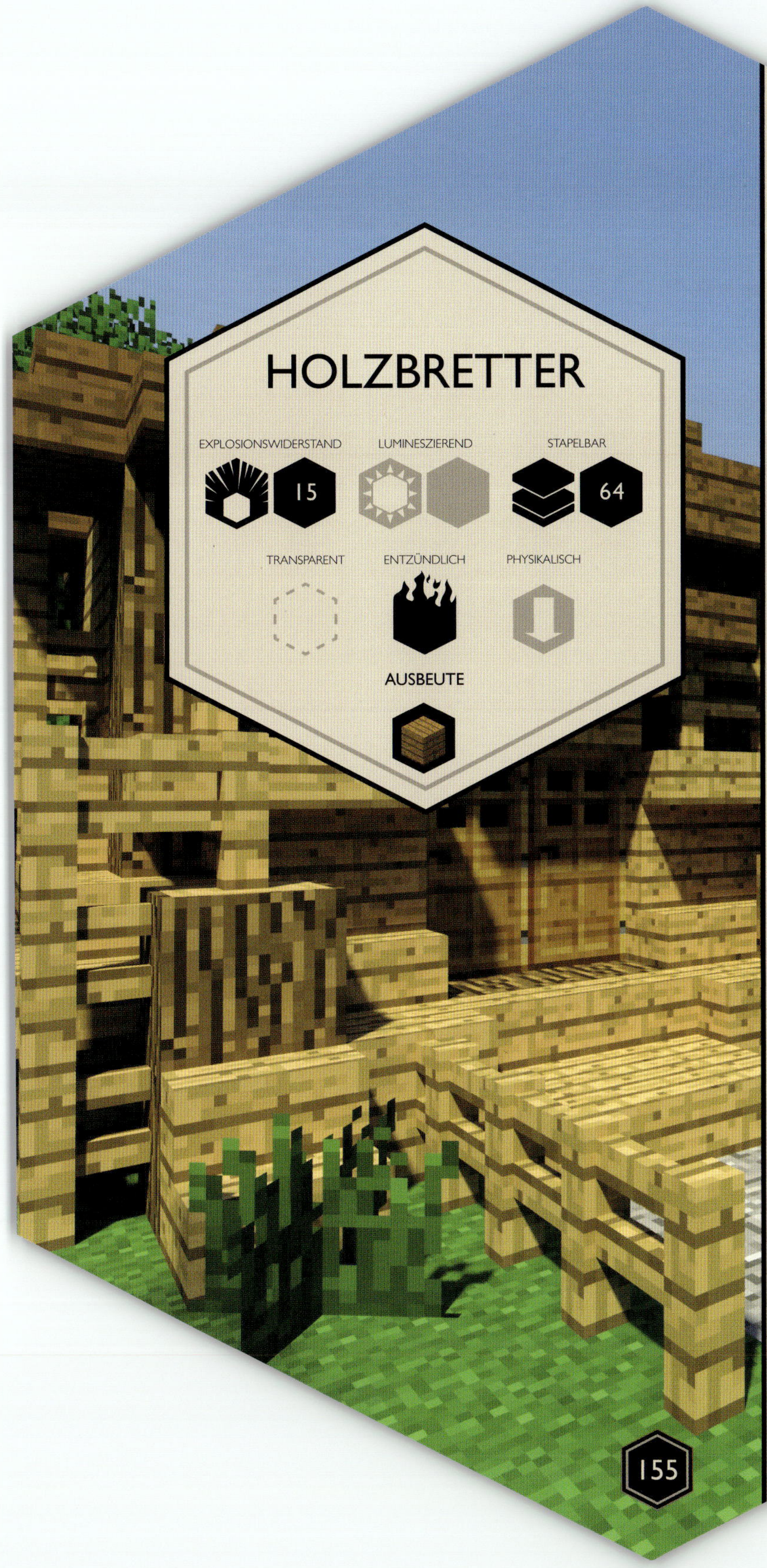

HOLZBRETTER

EXPLOSIONSWIDERSTAND 15

LUMINESZIEREND

STAPELBAR 64

TRANSPARENT

ENTZÜNDLICH

PHYSIKALISCH

AUSBEUTE

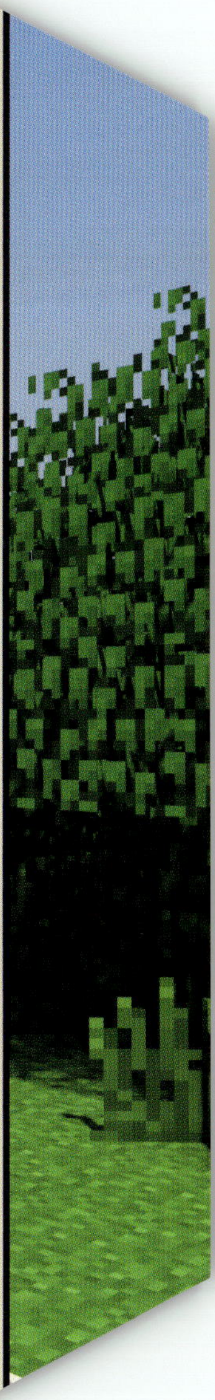

VORKOMMEN

Es gibt 6 Sorten von Holzbrettern, doch nur 2 davon werden auf natürliche Weise generiert. Eichenholzbretter findest du in Dörfern, Festungen und verlassenen Stollen.

Fichtenholzbretter sind Teil von Hexenhütten. Diese stehen in Sümpfen.

FUNKTION

Holzbretter sind während des gesamten Spielverlaufs ein unverzichtbares Material beim Bauen und bei der Herstellung vieler auf Holz basierender Gegenstände, wie zum Beispiel Stöcke, Boote, Kolben (262–263) und Werkbänke (214–215).

Holzbretter sind leicht abzubauen und sehen gut aus. Je nach Holzsorte verzücken sie mit 6 verschiedenen Helligkeitsstufen. Nur bei offenem Feuer und fließender Lava solltest du vorsichtig sein, denn die Bretter fangen sehr schnell Feuer.

Nimm auf jeden Fall Holzbretter mit, wenn du auf unterirdische Entdeckungsreise gehst. Denn unter der Erde wachsen keine Bäume.

HERSTELLUNG
Holzbretter gibt es aus jeder Holzsorte (84–87). Ein Baumstammblock erbringt 4 Holzbretter.

WICHTIGE INFORMATION
Ein Haus sollte immer in der Nähe eines Waldes errichtet werden, kurze Nachschubwege sind schließlich das A und O. Natürlich kannst du auch vor deiner Haustür eine Baumschule mit Setzlingen (82–83) anlegen.

TRIVIALWISSEN

Nicht alle Gegenstände haben die Farbe der Holzbretter, aus denen sie bestehen. Nur Stufen und Treppen übernehmen die Farbe.

EXPERTENRAT

Holzbretter dienen auch als Brennmaterial im Ofen. Jedes Brett erlaubt das Schmelzen von 1,5 Gegenständen. Ein guter Ersatz, wenn gerade keine Kohle oder Besseres zur Hand ist.

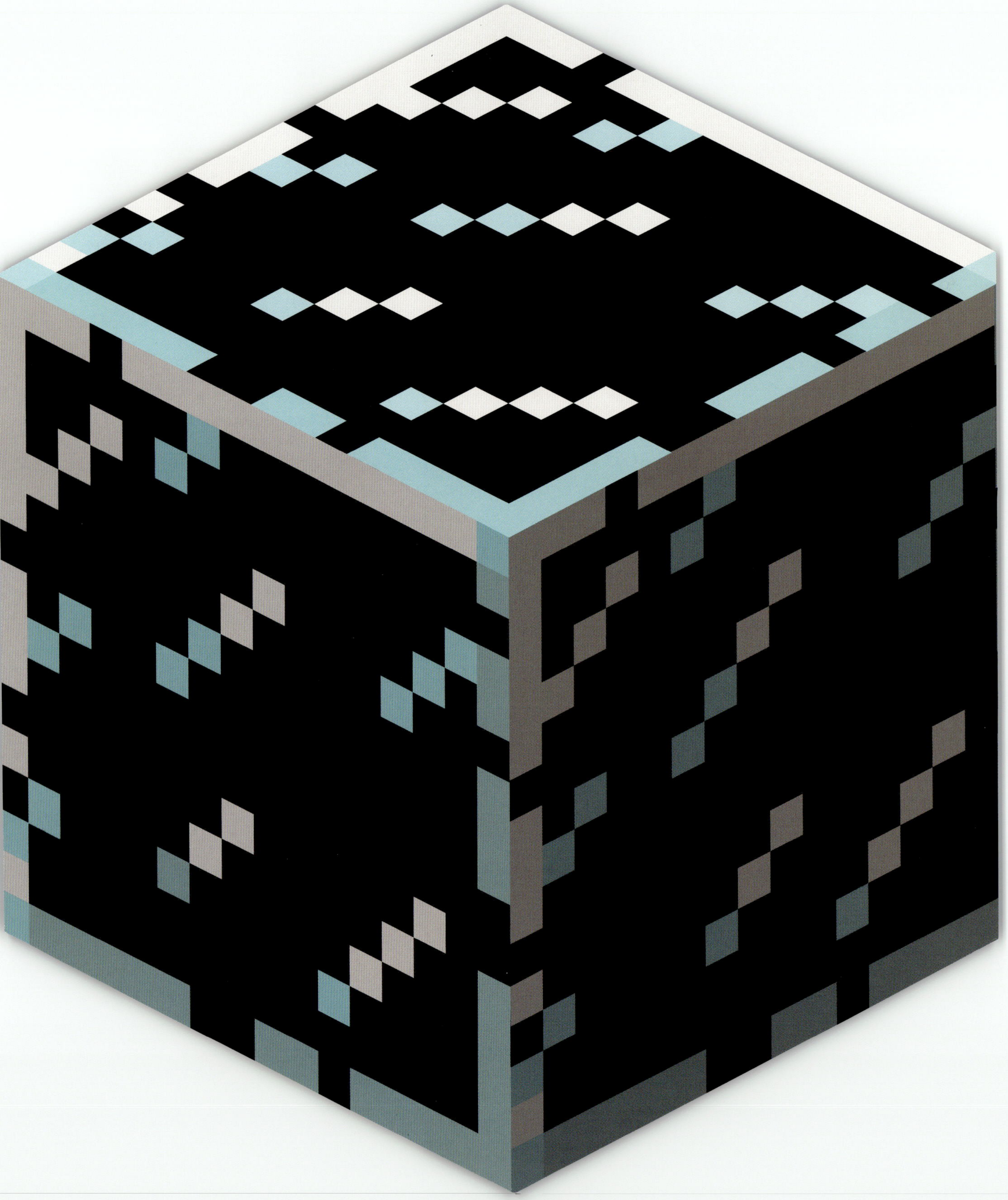

GLAS

EXPLOSIONSWIDERSTAND 1.5

LUMINESZIEREND

STAPELBAR 64

TRANSPARENT

ENTZÜNDLICH

PHYSIKALISCH

AUSBEUTE

FUNKTION

Glas ist leicht herzustellen und gehört zu den schönsten Baustoffen. Eine Mauer aus Glas holt quasi die Landschaft von draußen ins Haus, und du kannst gefahrlos die ganzen Monster beobachten, die nachts um deine Behausung streichen.

Da Glas vollständig transparent ist, verliert hindurchfallendes Licht kaum an Leuchtkraft. Glas kann also Räume erhellen, ganz ohne Löcher in der Hausmauer oder Lücken in der Decke. In einem gläsernen Gewächshaus wachsen Pflanzen, ohne dass dir Mobs die Setzlinge niedertrampeln oder alles wegfressen.

HERSTELLUNG

Zur Herstellung von Glas brauchst du nur einen befeuerten Ofen und Sand (26–27). Glas zerbricht beim Abbauen und kann nicht auf herkömmliche Weise eingesammelt werden. Jeder falsch gesetzte Glasblock bedeutet also einen Verlust.

Am effizientesten baut man mit Glasscheiben. 6 Glasblöcke ergeben 16 Glasscheiben, die viel eleganter aussehen als die großen Blöcke.

Außerdem kannst du aus Glas Flaschen, Leuchtfeuer (240–243) und Tageslichtsensoren (302–303) herstellen.

TRIVIALWISSEN

Wenn du einen Glasboden so um dich herum auslegst, bist du sicher vor umherstreunenden Monstern. Sie können das Glas nämlich nicht betreten, egal ob am Tag oder in der Nacht.

ZUSATZINFORMATION

8 Glasblöcke mit einem Farbstoff kombiniert ergeben die gleiche Anzahl gefärbter Glasblöcke. Diese lassen sich in gefärbte Glasscheiben umwandeln. Wie wär's mit einem prachtvollen Regenbogen wie hier im Hintergrund?

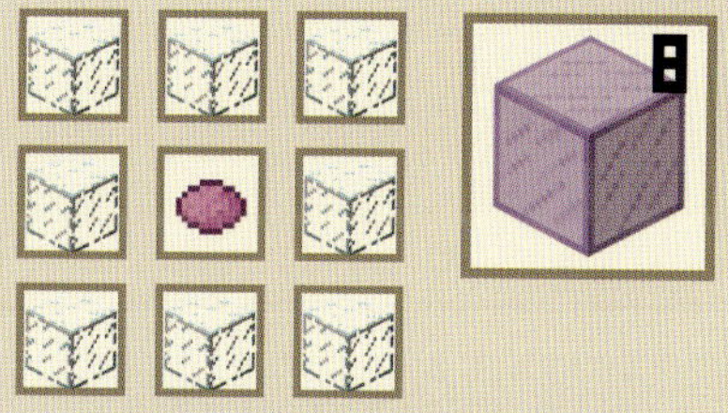

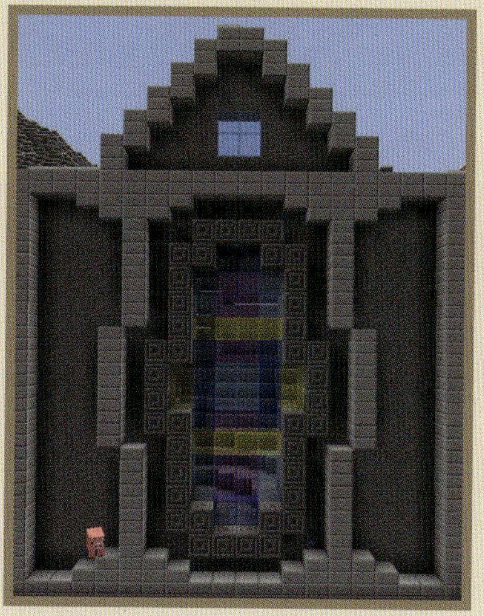

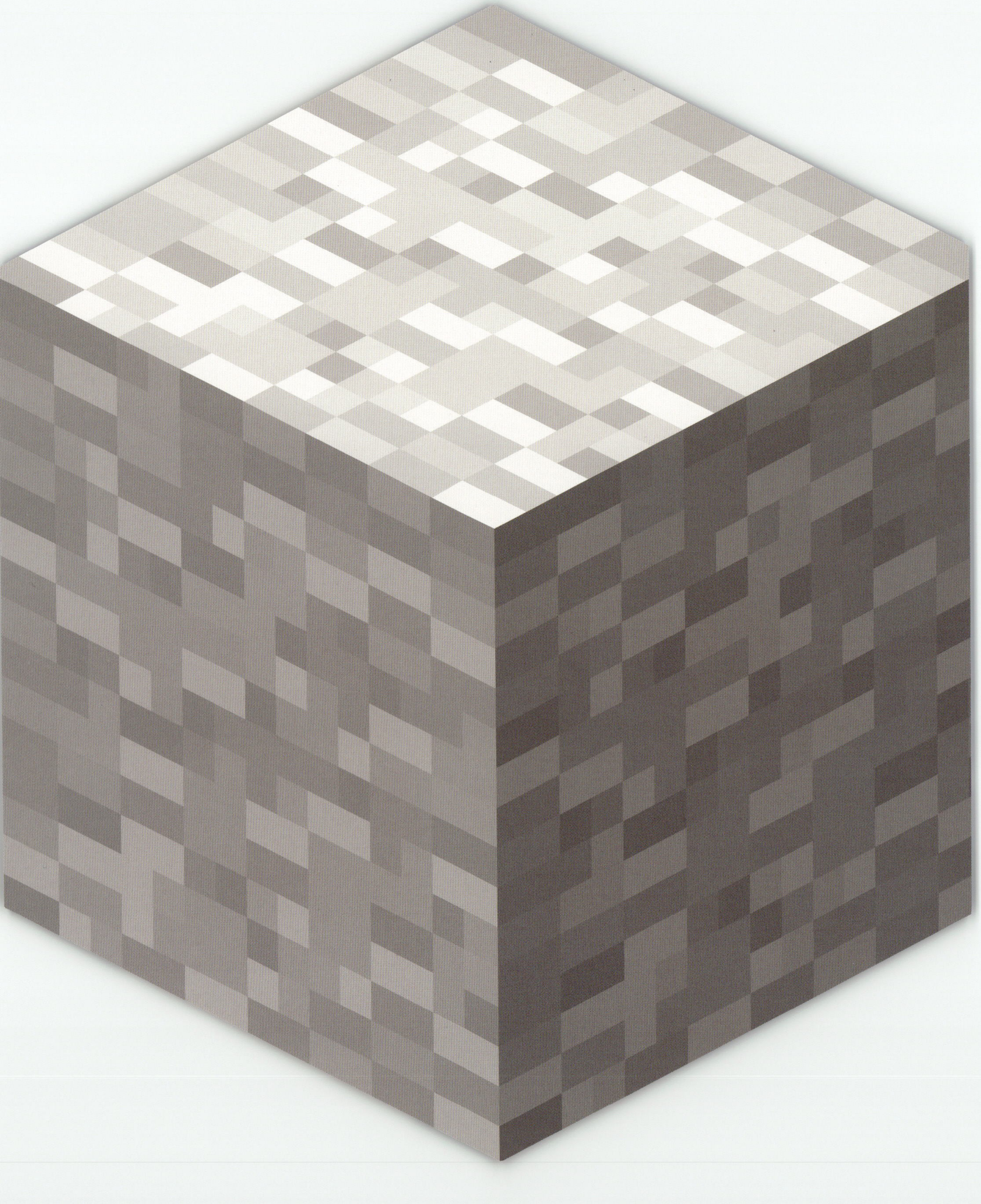

WOLLE

EXPLOSIONSWIDERSTAND 4

LUMINESZIEREND

STAPELBAR 64

TRANSPARENT

ENTZÜNDLICH

PHYSIKALISCH

AUSBEUTE

VORKOMMEN

Durch das Scheren eines Schafes gewinnst du bis zu 3 Blöcke Wolle (1–4 in den Xbox- und PlayStation-Fassungen).

VERHALTEN

Die Farbe der Wolle hängt von der Fellfarbe des Schafs ab. 81,836 % aller natürlich generierten Schafe sind weiß. Jeweils 5 % sind schwarz, grau und hellgrau. 3 % aller Schafe haben ein braunes Fell, 0,164 % ein rosafarbenes. Du kannst Schafe aber auch einfärben.

Die Lämmer entsprechen farblich meist einem Elternteil, selten auch einer Mischung beider Eltern. Wenn du zum Beispiel ein Schaf mit rotem und eines mit gelbem Fell kreuzt, wird das dabei entstandene Lamm ein orangenes Fell haben.

FUNKTION

Wolle erhält einen besonderen Wert als Baumaterial, weil sie sich färben lässt. Vergiss dabei aber nicht, dass sie sehr leicht in Brand gerät. Zum Beispiel durch einen Blitz oder wenn du offenem Feuer zu nahe kommst.

Wolle ist nicht nur schön, sie ist auch Teil der Rezepte für Betten (200–201), Teppiche (194–195) und Gemälde (248–249).

EXPERTENRAT

Du färbst ein Schaf, indem du den Farbstoff wie einen Gegenstand auf das Schaf anwendest. Nach dem Scheren wächst dem gefärbten Schaf das Fell wieder nach, sobald es Gras frisst. Doch achte auf Wölfe!

ZUSATZINFORMATION

Wolle lässt sich auch aus Fäden spinnen. 4 Fäden ergeben einen Wollblock. Sehr praktisch, wenn gerade keine Schafe in der Nähe sind.

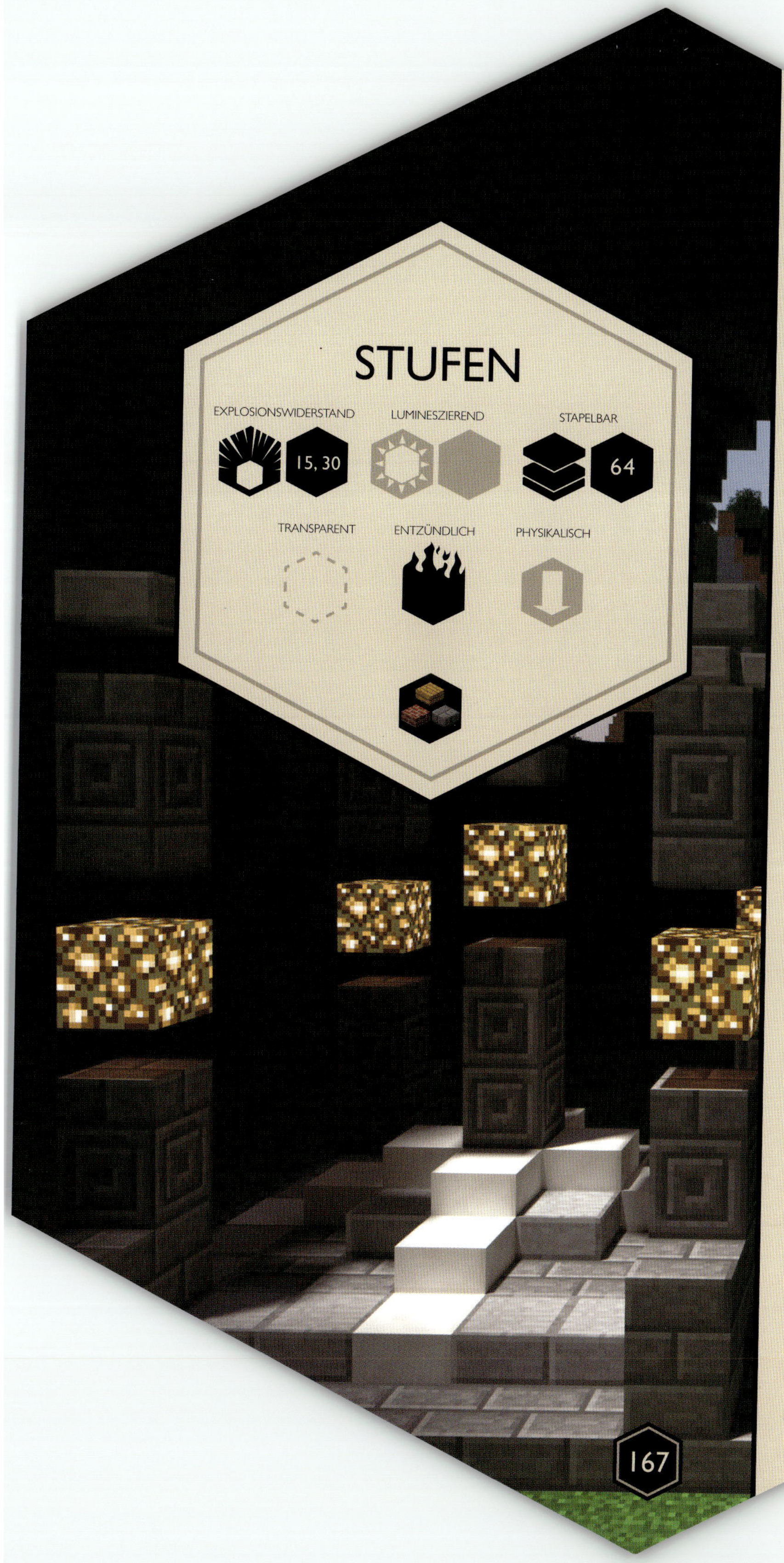

STUFEN

EXPLOSIONSWIDERSTAND 15, 30
LUMINESZIEREND
STAPELBAR 64
TRANSPARENT
ENTZÜNDLICH
PHYSIKALISCH

FUNKTION

Stein, Sandstein, Bruchstein, Ziegel, Steinziegel, Holzbretter, Netherziegel und Quarz lassen sich zu Stufen verarbeiten. Wegen ihrer halben Höhe sind sie gut für Böden und sanft ansteigende Treppen.

VERHALTEN

Auf Seelensand (136–139) musst du hochspringen, um auf eine anliegende Stufe zu gelangen, obwohl beide Blöcke gleich hoch erscheinen. Redstone-Signale (282–283) sendet man über kopfüber angebrachte Stufen. Dazu befestigst du die Stufe an der Unterseite eines Blocks, der anschließend entfernt wird. Dann lässt sich der Redstone-Staub auf der freien Unterseite der Stufe ausstreuen.

HERSTELLUNG

3 ganze Blöcke ergeben 6 Stufen.

EXPERTENRAT

Mit Stufen kannst du Redstone-Leitungen verstecken, ohne sie zu behindern.

ZUSATZINFORMATION

In Dörfern kannst du natürlich erzeugte Steinstufen finden.

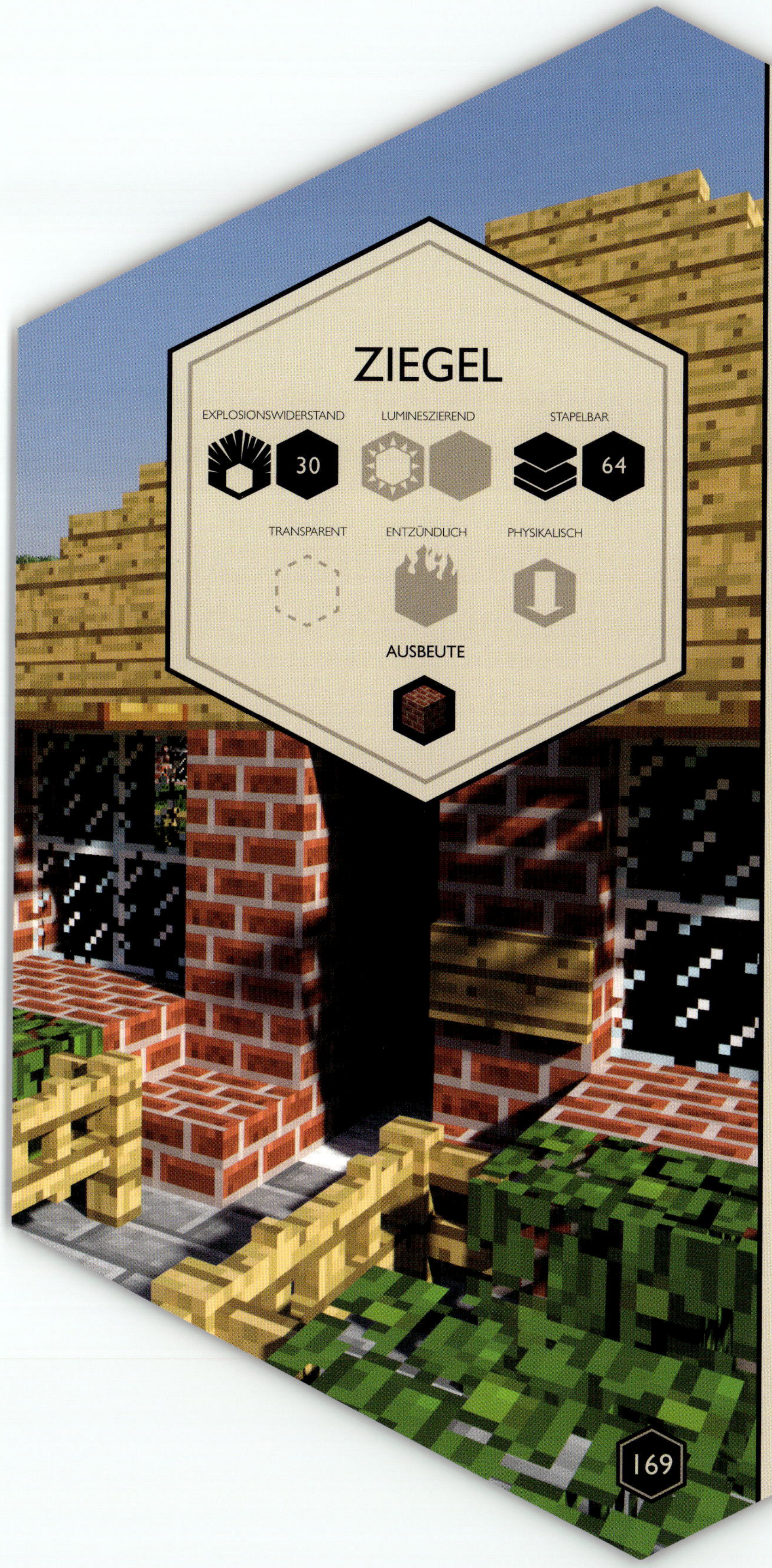

ZIEGEL

EXPLOSIONSWIDERSTAND 30
LUMINESZIEREND
STAPELBAR 64
TRANSPARENT
ENTZÜNDLICH
PHYSIKALISCH
AUSBEUTE

FUNKTION

Mit Ziegeln verleihst du deinen Bauwerken ein stabiles und klassisches Äußeres.

HERSTELLUNG

Einen Ziegelstein kann man aus 4 Ziegeln herstellen, welche ihrerseits durch das Schmelzen von 4 Tonklötzen (42–45) erzeugt werden. Ein Tonblock hat somit den materiellen Gegenwert eines Ziegelblocks.

Aus Ziegel lassen sich auch Treppen (174–175) und Stufen (166–167) fertigen. Aufgrund ihrer Resistenz gegen Feuer eignen sich Ziegel auch hervorragend als Ummauerung von Feuerstellen.

WICHTIGE INFORMATION

Ziegel lässt sich nicht per Hand abbauen, du brauchst dafür auf jeden Fall eine Spitzhacke.

TNT
TNT

FUNKTION

TNT ist der Lieblingsblock jedes Sprengmeisters. Mit diesem hochexplosiven Block lässt sich alles in Schutt und Asche legen. Ideal also für Fallen und die Zerstörung großer Bauwerke.

VERHALTEN

Du kannst TNT mit einem Feuerzeug entzünden, einen Werfer damit füllen oder es in einer Lore über eine Aktivierungsschiene schicken. Es aktiviert sich bei Berührung mit Feuer oder Lava. Auch eine Redstone-Ladung, ein brennender Pfeil oder eine Explosion in der Nähe können das TNT aktivieren.

Nach der Aktivierung blinkt der TNT-Block für ein paar Sekunden weiß auf (in dieser Phase fällt er ohne stützenden Block herab), um dann zu explodieren. Bei Aktivierung durch eine Explosion geht es noch schneller.

TNT-Explosionen haben enorme Zerstörungskraft und kosten einen Spieler meist das Leben. Der maximale Schaden beträgt 59 Punkte und nimmt mit zunehmender Entfernung ab.

Eine größere Ladung TNT erweitert zwar den Explosionsradius, potenziert aber nicht den Schaden pro Block. Blöcke wie Grundgestein (24–25) und Obsidian (34–37) bleiben daher unbehelligt.

Einige Blöcke mit hohem Explosionswiderstand sind immun gegen TNT. Neben Grundgestein und Obsidian sind das: flüssige Quellblöcke, Zaubertische, Ambosse, Endertruhen, Befehlsblöcke und die Blöcke eines Endportalrahmens.

HERSTELLUNG

Die Herstellung von TNT ist ganz leicht: Du brauchst 4 Blöcke Sand und 5 Handvoll Schwarzpulver.

Hast du kein Schwarzpulver zur Hand, suche nach TNT in verlassenen Wüstentempeln. Dort ist es Bestandteil der versteckten Fallen um die Schatztruhen herum. Du musst dabei aber vorsichtig sein, um die Fallen nicht auszulösen.

WICHTIGE INFORMATION

Explodierendes TNT kann andere TNT-Blöcke aktivieren. So lässt sich eine Sprengung mit mehreren Bombennestern über einen großen Bereich ausdehnen. TNT detoniert auch im Wasser, beschädigt hier aber nicht die umliegenden Blöcke. Diese Eigenschaft ermöglicht es, TNT-Kanonen zu bauen, die aktivierte TNT-Blöcke verschießen.

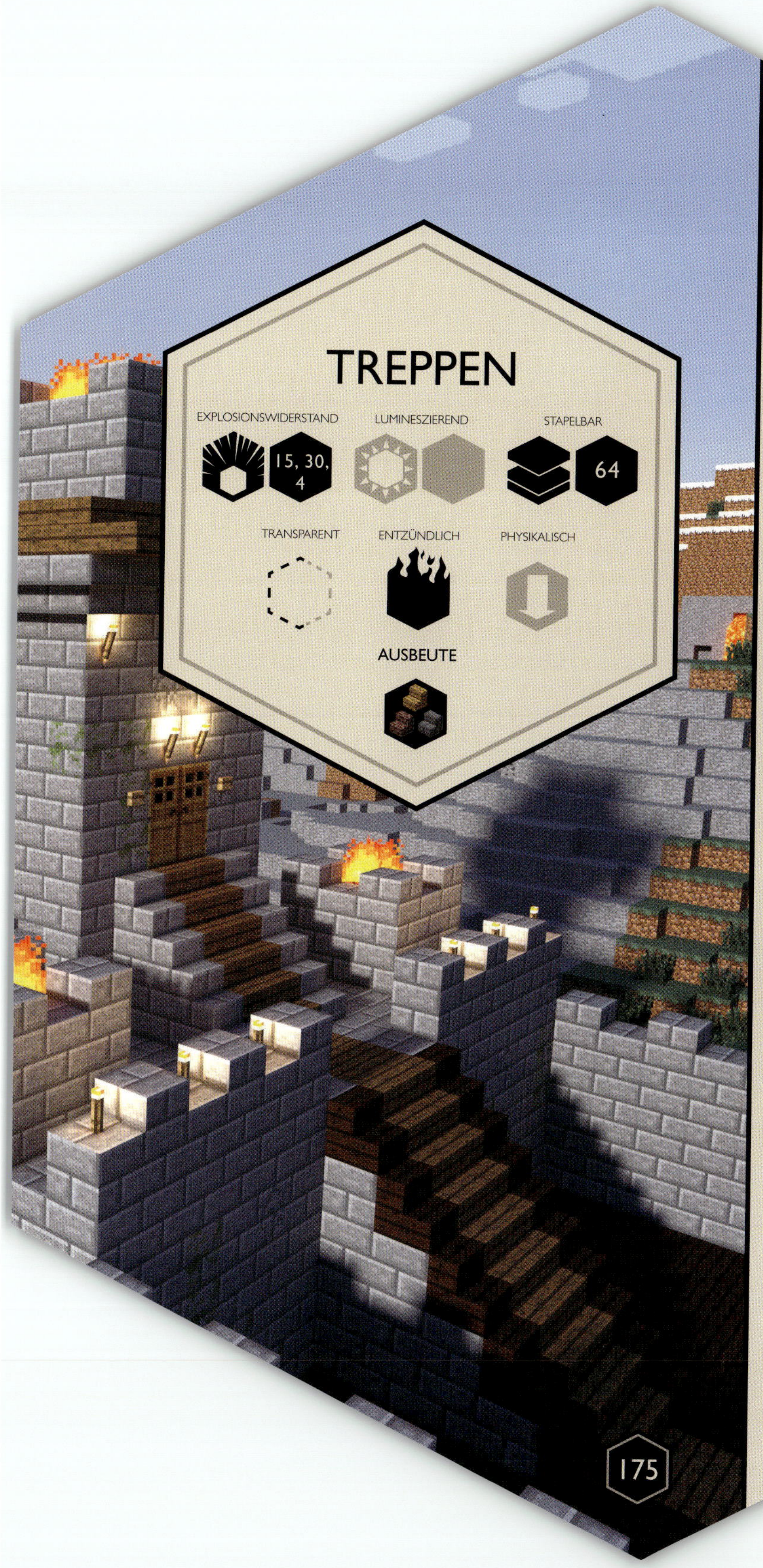

TREPPEN

EXPLOSIONSWIDERSTAND 15, 30, 4

LUMINESZIEREND

STAPELBAR 64

TRANSPARENT

ENTZÜNDLICH

PHYSIKALISCH

AUSBEUTE

FUNKTION

Treppen erlauben dir, auf elegante Weise überall hinauf- und hinunterzugelangen. Wer will schon umständlich in sein Haus hineinspringen …

VERHALTEN

Von dir platzierte Treppen richten sich entsprechend deiner Blickrichtung aus.

HERSTELLUNG

Du kannst Treppen aus Bruchstein, Ziegel, Steinziegel, Nethersteinziegel, Quarz und jeder Holzsorte fertigen. Für jeweils 6 Blöcke des Ausgangsmaterials erhältst du 4 Treppenblöcke. Treppen aus einem der selteneren Rohstoffe herzustellen ist also ganz schöner Luxus.

EXPERTENRAT

Treppen eignen sich sehr gut für abgestufte Dachränder, wie es sie in Dörfern gibt. Mit ihnen kannst du rundere Formen und Übergänge gestalten.

ZUSATZINFORMATION

Treppen lassen sich auch kopfüber an der Unterseite von Blöcken anbringen.

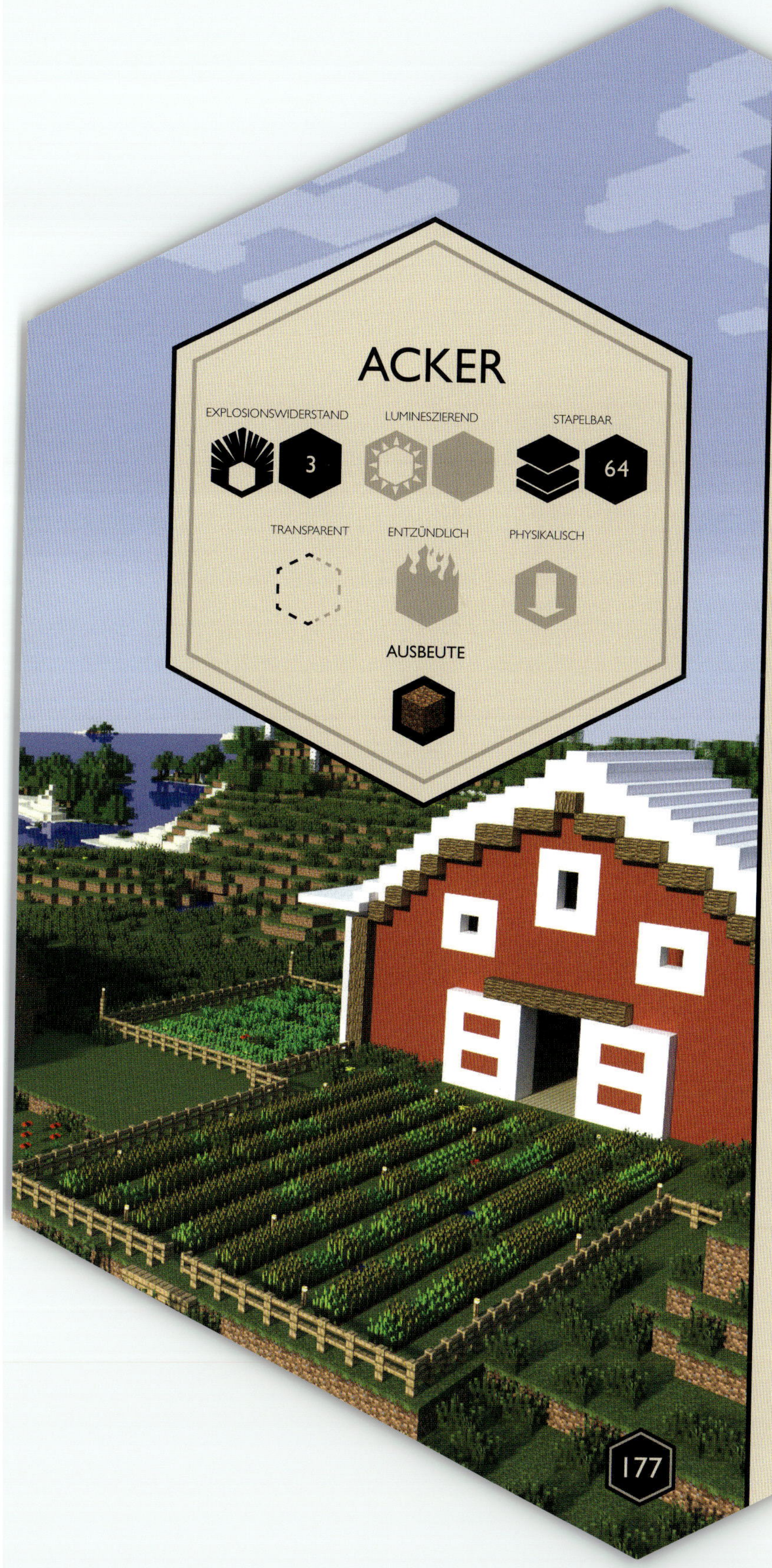

ACKER

FUNKTION

Du brauchst Ackerland, um Kulturpflanzen anzubauen. Dazu gehören Kartoffeln, Karotten, Weizen, Kürbisse und Melonen.

KULTIVIERUNG

Wendest du eine Hacke auf die Oberseite eines Erdblocks (18–19) oder eines Grasblocks (16–17) an, wird daraus Acker. Die Oberseite verwandelt sich dabei in gepflügte Erde.

Der Schlüssel zum erfolgreichen Anbau ist Wasser (120–121). Befindet sich innerhalb von 5 Blöcken zu jeder Seite (entweder auf derselben Höhe oder einen Block darüber) Wasser, gilt Ackerboden als bewässert und nimmt eine dunkelbraune Farbe an. Wenn nicht, trocknet der Ackerboden aus und nimmt eine hellere Farbe an.

Auf bewässertem Boden wachsen die Feldfrüchte schneller. Eine ertragreiche Landwirtschaft setzt ausreichend Wasserquellen und Bewässerungsgräben voraus.

VERHALTEN

Ackerland wird mit der Zeit zu normaler Erde. Das passiert, wenn du zu viel darauf herumspringst, es austrocknen lässt oder zu lange nichts anpflanzt. Gehe also behutsam mit ihm um! Zerstörst du es, erhältst du einen Erdblock.

Am besten zäunst du deinen Acker ein und installierst ringsherum Fackeln, um Mobs abzuschrecken. Alles, was Füße hat, kann deine schöne Ernte niedertrampeln und Ackerland zurück in Erde verwandeln.

TRIVIALWISSEN

Leitern, Fackeln und Falltüren lassen sich nicht an der Seite von Ackerlandblöcken anbringen, bei Schildern ist es etwas anderes. So kannst du Parzellen schaffen, die an Hochbeete erinnern.

EXPERTENRAT

Nutze aus, dass Wasser schon in einer Entfernung von 5 Blöcken zur Bewässerung ausreicht. Finde heraus, bei welcher Anordnung du mit nur 4 Wasserblöcken ganze 320 Blöcke Ackerland bewässern kannst!

ZUSATZINFORMATION

Auch Regen kann Ackerland bewässern, aber das dauert lange! Zudem hält Regen nicht lange vor, also sorgst du besser selbst für deine Pflanzen.

SCHNEE

EXPLOSIONSWIDERSTAND: 1

LUMINESZIEREND

STAPELBAR: 64

TRANSPARENT

ENTZÜNDLICH

PHYSIKALISCH

AUSBEUTE

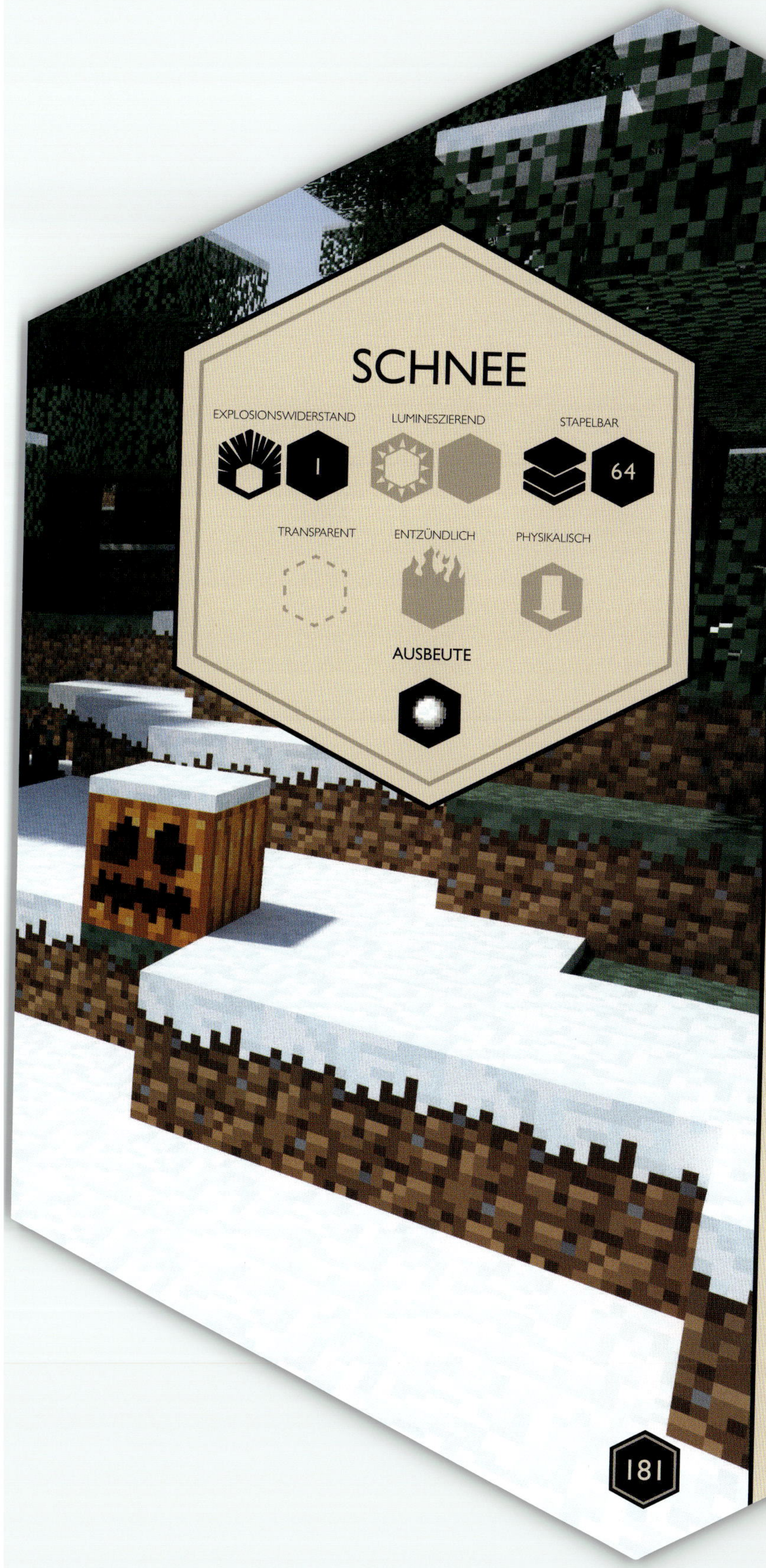

VORKOMMEN

In kälteren Biomen kann es Schnee statt Regen geben. Den Winterzauber kannst du als Schneebälle abtragen und zu einem Schneeblock formen. 4 Schneebälle ergeben einen Schneeblock und 3 Schneeblöcke wiederum 6 Schneeflächen.

FUNKTION

Schneebälle lassen sich als Schneeblöcke aufbewahren. Zwei Blöcke übereinandergestellt mit einem aufgepflanzten Kürbis ergeben einen freundlichen Schneegolem.

HERSTELLUNG

Schneeblöcke schmelzen nicht, zerfallen nach ihrer Zerstörung wieder in 4 Schneebälle und haben einen sehr geringen Explosionswiderstand.

ZUSATZINFORMATION

Lichtquellen bringen Schneeflächen im Umkreis von 3 Blöcken zum Schmelzen.

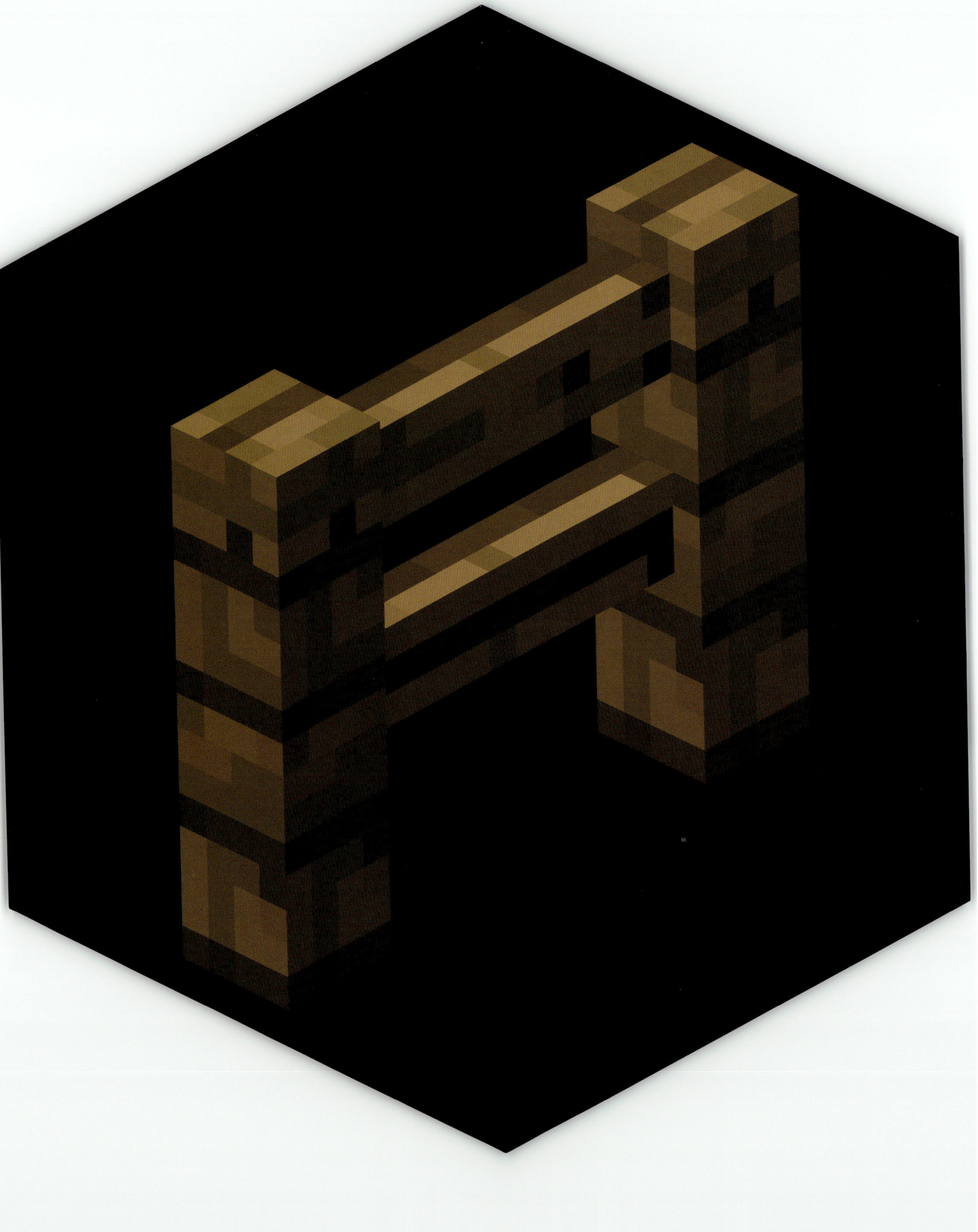

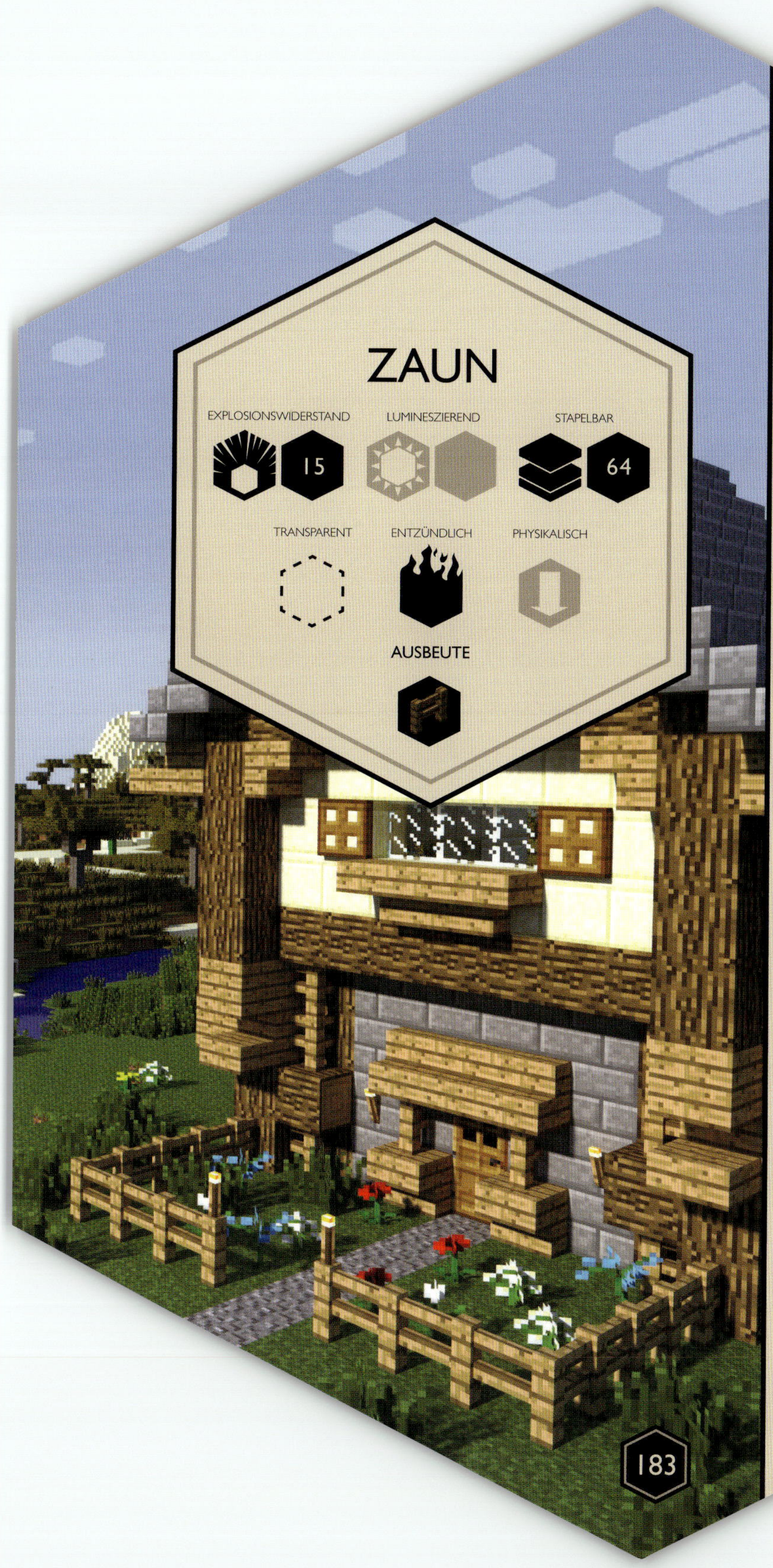

ZAUN

EXPLOSIONSWIDERSTAND 15

LUMINESZIEREND

STAPELBAR 64

TRANSPARENT

ENTZÜNDLICH

PHYSIKALISCH

AUSBEUTE

FUNKTION

Eine Umzäunung ist gut geeignet, um sich Gegner vom Leib zu halten. Da weder Spieler noch Mobs über Zäune springen können, lässt sich auch Vieh einigermaßen sicher in Zäunen halten.

VARIANTEN

Zauntore verhalten sich wie Türen (266–267). Weder Mobs noch Dorfbewohner können sie öffnen oder niederreißen. Zäune aus Netherziegel haben eine höhere Haltbarkeit. Aus 6 Netherziegelblöcken kannst du 6 Zaunteile herstellen.

HERSTELLUNG

6 Stöcke ergeben 2 Zaunteile.

EXPERTENRAT

Mobs sehen dich durch das Zaungatter nicht, du kannst dich also gut dahinter verstecken.

TRIVIALWISSEN

Unter Wasser bilden sich an Zaunteilen Luftblasen. Stellst du ein Zaunteil auf einen soliden Block und zerstörst diesen, kannst du unter das Zaunteil tauchen und von der Atemluft profitieren.

KÜRBISLATERNE

EXPLOSIONSWIDERSTAND	LUMINESZIEREND	STAPELBAR
5	15	64

TRANSPARENT · ENTZÜNDLICH · PHYSIKALISCH

AUSBEUTE

FUNKTION

Kürbislaternen sehen ja ein bisschen schaurig aus. Aber mit einer Leuchtstärke von 15 sind sie heller als Fackeln (204–207) und noch dazu angenehm leicht herzustellen.

Kürbislaternen lumineszieren in jede Richtung und eignen sich somit für das Einbetten in Wände, Decken und Böden. Berücksichtige dabei, dass sie beim Platzieren dir stets zugewandt sind.

HERSTELLUNG

Stecke eine Fackel in einen Kürbis (106–107). Fertig ist die Kürbislaterne.

ZUSATZINFORMATION

Kürbislaternen verbleiben im Gegensatz zu Fackeln auch dann in der Luft, wenn du alle anliegenden Blöcke zerstört hast.

TRIVIALWISSEN

An Halloween (31. Oktober) erscheinen manche der Skelette und Zombies mit Helmen aus Kürbislaternen auf dem Kopf!

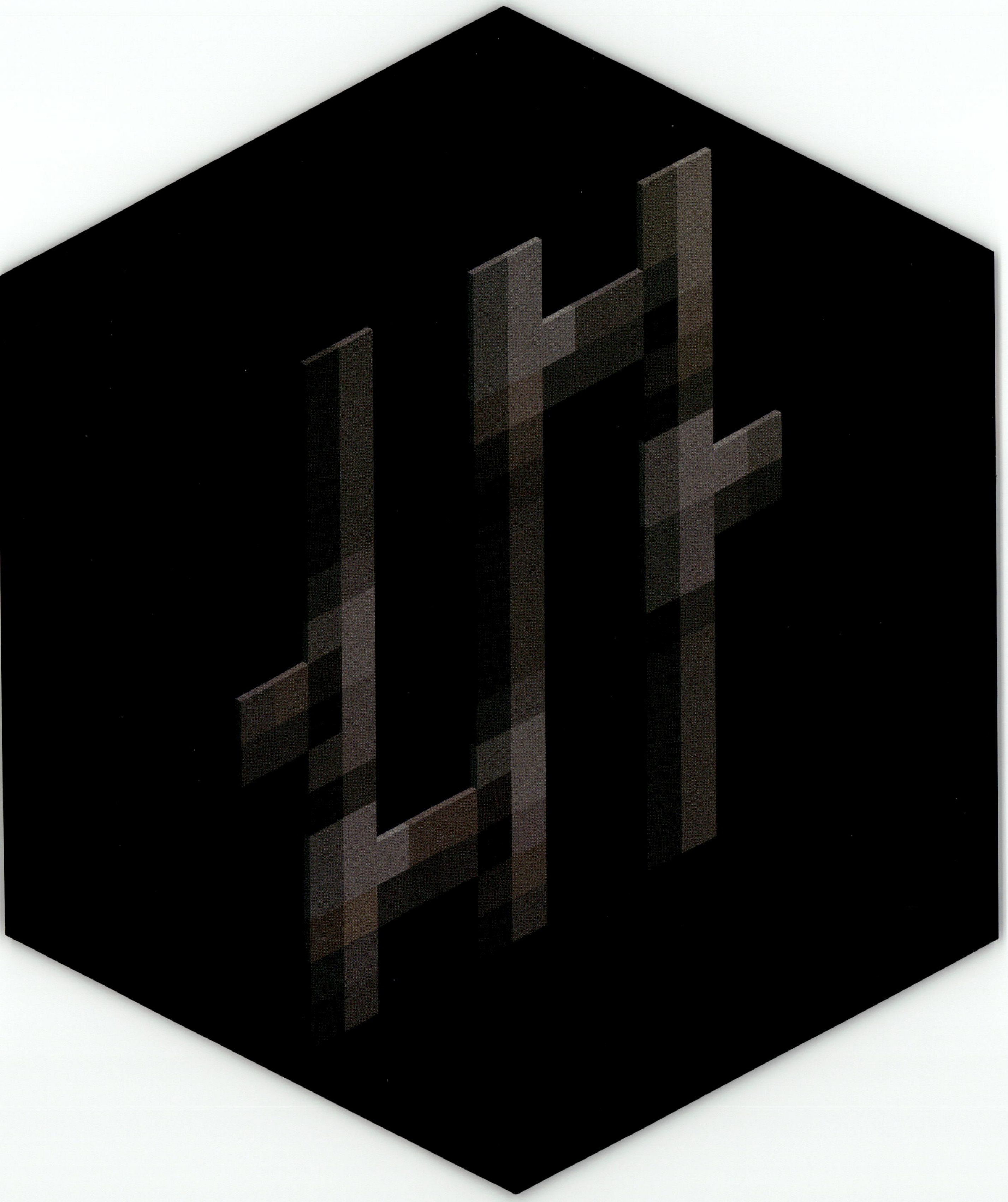

EISENGITTER

EXPLOSIONSWIDERSTAND 30 · LUMINESZIEREND · STAPELBAR 64

TRANSPARENT · ENTZÜNDLICH · PHYSIKALISCH

AUSBEUTE

FUNKTION

Sollte der gewöhnliche Zaun (182–183) deinen Ansprüchen nicht genügen, sind vielleicht Eisengitter das Richtige für dich. Sie haben die Widerstandsfähigkeit von Stein und hindern sogar Feuer an der Ausbreitung. Eisengitter eignen sich also optimal für Verteidigungsanlagen!

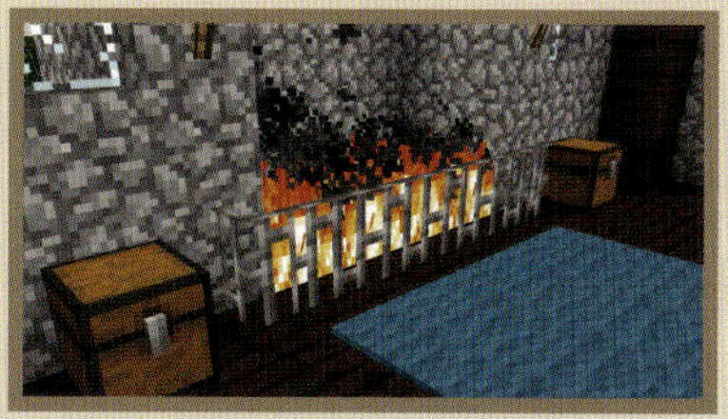

Wenn du unter Wasser 4 Eisengitter im Karree legst, kannst du durch den in der Mitte entstandenen Eingang gelangen, ohne dass Wasser eindringt. Eisengitter seitlich von Türen angebracht ergeben einen Freiraum, durch den du Pfeile schießen kannst. Über die Vielseitigkeit der Gitter kann man nur staunen!

VERHALTEN

Durch Eisengitter kann man wie bei Glas nach draußen sehen, doch kein Mob außer den Spinnen kann dich durch sie wahrnehmen. Sie sind also ein guter Glasersatz. Durch Eisengitter kann man zwar keine Pfeile schießen, aber das gilt für Skelette genauso wie für dich.

HERSTELLUNG

Eisengitter sind leicht herzustellen: 6 Eisenbarren ergeben 16 Eisengitterblöcke. Mit einer kleinen Rohstoffmenge kannst du also ein großes Gebiet vergittern.

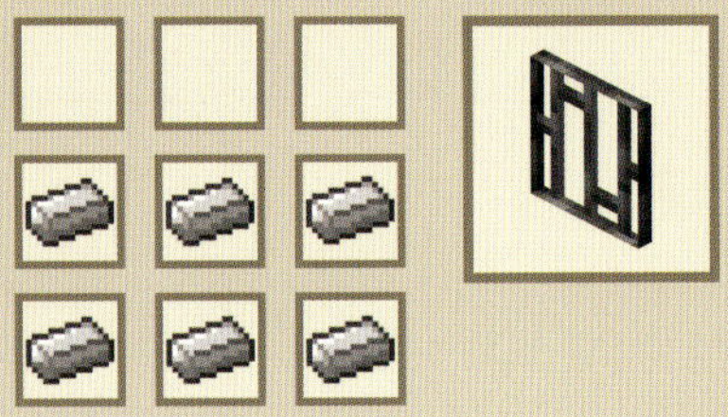

EXPERTENRAT

Eisengitter haben große Vorteile gegenüber Glas (158–161): Du kannst hindurchsehen, Ghasts jedoch nicht. Gleichzeitig schützt dich das Gitter vor Feuerbällen.

TRIVIALWISSEN

Einen Zombiedorfbewohner mit einem Trank der Schwäche und einem Goldapfel von seiner nekrotischen Infizierung zu heilen ist leichter mit Eisengittern.

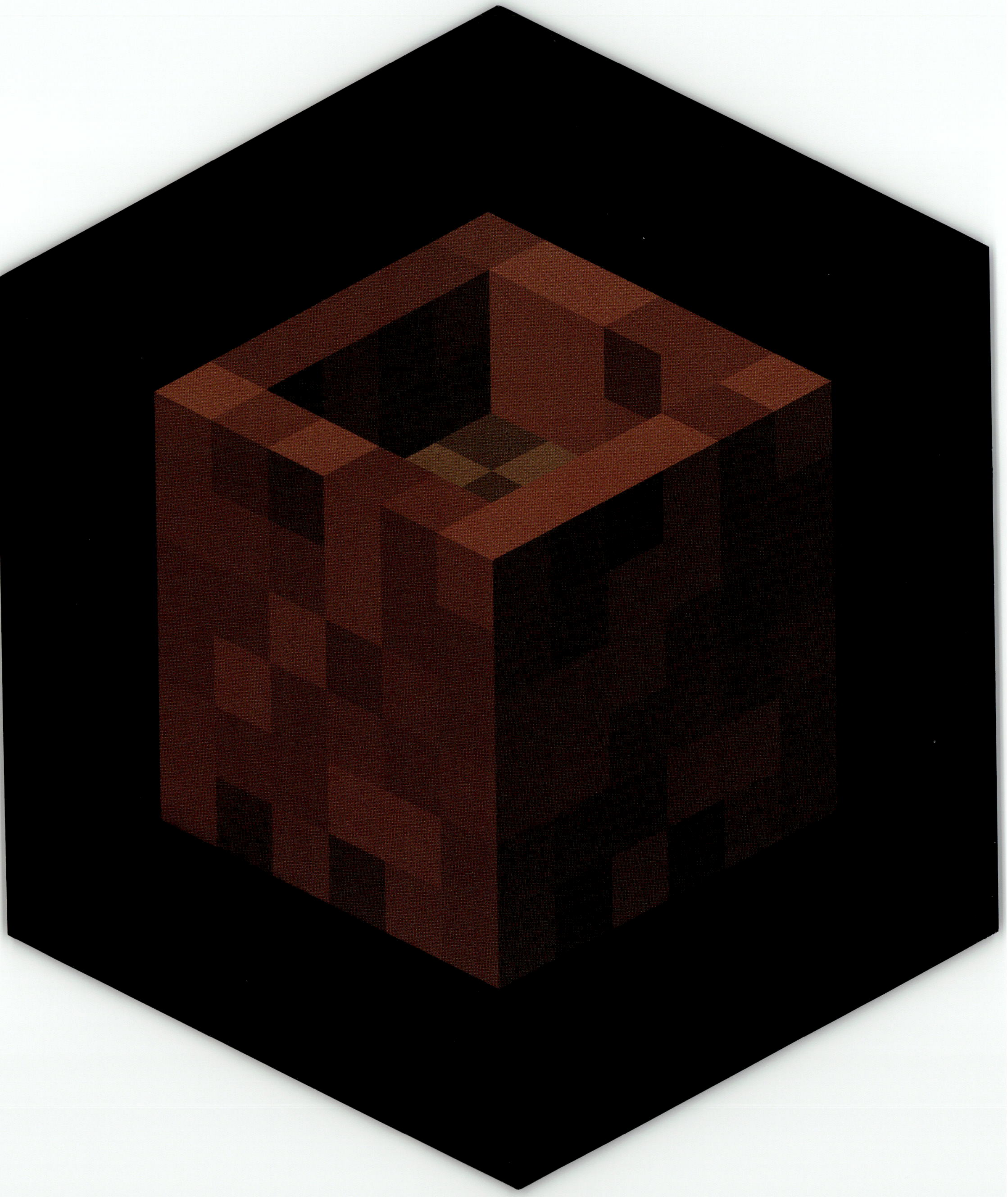

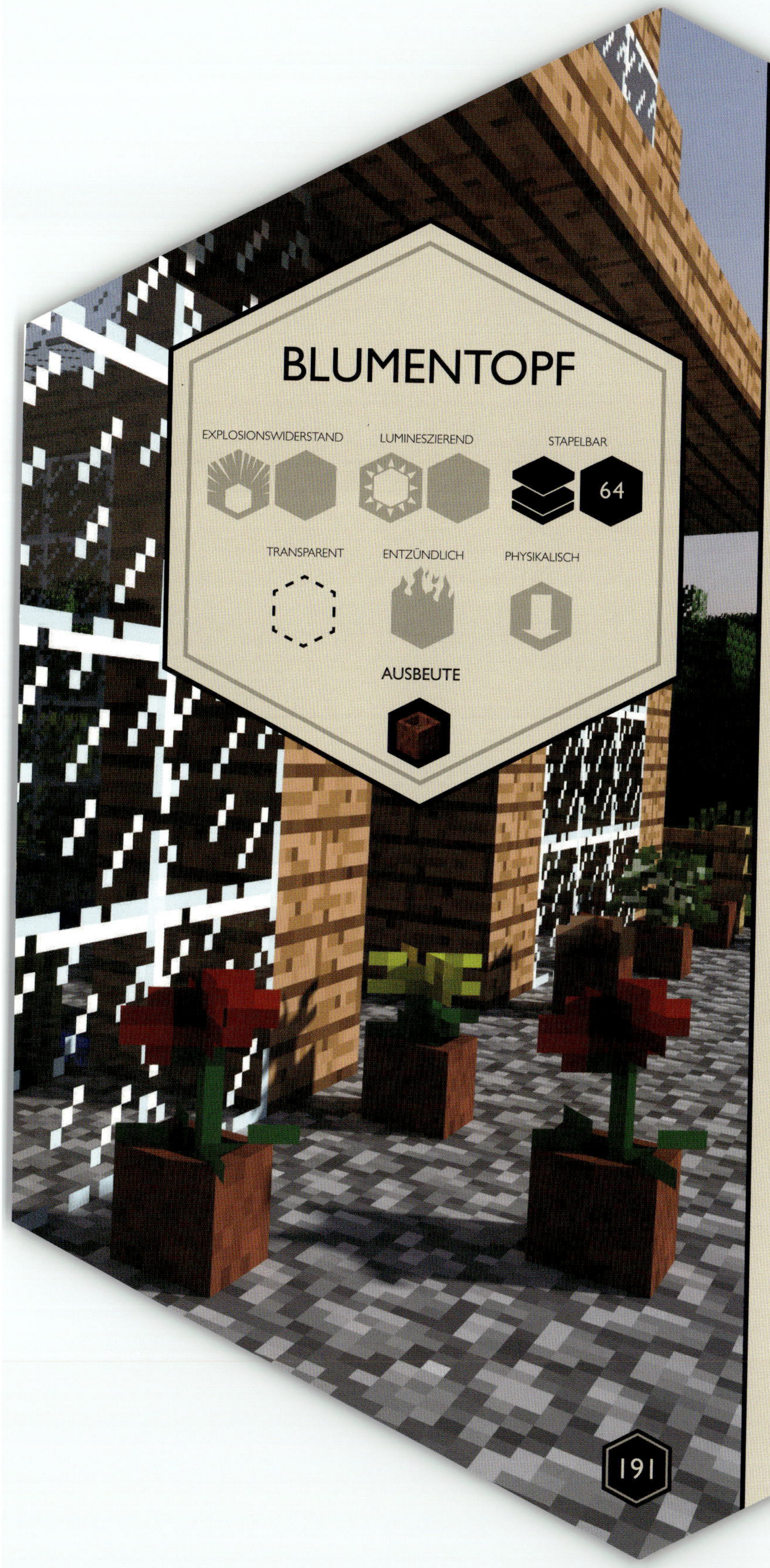

BLUMENTOPF

EXPLOSIONSWIDERSTAND | LUMINESZIEREND | STAPELBAR 64

TRANSPARENT | ENTZÜNDLICH | PHYSIKALISCH

AUSBEUTE

FUNKTION

Ein Haus ist erst dann ein Zuhause, wenn es von ein paar Blumentöpfen geziert wird. In Minecraft-Blumentöpfe kannst du fast jede Pflanze stecken, die nicht höher als ein Block ist. Dazu zählen Blumen (92–95) und Farne (90–91). Die einzige Ausnahme ist der 2 Blöcke hohe Kaktus (102–103).

HERSTELLUNG

Einen Blumentopf stellst du aus 3 Ziegeln her. Du kannst aber auch in den Hütten der Hexen welche erbeuten. Um eine Topfpflanze zu züchten, wendest du eine Pflanze aus deinem Inventar auf den Blumentopf an.

ZUSATZINFORMATION

Ein Blumentopf zerbricht, wenn der Block unter ihm zerstört wird. Als Ausbeute bleiben ein Blumentopf und die Pflanze zurück.

TRIVIALWISSEN

Blumentöpfe lassen sich nicht auf Stufen oder Treppen platzieren, nur auf ihrer Unterseite, wenn diese nach oben zeigt.

STROHBALLEN

EXPLOSIONSWIDERSTAND 10

LUMINESZIEREND

STAPELBAR 64

TRANSPARENT

ENTZÜNDLICH

PHYSIKALISCH

AUSBEUTE

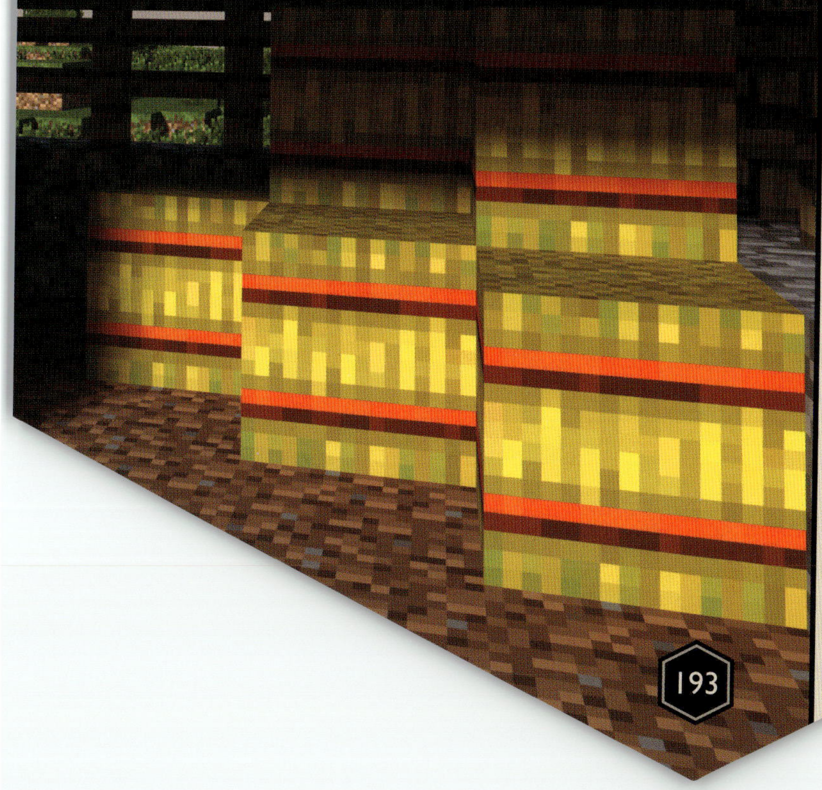

FUNKTION

Jeder stolze Pferdezüchter benötigt Strohballen. Gibt man sie dem geliebten Gaul zu fressen, heilen dadurch bis zu 10 Herzen seiner Gesundheit. Strohballen beschleunigen außerdem das Wachstum von Fohlen.

EIGENSCHAFTEN

Strohballen sind hochgradig entzündlich und brennen ebenso schnell wie ein Kohlenblock (68–71). Von alleine kommt kein Pferd auf den Gedanken, einen Strohballen zu fressen. Es akzeptiert nur Futter aus deiner Hand.

HERSTELLUNG

Strohballen bestehen aus 9 Weizenbündeln und zerfallen bei Zerstörung in dieselbe Menge. Sie sind zugleich Futterquelle und platzsparende Lagerform für Weizen.

TEPPICH

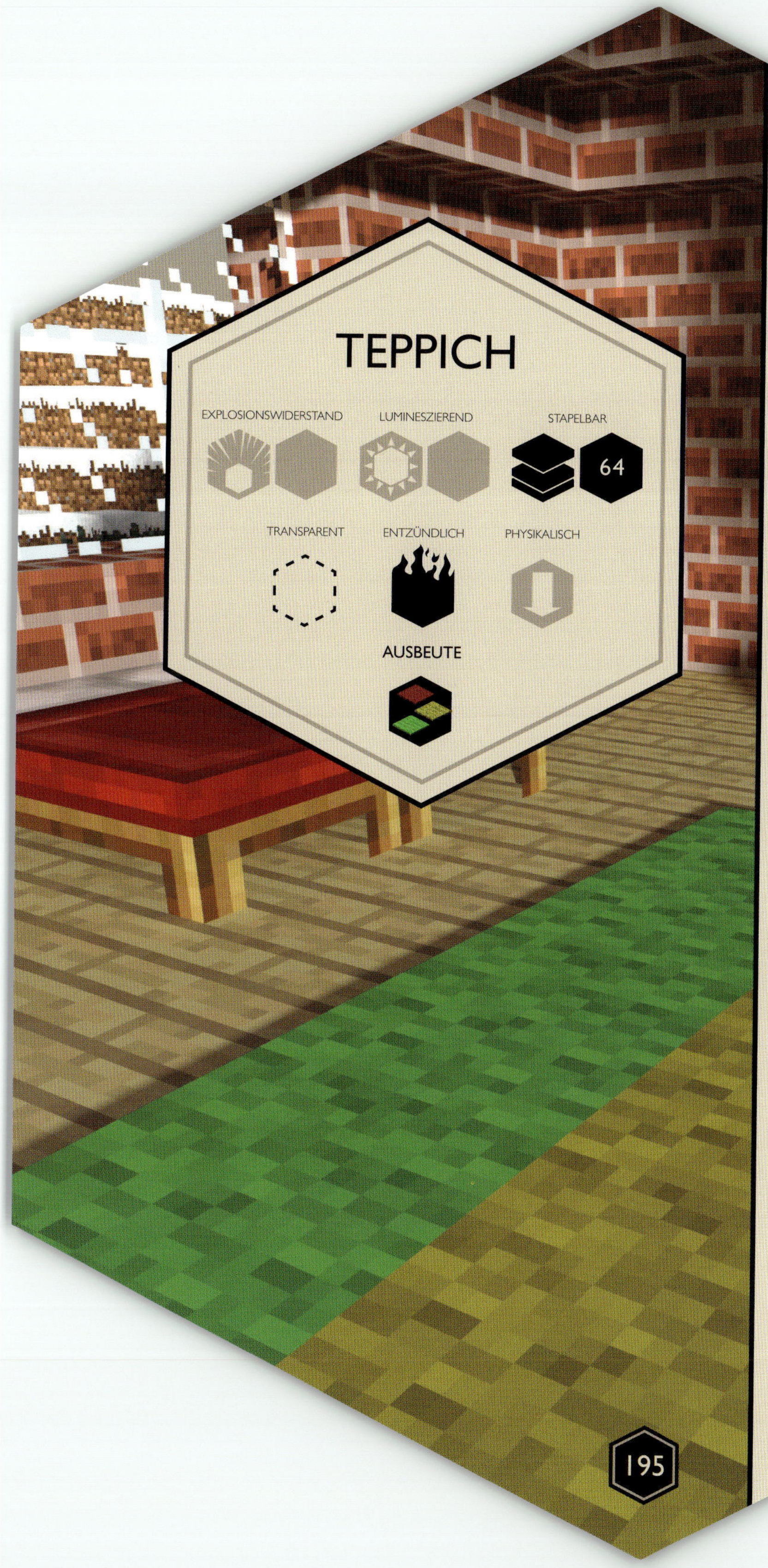

FUNKTION

Teppich gibt es in 16 Farbvarianten. So ist für jede Stimmung etwas dabei, ob freundlich hell oder gemütlich warm.

VERHALTEN

Du kannst durch Teppich nicht hindurchfallen, daher müssen keine soliden Blöcke darunter vorhanden sein. Das hat den positiven Effekt, dass du sparsamer bauen kannst, weil deine Räume über deinem Kopf einen Block niedriger ausfallen können. Vergiss nur nicht, dass Teppich leicht zu entflammen ist. Also vermeide offenes Feuer!

HERSTELLUNG

Für 3 Teppichflächen benötigst du 2 Wollblöcke (162-165) derselben Farbe. Unterschiedliche Farbtöne lassen sich nicht mischen. Um Rohstoffe zu sparen, verwendest du in deinem Haus also besser Teppich statt Wollblöcken.

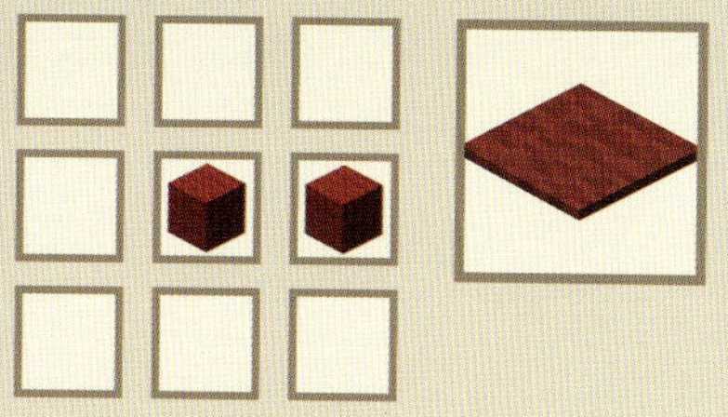

EXPERTENRAT

Mit Teppich lassen sich die unschönen Redstone-Leitungen geschmackvoll verdecken, aber auch Maschinen wie Trichter, Werfer, Spender oder Kolben.

SCHLEIM

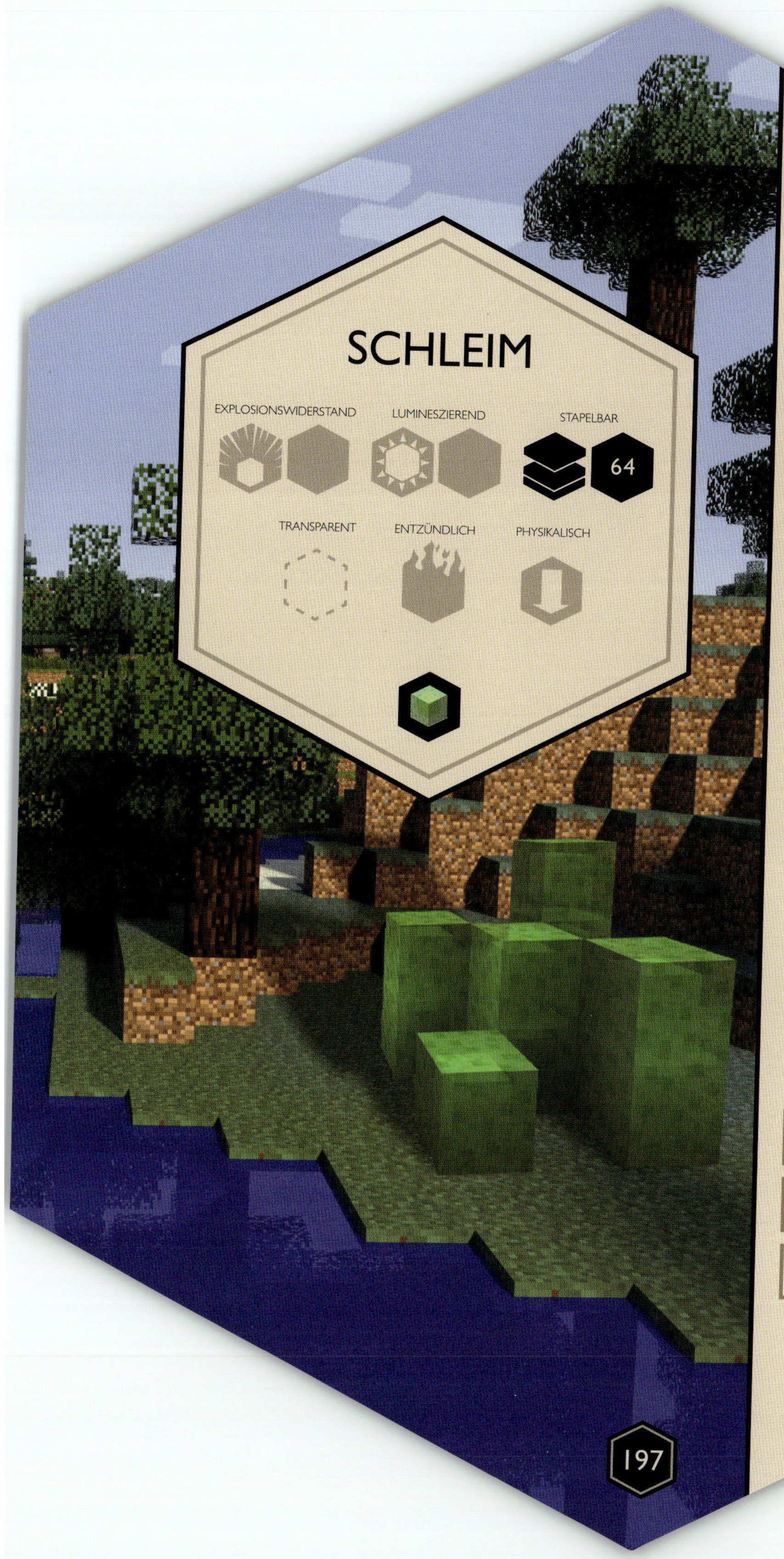

FUNKTION

Mit Schleimblöcken lässt sich der Transport von Gegenständen in fließendem Wasser (120–121) beschleunigen. Dazu musst du den Schleim unter der Wasserströmung einbetten.

Fallen Spieler oder Mobs auf Schleimblöcke, bleiben sie unbeschadet. Deshalb eignet sich Schleim sehr gut als Weichbodenmatte zum Abfangen tiefer Stürze.

VERHALTEN

Achtung: Verwechslungsgefahr! Das gefährliche Schleimwürfel-Monster sieht einem Schleimblock sehr ähnlich.

Wenn du auf einen Schleimblock hüpfst, federt er dich ab. Wanderst du über einen Schleimblock, bremst du auf Schleichgeschwindigkeit ab.

Schleimblöcke lassen sich ohne Werkzeugeinsatz, mit bloßer Hand abtragen.

HERSTELLUNG

Aus 9 Schleimbällen kannst du einen Schleimblock zusammensetzen.

WERKZEUGE UND WERKSTOFFE

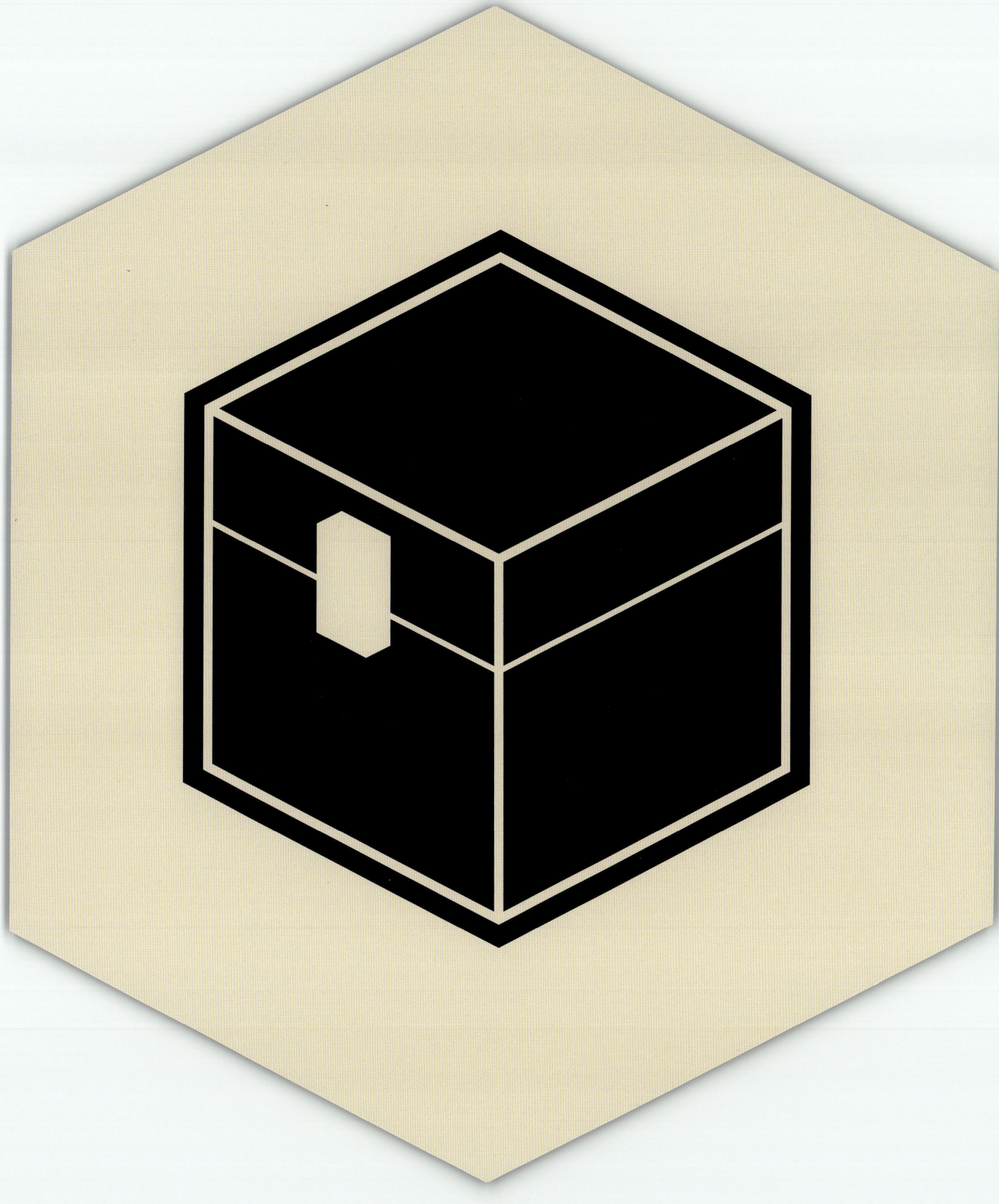

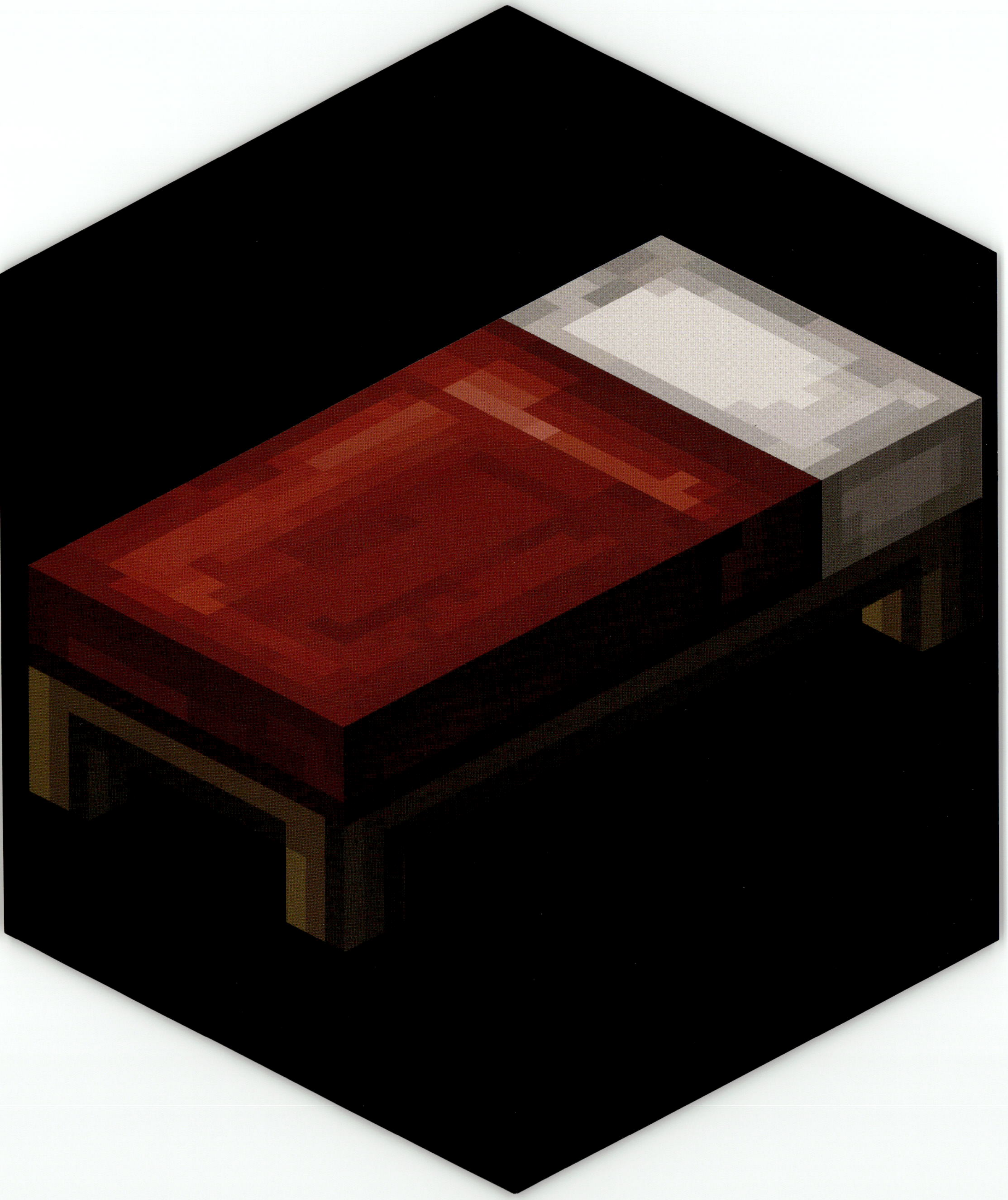

BETT

EXPLOSIONSWIDERSTAND LUMINESZIEREND STAPELBAR

1

TRANSPARENT ENTZÜNDLICH PHYSIKALISCH

AUSBEUTE

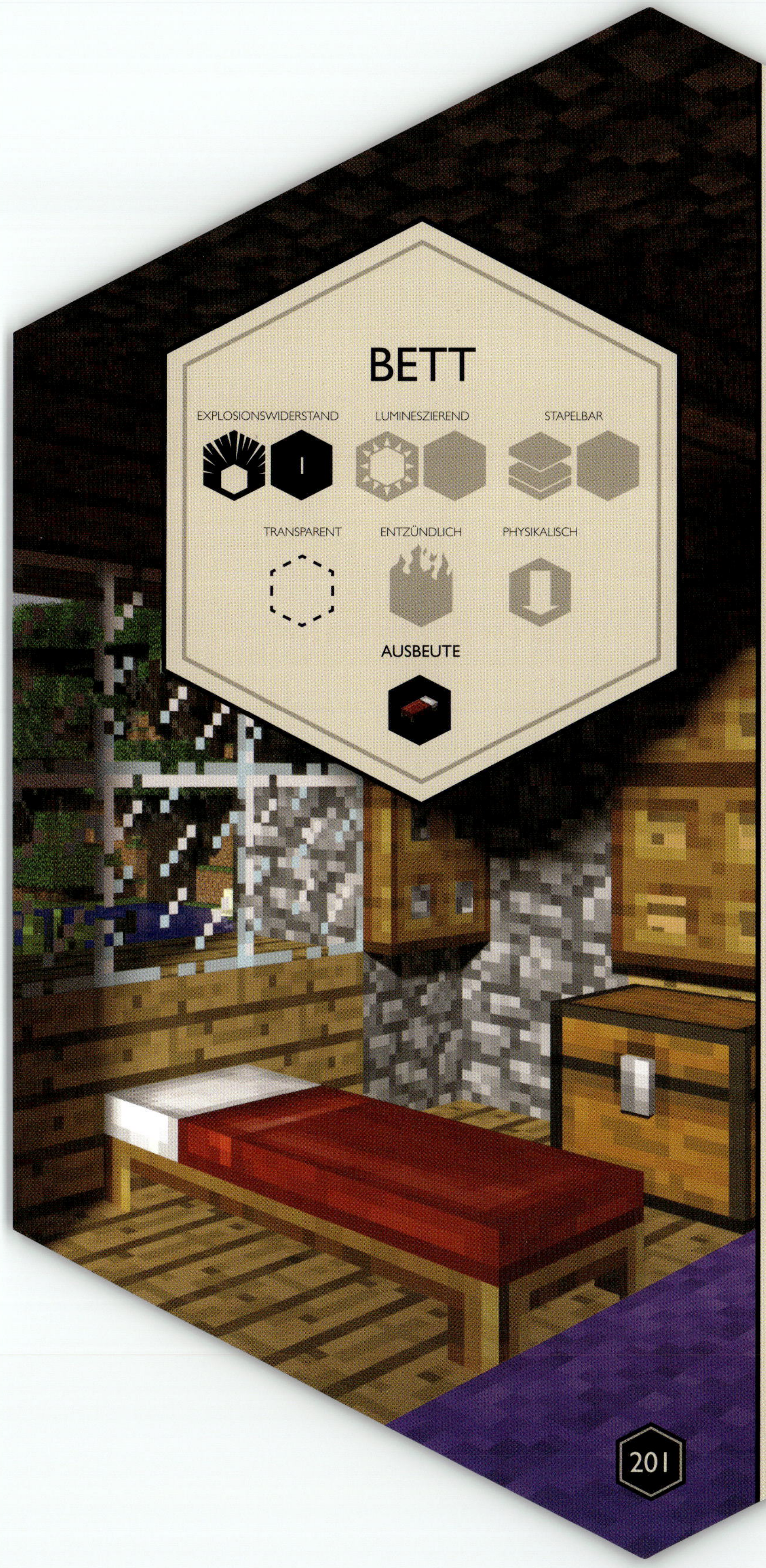

FUNKTION

Mit einem Bett kannst du die gefährliche Nacht schnell hinter dich bringen. Zudem setzt du beim Einschlafen deinen Spawn-Punkt neu – solltest du sterben, erscheinst du das nächste Mal in deinem Zuhause. Schlafen legen kannst du dich nur, wenn um dein Bett herum in einem Radius von 8 und einer Höhe von 5 Blöcken keine Monster präsent sind.

EIGENSCHAFTEN

Du kannst ein Bett nicht auf Glas, Schnee, Eis, Teppich oder Glowstone stellen. Doch es gibt einen Trick: Setze das Bett erst auf Stein, dann zerstöre die Steinblöcke und ersetze sie durch andere, zum Beispiel Glasblöcke.

HERSTELLUNG

Ein Bett besteht aus 3 Blöcken Wolle (162–165) und 3 Holzbrettern (154–157).

TRIVIALWISSEN

Wenn du versuchst, dich im Ende oder im Nether in einem Bett schlafen zu legen, gibt es ein böses Erwachen: Das Bett explodiert – mit dir!

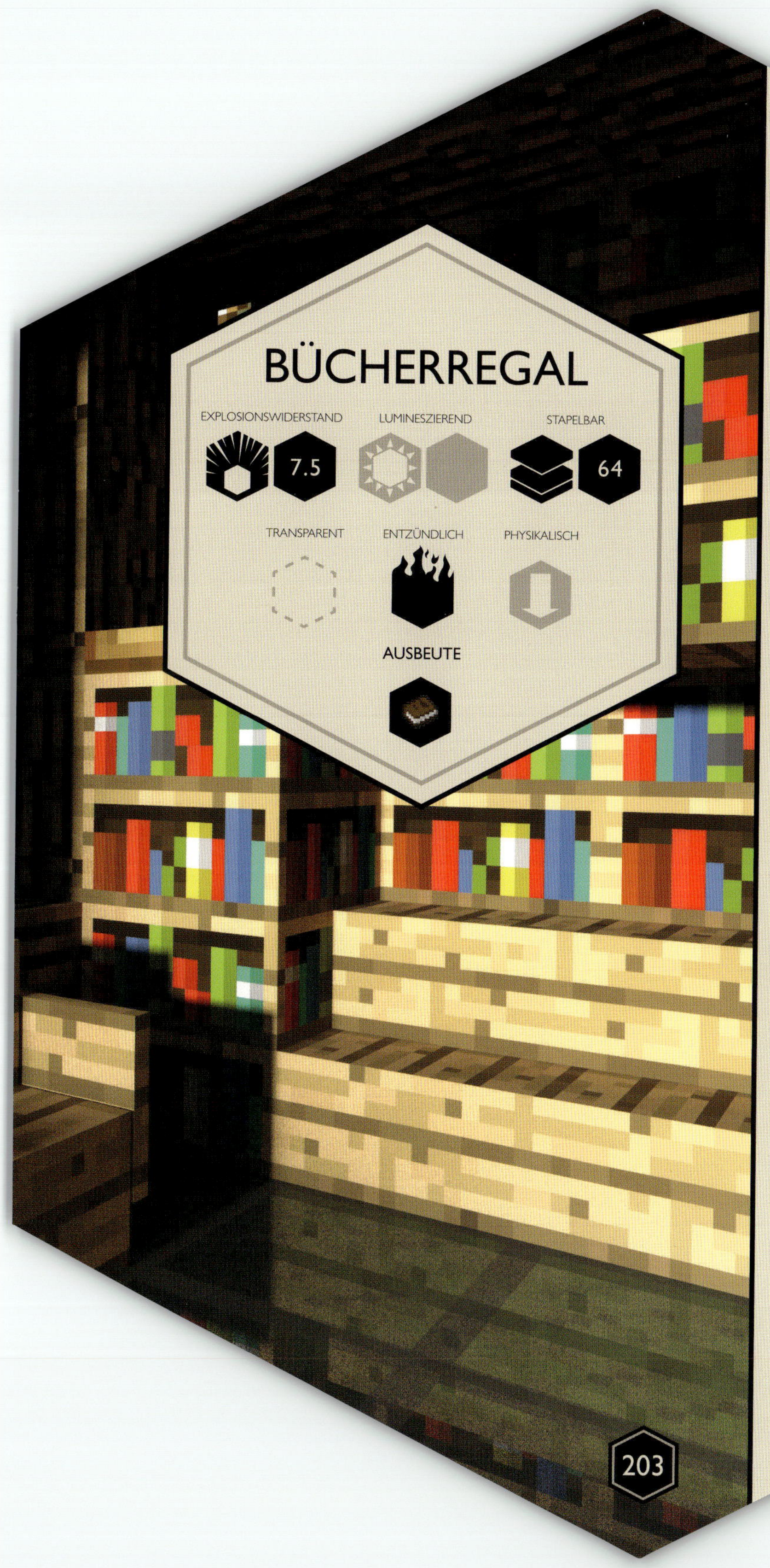

BÜCHERREGAL

EXPLOSIONSWIDERSTAND 7.5

LUMINESZIEREND

STAPELBAR 64

TRANSPARENT

ENTZÜNDLICH

PHYSIKALISCH

AUSBEUTE

FUNKTION

Bücherregale sind nicht nur eine schöne Dekoration, sie verstärken auch die Wirkung von Zaubertischen (226–229) und ermöglichen höherstufige Verzauberungen.

HERSTELLUNG

Die Herstellung von Bücherregalen ist teuer. Für ein Regal brauchst du 6 Holzbretter und 3 Bücher. Ein Buch bindest du aus einer Lederhaut und 3 Seiten Papier. Ein kleines Bücherregal aus 6 Blöcken kostet dich zum Beispiel 54 Zuckerrohre (104-105), 36 Holzblöcke und 18 Lederhäute.

ZUSATZINFORMATION

Bücherregale sind Bestandteil von Festungen und Dörfern bei der Generierung. Bei Zerstörung hinterlassen sie lediglich die 3 Bücher.

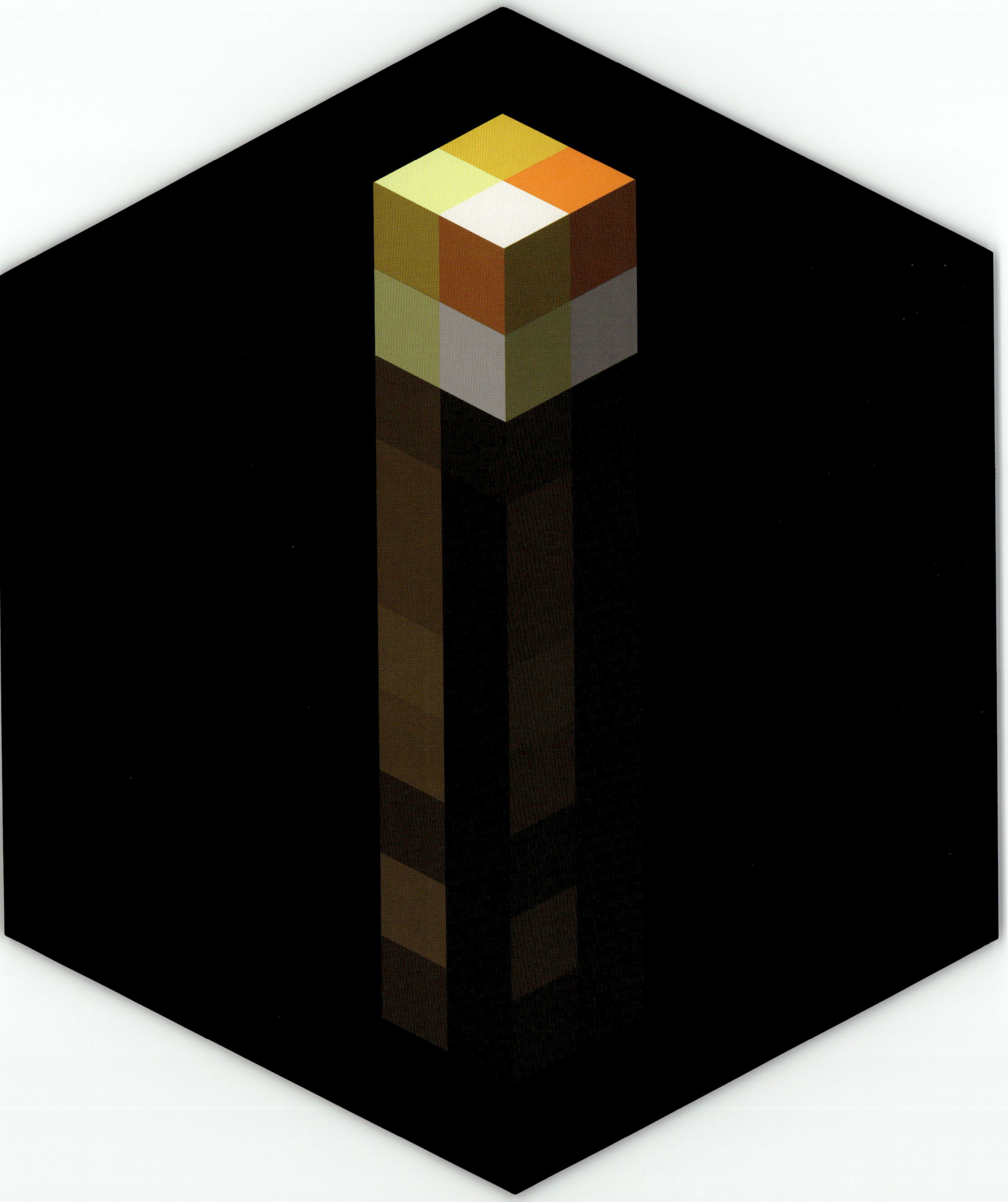

FACKEL

EXPLOSIONSWIDERSTAND

LUMINESZIEREND 14

STAPELBAR 64

TRANSPARENT

ENTZÜNDLICH

PHYSIKALISCH

AUSBEUTE

FUNKTION

Es werde Licht! Du kannst Fackeln auf den Boden stellen oder an Wänden anbringen. So leuchtest du dunkle Räume aus und erschaffst helle Orte in der Nacht.

Fackeln sind unverzichtbares Hilfsmittel gegen Monster. Schon das Licht einer einzigen Fackel hält sie im Umkreis von 11 Blöcken fern. Statte dich also mit vielen Fackeln aus, die dein Heim innen und außen schützen.

VERHALTEN

Außer auf Bodenfläche kannst du Fackeln an jeder Blockoberfläche anbringen. Zerstörst du den Block, bleiben die Fackeln zurück. Beachte, dass sie sich nicht an Treppen, Truhen, Türen, Glowstone und Blättern festmachen lassen.

HERSTELLUNG

Fackeln gehören zu den ersten praktischen Dingen, die du herstellen wirst. Sie sind ein anschauliches Beispiel für Herstellungsprozesse: Erst musst du Kohle und Holz sammeln, das Holz dann zu Brettern und weiter zu Stöcken verarbeiten und dir schließlich aus diesen Materialien eine Fackel basteln.

Fackeln sind in vielen Situationen überlebenswichtig. Du wirst sie also bis ans Ende deiner Minecraft-Tage fertigen.

Aus einem Stock und einem Kohlenstück gewinnst du 4 Fackeln.

Fackellicht kann Schnee (180–181) schmelzen und Wasser am Gefrieren (40–41) hindern. Es ist also effizienter als Schnee schippen!

TRIVIALWISSEN

Ursprünglich war geplant, dass Fackeln nach einer bestimmten Zeit ausgehen. Aber stell dir bloß die Rennerei vor, wenn du alle wieder anzünden wolltest …

EXPERTENRAT

Kannst du keine Kohle finden (die sich anscheinend immer dann deinem Blick entzieht, wenn du sie dringend brauchst), tut es auch Holzkohle (siehe Seite 70).

Fackeln lassen sich auch in verlassenen Stollen, Festungen und Dörfern aufstöbern, da sie bei der Erschaffung einer Welt Bestandteil dieser Orte sind.

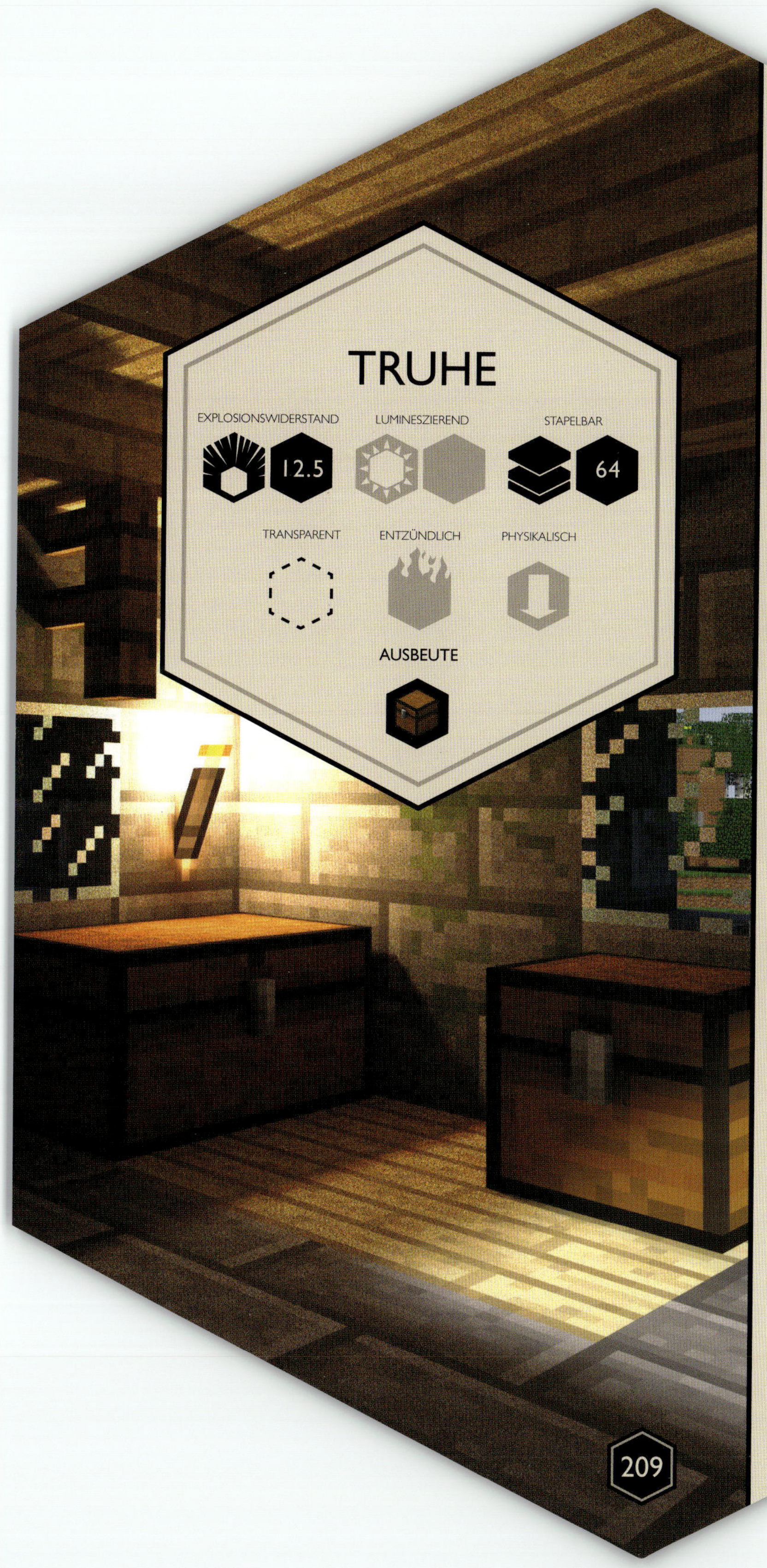

TRUHE

EXPLOSIONSWIDERSTAND 12.5

LUMINESZIEREND

STAPELBAR 64

TRANSPARENT

ENTZÜNDLICH

PHYSIKALISCH

AUSBEUTE

FUNKTION

Ein Inventar hat nur begrenzten Stauraum, dafür gibt es Truhen! Eine einzelne Truhe nimmt den Raum eines Blocks ein und kann 27 einzelne Blöcke oder Stapel bergen. Eine große Truhe (zwei Truhen nebeneinander) hat doppelte Kapazität. Eine Lore ist mit einer Truhe erweiterbar, um dein Inventar zu transportieren. Truhen sind nötig für die Herstellung von Trichtern (304–305) und Redstone-Truhen (210–211).

HERSTELLUNG

Truhen werden natürlich generiert: in Verliesen mit einem Monsterspawner-Raum (38–39), in Dschungel- und Wüstentempeln, verlassenen Stollen, Dörfern und Netherfestungen. Oder du fertigst sie einfach aus 8 Holzbrettern.

TRIVIALWISSEN

Wenn du eine Truhe einer großen zerstörst, erkennst du an ihrer Ausrichtung, welche Gegenstände herausfallen werden. Die oberen 3 Fächerreihen stellen die nördliche und östliche Truhenseite dar.

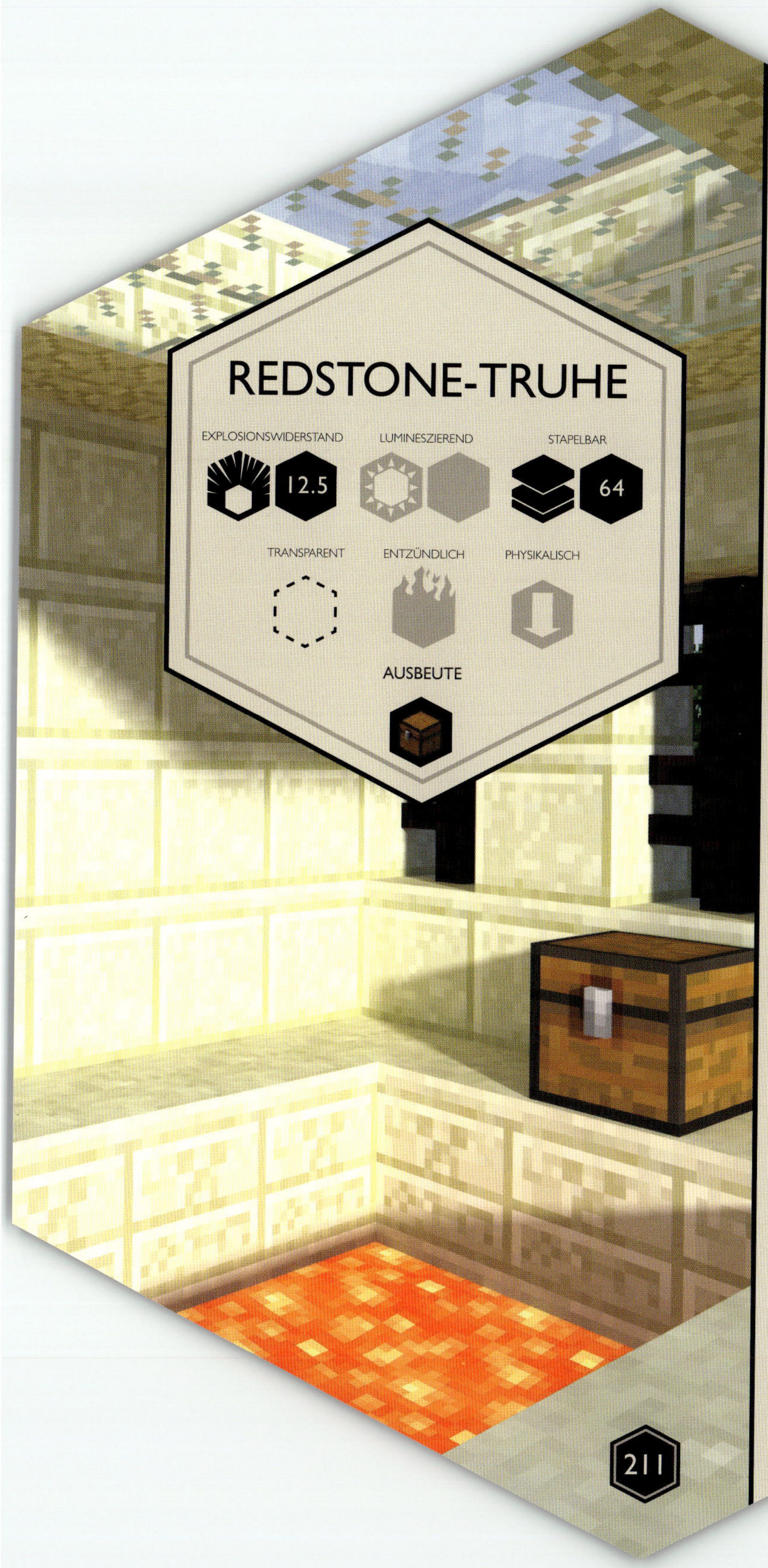

REDSTONE-TRUHE

EXPLOSIONSWIDERSTAND 12.5

LUMINESZIEREND

STAPELBAR 64

TRANSPARENT

ENTZÜNDLICH

PHYSIKALISCH

AUSBEUTE

FUNKTION

Sie sieht aus wie eine Truhe (208–209), verhält sich wie eine Truhe, ist aber keine! Eine genauere Betrachtung offenbart einen Rotschimmer um Schloss und Ränder, der ihre wahre Natur verrät: ein Mechanismus, der beim Öffnen der Truhe ein Redstone-Signal aussendet.

Aber wozu solltest du ein Signal senden wollen, wenn eine Truhe geöffnet wird? Zum Beispiel um eine Falltür zu öffnen, wenn sich diebisches Gesindel an deinen Schatztruhen zu schaffen macht. Die Truhe lenkt von der Falle ab. Und zum Abschied spielt eine Melodie auf Notenblöcken (258–261).

HERSTELLUNG

Eine gewöhnliche Truhe kombiniert mit einem Stolperdrahthaken (296–297) wird zu einer Redstone-Truhe.

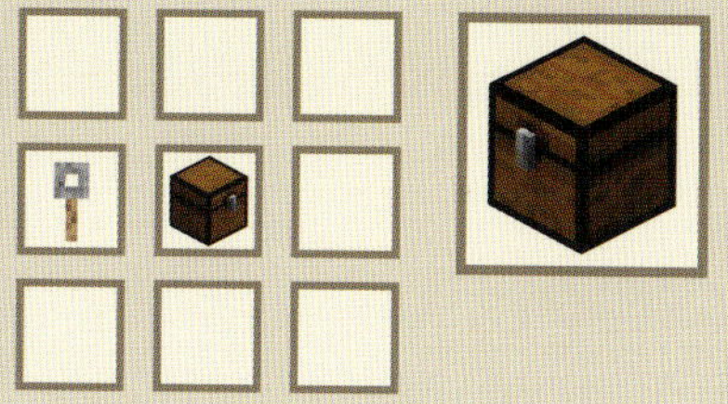

EXPERTENRAT

Möchtest du den rötlichen Schimmer auf dem Truhenschloss verbergen, kannst du ein Schild zur Ablenkung davorstellen.

ENDERTRUHE

EXPLOSIONSWIDERSTAND 3000
LUMINESZIEREND 7
STAPELBAR 64
TRANSPARENT
ENTZÜNDLICH
PHYSIKALISCH
AUSBEUTE

FUNKTION

Jeder Gegenstand, den du in eine Endertruhe hineinlegst, ist gleichzeitig in allen anderen Endertruhen verfügbar – selbst wenn sie sich in anderen Dimensionen befinden.

HERSTELLUNG

8 Obsidianblöcke und ein Enderauge sind eine hohe Investition, und damit du den Dimensionstransport zwischen zwei Truhen überhaupt nutzen kannst, musst du das Ganze noch verdoppeln. Aber es ist einfach unbezahlbar, die wichtigsten Gegenstände immer und überall zur Verfügung zu haben.

ZUSATZINFORMATION

Endertruhen lassen sich zwar nicht zu großen Endertruhen kombinieren, aber dafür direkt nebeneinander aufstellen.

EXPERTENRAT

Wird die Endertruhe zerstört, kann nur eine Spitzhacke versehen mit einer Verzauberung der Behutsamkeit den Verlust des kostbaren Enderauges verhindern. Sonst löst sie sich in 8 Obsidianblöcke auf.

WERKBANK

EXPLOSIONSWIDERSTAND 12.5

LUMINESZIEREND

STAPELBAR 64

TRANSPARENT

ENTZÜNDLICH

PHYSIKALISCH

AUSBEUTE

FUNKTION

Was würdest du ohne deine Werkbank anfangen? Im Handumdrehen verwandelst du 4 Fächer in 9!

VERHALTEN

Die Werkbank lässt sich über jede Seite ihrer Oberfläche aktivieren. Daher kannst du sie auch in eine Wand, den Boden oder die Decke einbetten. Auch auf Entdeckungsreise solltest du stets eine Werkbank mit dabeihaben, um unterwegs nützliche Dinge anfertigen zu können.

HERSTELLUNG

Eine Werkbank wirst du immer wieder anfertigen müssen. Glücklicherweise kostet dich die Herstellung nur 4 Holzbretter (154–157).

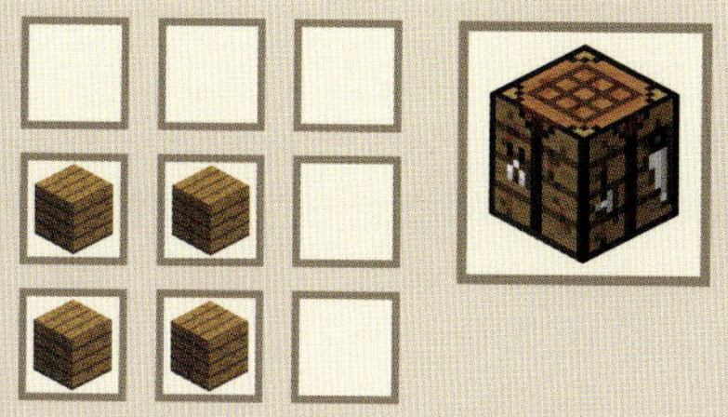

TRIVIALWISSEN

Wenn sich normales Feuer ausbreitet, fangen Werkbänke kein Feuer. Wenn Lava an ihnen vorbeifließt, entzünden sie sich, werden aber nicht verzehrt. Erlischt der Brand, steht deine Werkbank wieder unversehrt da.

OFEN

EXPLOSIONSWIDERSTAND 17.5

LUMINESZIEREND 13

STAPELBAR 64

TRANSPARENT

ENTZÜNDLICH

PHYSIKALISCH

AUSBEUTE

FUNKTION

Ofen und Werkbank (214–215) gehören zusammen wie Pech und Schwefel: Ohne einen Ofen bleibt dir der Zugang zu den besten Gegenständen in Minecraft verwehrt. Nur in ihm kannst du Eisen (66–67) und Gold (62–65) schmelzen und ganz nebenbei auch noch die leckersten Gerichte kochen.

VERHALTEN

Das untere Fach des Ofens ist für das Brennmaterial, das obere Fach für den zu erhitzenden Gegenstand. Als Brennstoff eignet sich fast alles aus Holz, Setzlinge und Bretter, aber auch Bücherregale und Plattenspieler. Am ergiebigsten sind Holzkohle und Steinkohle (68–71). Ein Stück brennt ganze 80 Sekunden. Nur ein Eimer Lava ist effektiver: Er schafft unglaubliche 1000 Sekunden.

HERSTELLUNG

Für einen Ofen brauchst du 8 Bruchsteine.

EXPERTENRAT

Einen Gegenstand vollständig zu erhitzen dauert immer 10 Sekunden – egal mit welchem Brennmaterial. Für effizientere Arbeit betreibe mehrere Öfen.

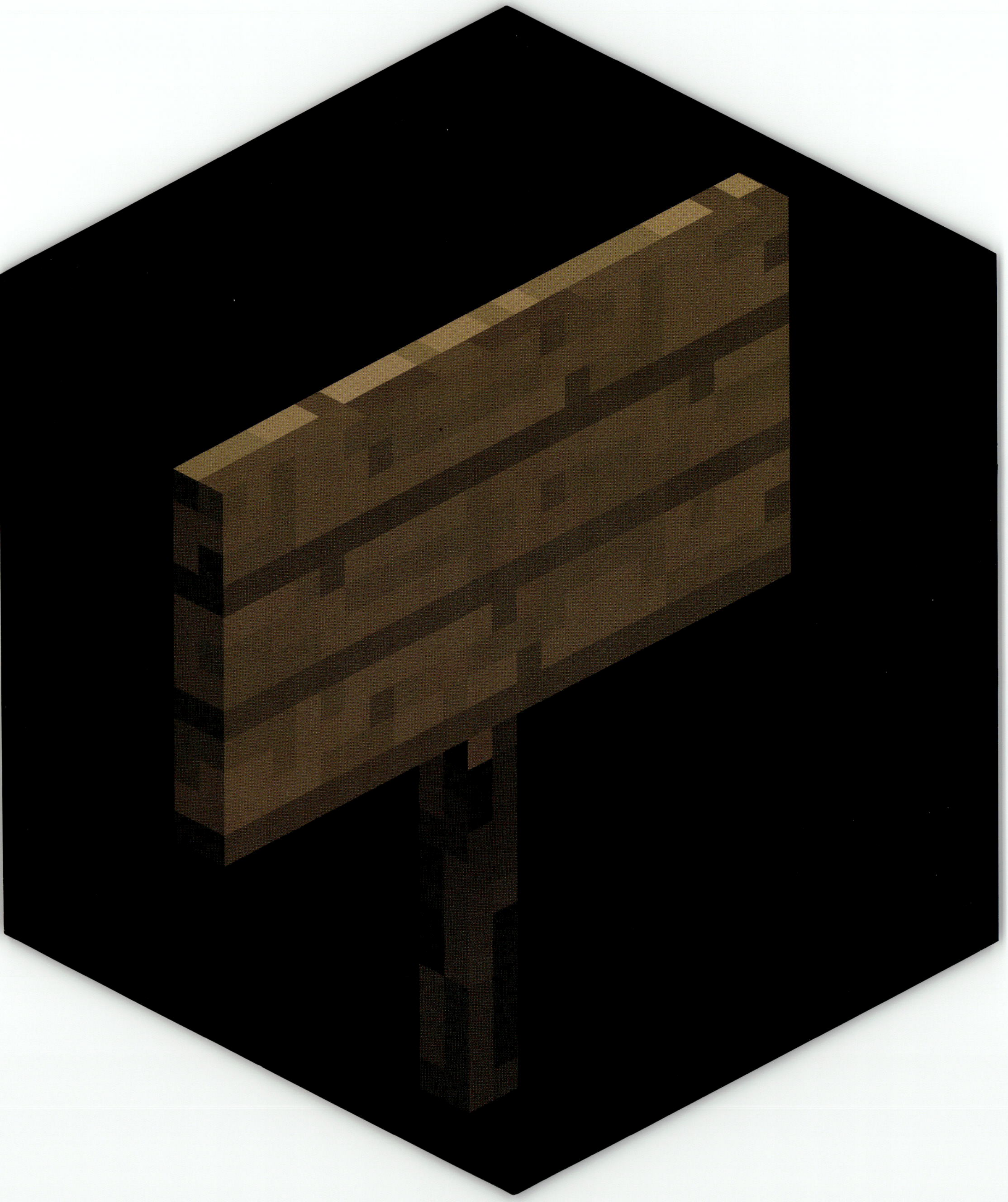

SCHILD

EXPLOSIONSWIDERSTAND 5
LUMINESZIEREND
STAPELBAR 16
TRANSPARENT
ENTZÜNDLICH
PHYSIKALISCH
AUSBEUTE

FUNKTION

Mit Schildern kannst du verschiedenste Informationen festhalten.

VERHALTEN

Schilder lassen sich auf den Boden stellen oder an Wänden befestigen. Sofort erscheint ein Fenster, in dem du ihre Beschriftung festlegst (bis zu 60 Zeichen). Nach dem Aufstellen lässt sich der Text nicht mehr ändern.

HERSTELLUNG

Für 3 Schilder benötigst du einen Stock und 6 Holzbretter.

ZUSATZINFORMATION

Schilder sind halbdurchlässige Blöcke. Sie halten Flüssigkeiten wie Lava und Wasser auf, aber lassen Mobs und treibende Gegenstände passieren. Unter Wasser kannst du aus Schildern eine Art Tür bauen.

EXPERTENRAT

Durch geschickten Einsatz von Redstone und Befehlsblöcken (298–299) kannst du mit Schildern passwortgeschützte Systeme erstellen.

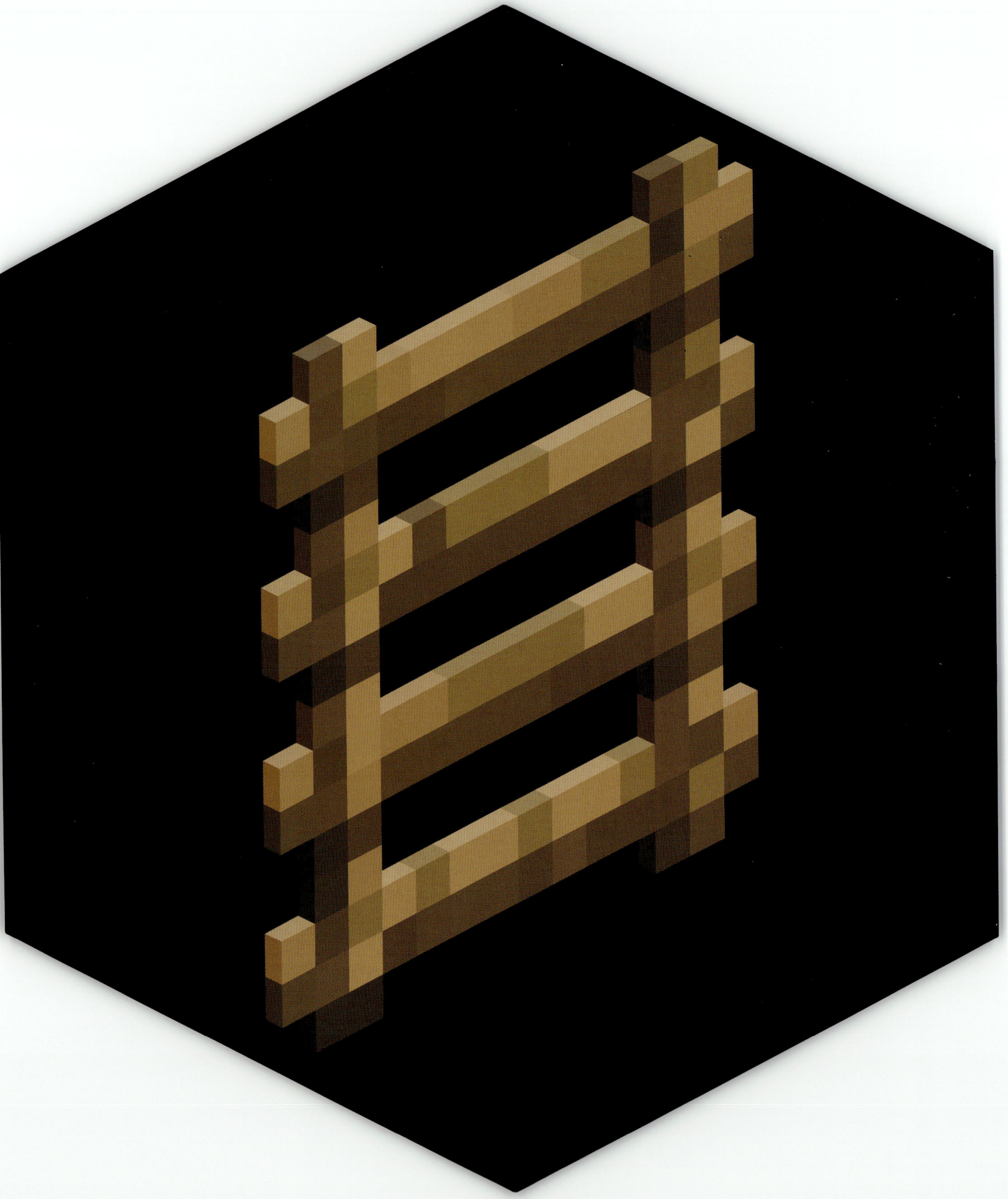

LEITER

EXPLOSIONSWIDERSTAND 2

LUMINESZIEREND

STAPELBAR 64

TRANSPARENT

ENTZÜNDLICH

PHYSIKALISCH

AUSBEUTE

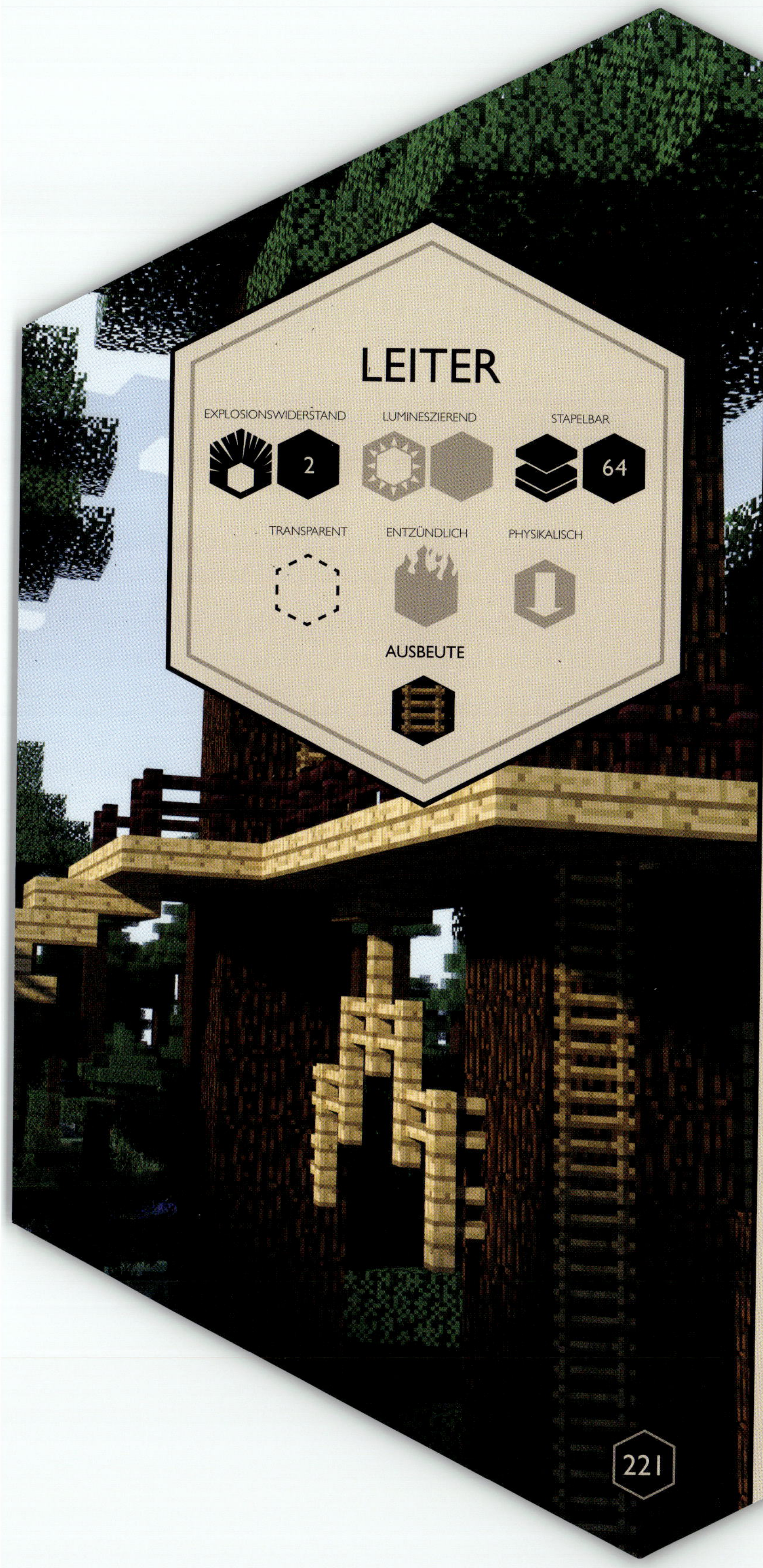

FUNKTION

Mithilfe von Leitern erreichst du hochgelegene Orte. Sie können dich bei Stürzen in die Tiefe retten und sind im Haus platzsparender als Treppen (174–175).

VERHALTEN

Leitern lassen sich nur an den Seitenflächen von Blöcken befestigen. Sie halten an allen Blöcken, an denen auch Fackeln halten – also nicht an Glas, Glowstone oder Blättern. Bringst du mehrere an einer Blockzeile übereinander an, musst du nur in sie hineinlaufen, um daran hochzuklettern.

HERSTELLUNG

7 Stöcke ergeben 3 Leitersprossen.

EXPERTENRAT

Auch Mobs können an Leitern emporklettern. Fühle dich also nicht allzu sicher in deinem Baumhaus, solange die Leiter steht.

TRIVIALWISSEN

Leitern können Stürze abfangen. Berührst du im freien Fall eine Sprosse, bremst sie dich ab und du nimmst keinen Schaden.

PLATTENSPIELER

EXPLOSIONSWIDERSTAND 30
LUMINESZIEREND
STAPELBAR 64
TRANSPARENT
ENTZÜNDLICH
PHYSIKALISCH
AUSBEUTE

FUNKTION

Ein Plattenspieler kann 12 verschiedene Melodien abspielen. Komponiert hat sie alle C418, ein begnadeter deutscher Musikproduzent. Die Platten findest du in Truhen in Verliesen und manchmal als Beute.

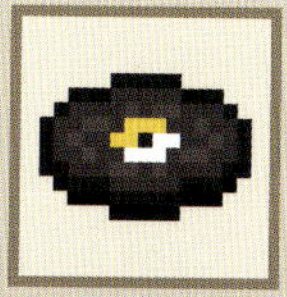

VERHALTEN

Eine Platte lässt sich abspielen, indem du sie wie einen Gegenstand aus deinem Inventar anwählst und auf den Plattenspieler anwendest. Leider immer nur einmal, dann muss die Platte erneut aufgelegt werden.

HERSTELLUNG

Du benötigst 8 Holzbretter (154–157) und einen Diamanten (74–75).

ZUSATZINFORMATION

In den PC/Mac- und Linux-Versionen von Minecraft kannst du deine eigenen MP3s mit einem Ressourcen-Paket hinzufügen.

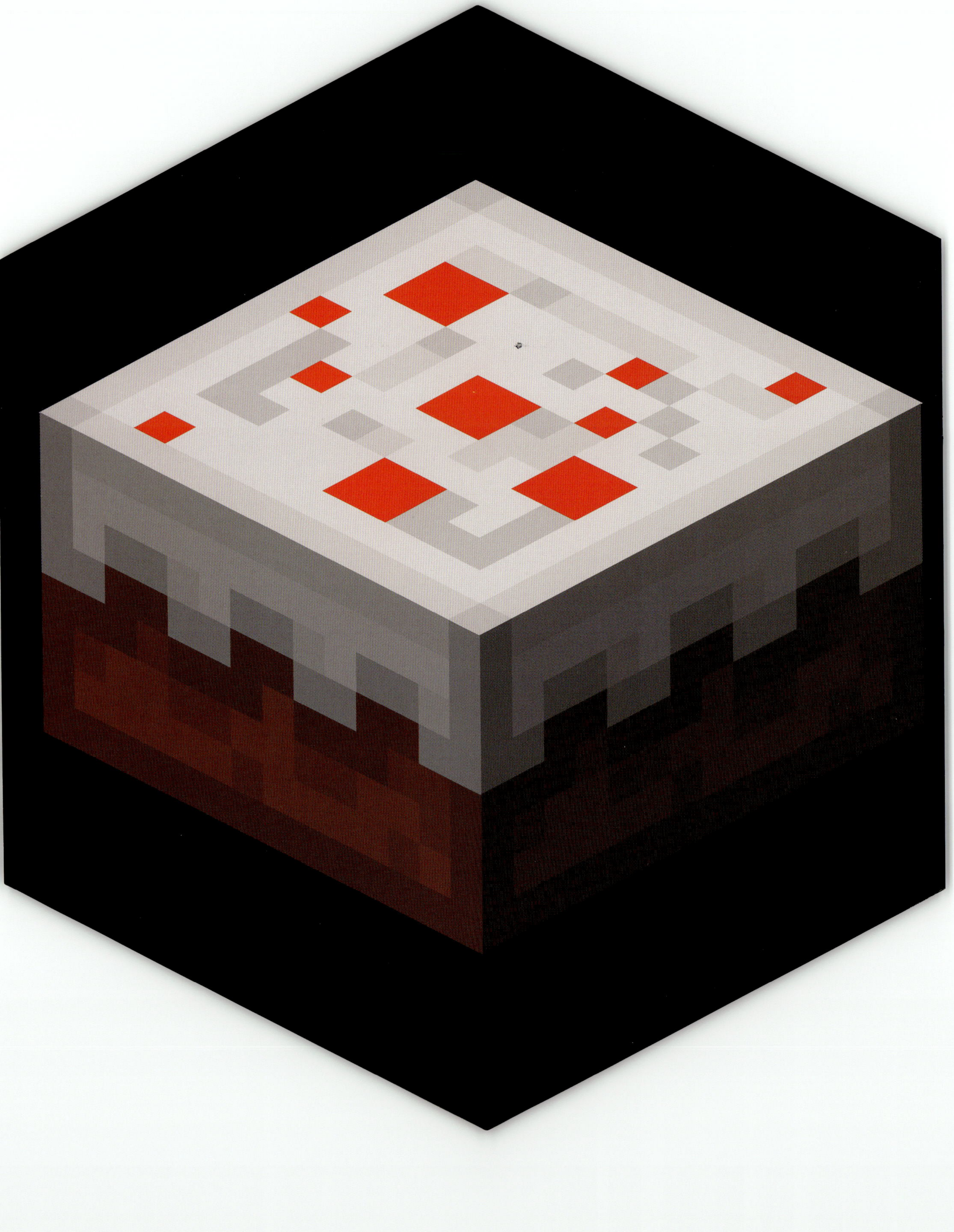

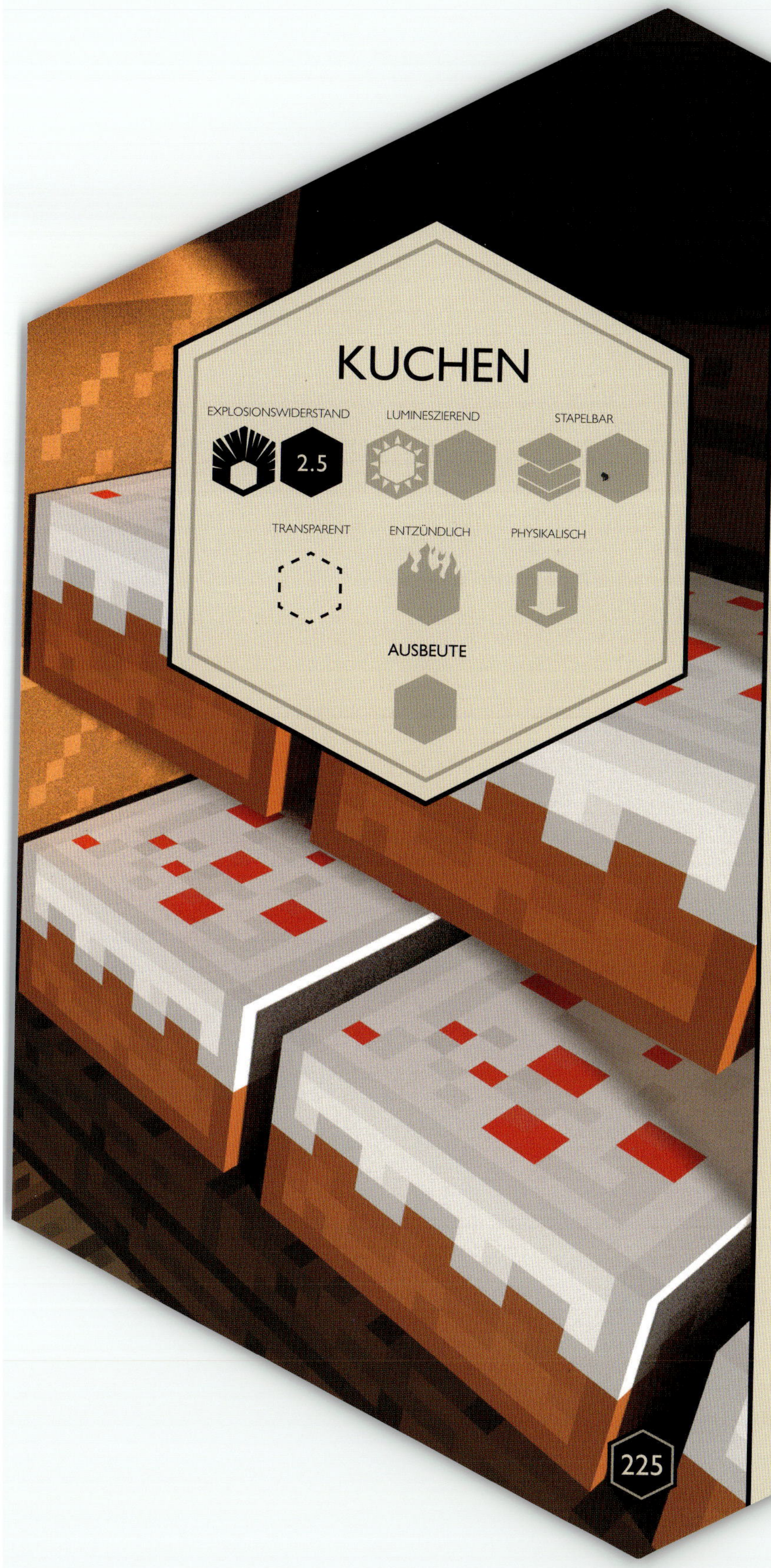

KUCHEN

EXPLOSIONSWIDERSTAND 2.5

LUMINESZIEREND

STAPELBAR

TRANSPARENT

ENTZÜNDLICH

PHYSIKALISCH

AUSBEUTE

FUNKTION

Ein Kuchen ist nicht besonders nahrhaft, benötigt eine Menge Zutaten und nimmt dazu noch einen ganzen Block Raum zum Kredenzen ein. Aber der Aufwand lohnt – schließlich ist es Kuchen! Stell dir vor, du könntest genug Kuchen backen, um ein riesiges Lebkuchenhaus zu bauen …

VERHALTEN

Ein Kuchen besteht aus 6 Stücken, eines davon füllt 2 Punkte deiner Hungerleiste auf. Hast du einen Kuchen abgestellt, kannst du ihn nicht mehr abbauen und wieder aufsammeln. Zerstörst du den Block darunter, geht dabei auch der Kuchen verloren. Kuchen sind nicht stapelbar im Inventar.

HERSTELLUNG

Ein Kuchen braucht: 3 Bündel Weizen, 2 Handvoll Zucker, 1 Ei, 3 Eimer Milch.

TRIVIALWISSEN

Der Kuchen nimmt nur 7/8 des Platzes eines normalen Blocks ein. Wenn du mehrere Kuchen in einer Reihe aufstellst, kannst du durch die Lücken sehen.

ZAUBERTISCH

EXPLOSIONSWIDERSTAND 6000

LUMINESZIEREND

STAPELBAR 64

TRANSPARENT

ENTZÜNDLICH

PHYSIKALISCH

AUSBEUTE

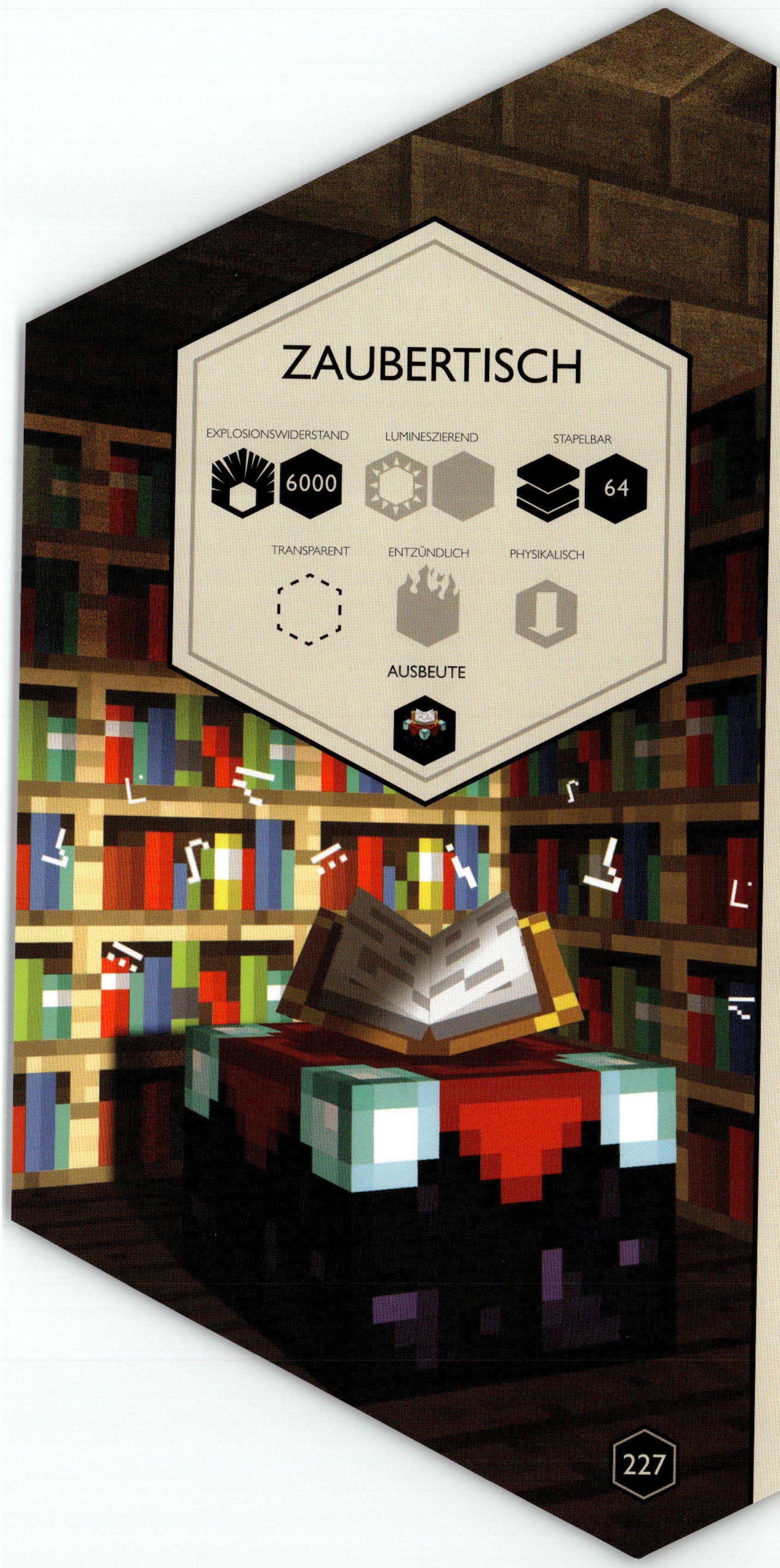

FUNKTION

Zaubertische entführen dich in eine magische Welt und versetzen dich durch verschiedenste Verzauberungen in die Lage, deine Rüstungen, Waffen und Werkzeuge zu verstärken und ihnen so bessere Eigenschaften zu verleihen.

VERHALTEN

Zaubertische sehen ziemlich cool aus und haben ein magisches Eigenleben. Über einem farbenfroh verzierten Tisch schwebt ein in sich selbst blätterndes Buch. Das Buch wendet sich dir zu, sobald du dich dem Tisch näherst, und dreht sich auch dann weiter, wenn du es gerade nicht im Blick hast.

Ein Zaubertisch wirkt erst so richtig wichtig, wenn er von vielen Bücherregalen (202–203) umgeben ist. Leg sie an wie auf dem Bild: mit einem Block Abstand und einer Lücke für den Zutritt. Man kann die so erlangte Verstärkung sogar an einem Effekt erkennen: Magische Runen schwirren in das Buch hinein!

Um den Zaubertisch zu aktivieren, lege einen zu verzaubernden Gegenstand sowie einen Lapislazulibrocken (72–73) hinein. Dann taucht auf der rechten Seite eine Auswahl an Verzauberungen auf.

Deine Auswahlmöglichkeiten erscheinen im Galaktischen Standard-Alphabet. So erfährst du erst später, welche Verstärkung du gewählt hast. Jede Verzauberung kostet dich Erfahrungspunkte.

HERSTELLUNG

Es sollte dich nicht überraschen, dass Zaubertische extrem teuer in der Herstellung sind: Sie kosten dich 4 Obsidianblöcke, 2 Diamanten und ein Buch.

TRIVIALWISSEN

Die Runen, die um das Zauberbuch schwirren, entstammen ebenfalls dem Galaktischen Alphabet. Es stammt aus der Spieleserie „Commander Keen“, einem der Erstlingswerke von id Software, den Machern von Quake und Doom.

BRAUSTAND

EXPLOSIONSWIDERSTAND	LUMINESZIEREND	STAPELBAR
2.5	1	64

TRANSPARENT · ENTZÜNDLICH · PHYSIKALISCH

AUSBEUTE

FUNKTION

Ebenso wie das Verzaubern bietet dir das Brauen von Tränken die Möglichkeit, magische Verstärkungen und Fähigkeiten zu nutzen. Allerdings benötigst du dazu einen Braustand.

HERSTELLUNG

Ein Braustand ist an sich eine einfache Angelegenheit: Du baust ihn aus 3 Bruchsteinblöcken und einer Lohenrute (Lohenruten werden im Nether von den Lohen bei ihrem Ableben hinterlassen). Das bedeutet, dass du zum Brauen bis in den Nether vorgedrungen sein musst.

VERHALTEN

Um loslegen zu können, brauchst du eine Menge Netherwarzen (144–145) und wassergefüllte Glasflaschen. Das sind die Zutaten für den seltsamen Trank, Grundlage für die meisten anderen Tränke mit Effekten wie Heilung oder Stärke.

Eine Flasche entsteht aus 3 Glasblöcken (158–161). Zum Füllen gehst du an einen Kessel (234–235) oder wendest sie auf eine Wasserquelle (120–121).

Aktivierst du einen Braustand, erscheint eine Benutzeroberfläche. Hier legst du deine Zutat ins obere Fach und 3 Wasserflaschen oder fertige Tränke in die unteren Fächer. Wenn du genug Flaschen hast, kannst du mit einer einzigen Zutat bis zu 3 Tränke brauen.

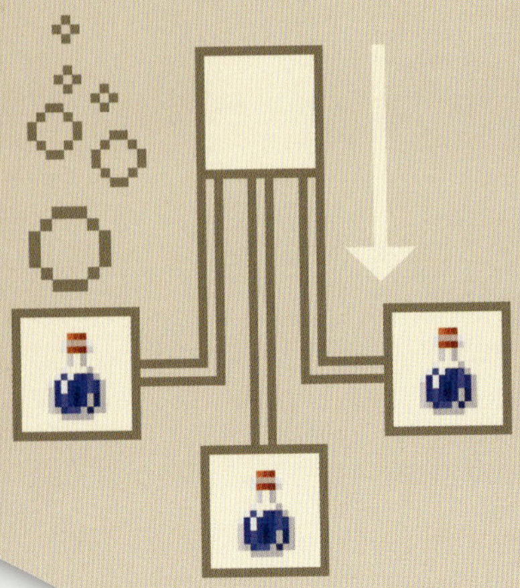

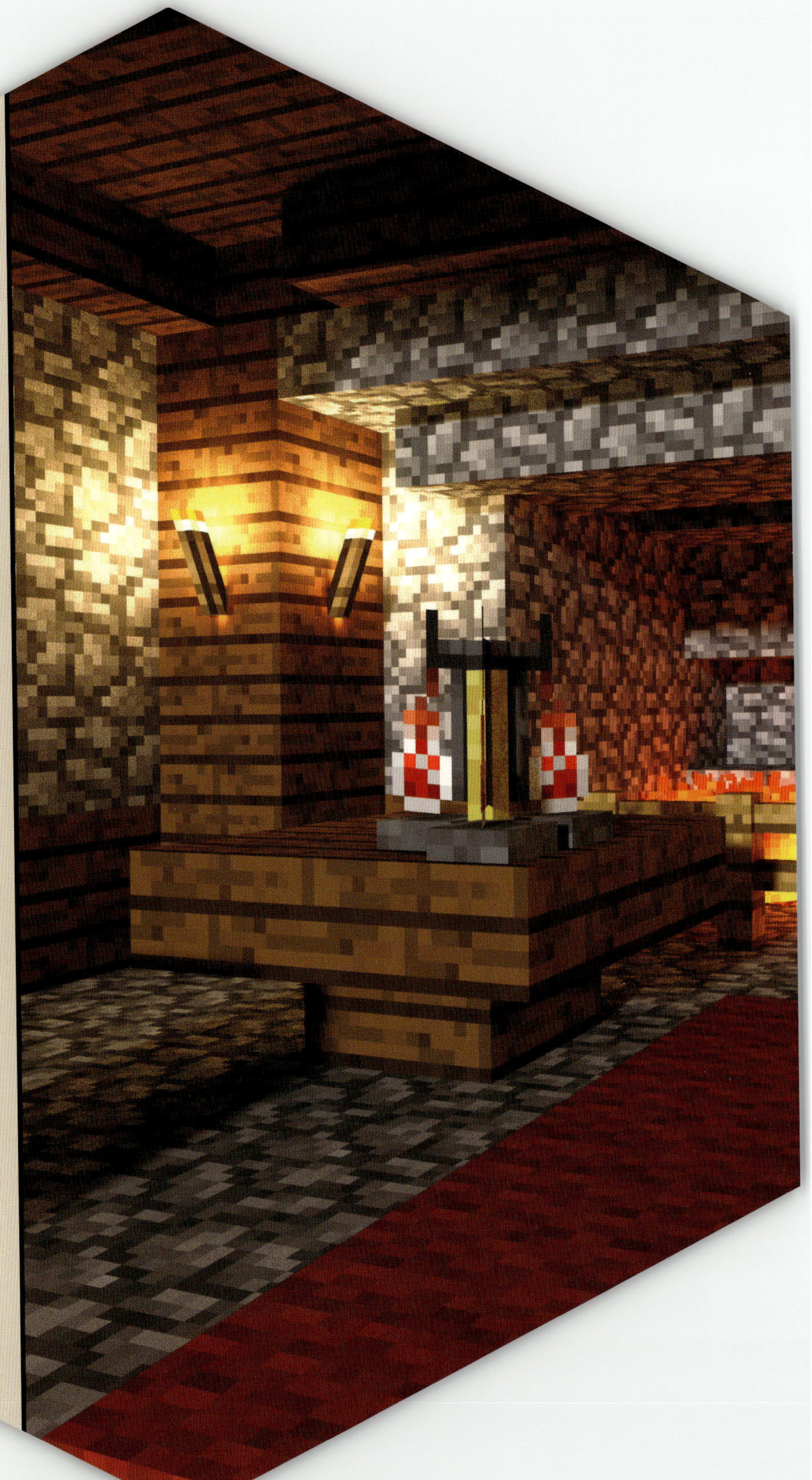

ZUSATZINFORMATION

Viele der Tränke lassen sich mit derselben Zutat in stärkere Versionen umwandeln. Zum Beispiel verstärkt Glowstone-Staub (140–141) einen Trank der Heilung von Stufe 1 auf Stufe 2.

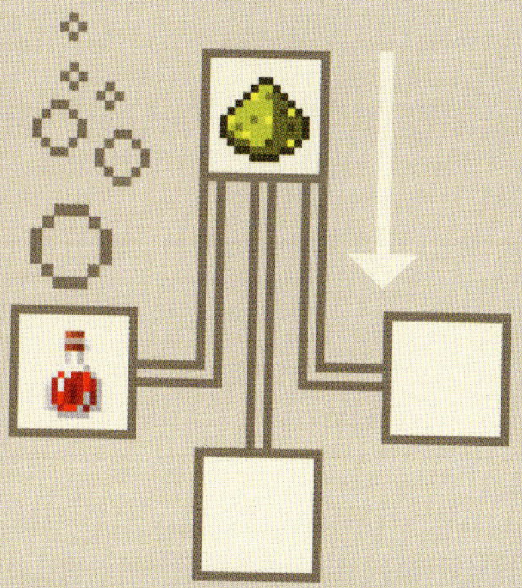

TRIVIALWISSEN

Der mit Flaschen bestückte Braustand richtet sich immer nach Osten aus, egal in welche Richtung du beim Platzieren blickst.

WICHTIGE INFORMATION

Solltest du einen Braustand mit etwas anderem als einer Spitzhacke zerstören, verlierst du ihn.

KESSEL

EXPLOSIONSWIDERSTAND 10

LUMINESZIEREND

STAPELBAR 64

TRANSPARENT

ENTZÜNDLICH

PHYSIKALISCH

AUSBEUTE

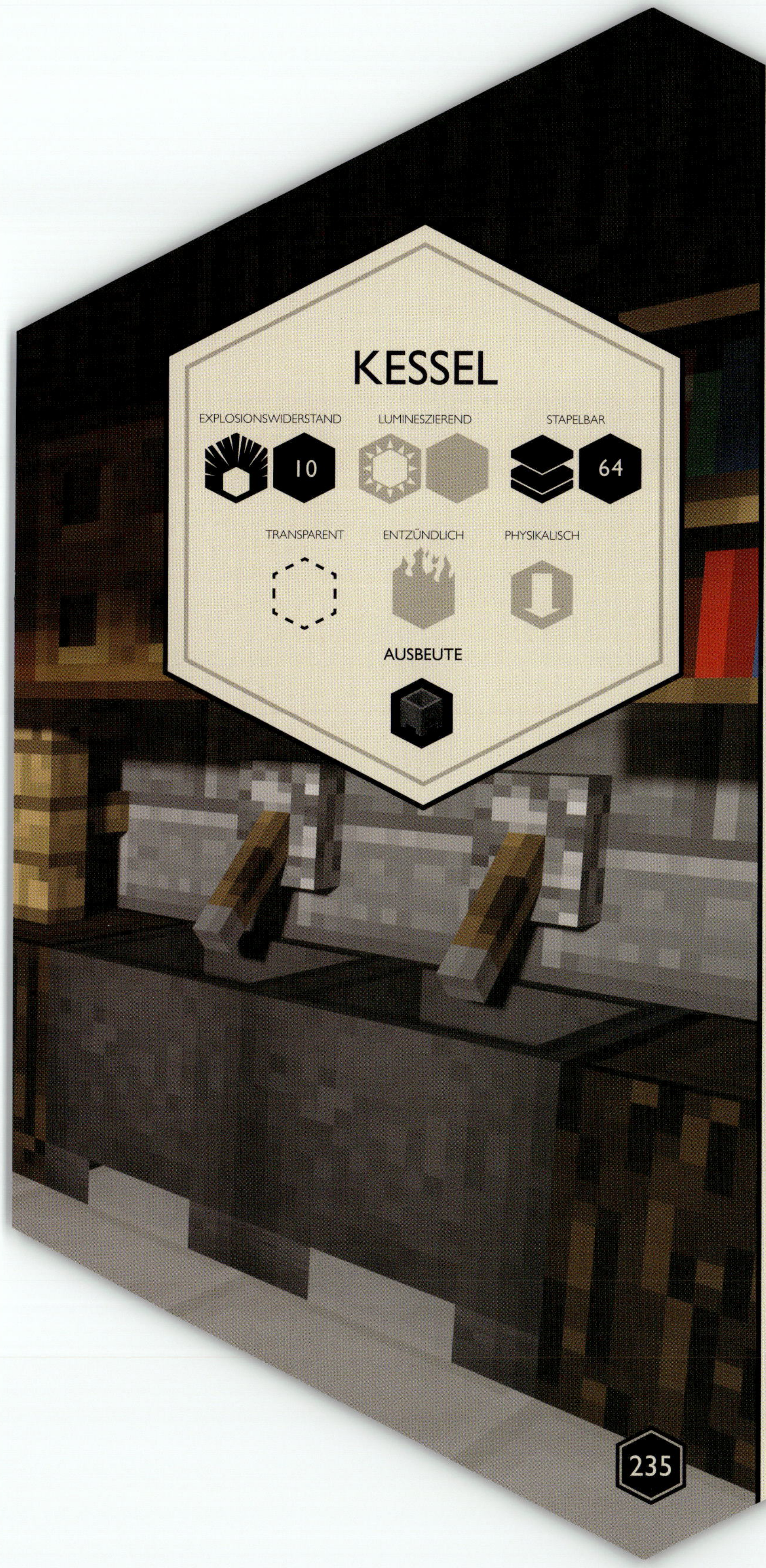

FUNKTION

Kessel sind beim Brauvorgang sehr nützlich, weil du hier deine Glasflaschen mit Wasser auffüllen kannst. Ein einzelner Kessel speichert genug Wasser für 3 Flaschen. Und nur mit einem Kessel kannst du im Nether Tränke brauen, da dort Wasser nicht auf natürliche Weise existiert.

HERSTELLUNG

Um einen Kessel zu gießen, benötigst du nichts außer 7 Eisenbarren.

Um Eisen zu besorgen, begib dich in Sümpfen auf die Suche nach Hexenhütten. Hier steht natürlich immer ein Kessel herum.

TRIVIALWISSEN

Ein Kessel kann auch Bauwerke ausschmücken. Er ähnelt zum Beispiel einem Spülstein oder einem Kamin.

ZUSATZINFORMATION

Gefärbtes Leder lässt sich in einem Kessel wieder auswaschen und so für den Wiedergebrauch reinigen.

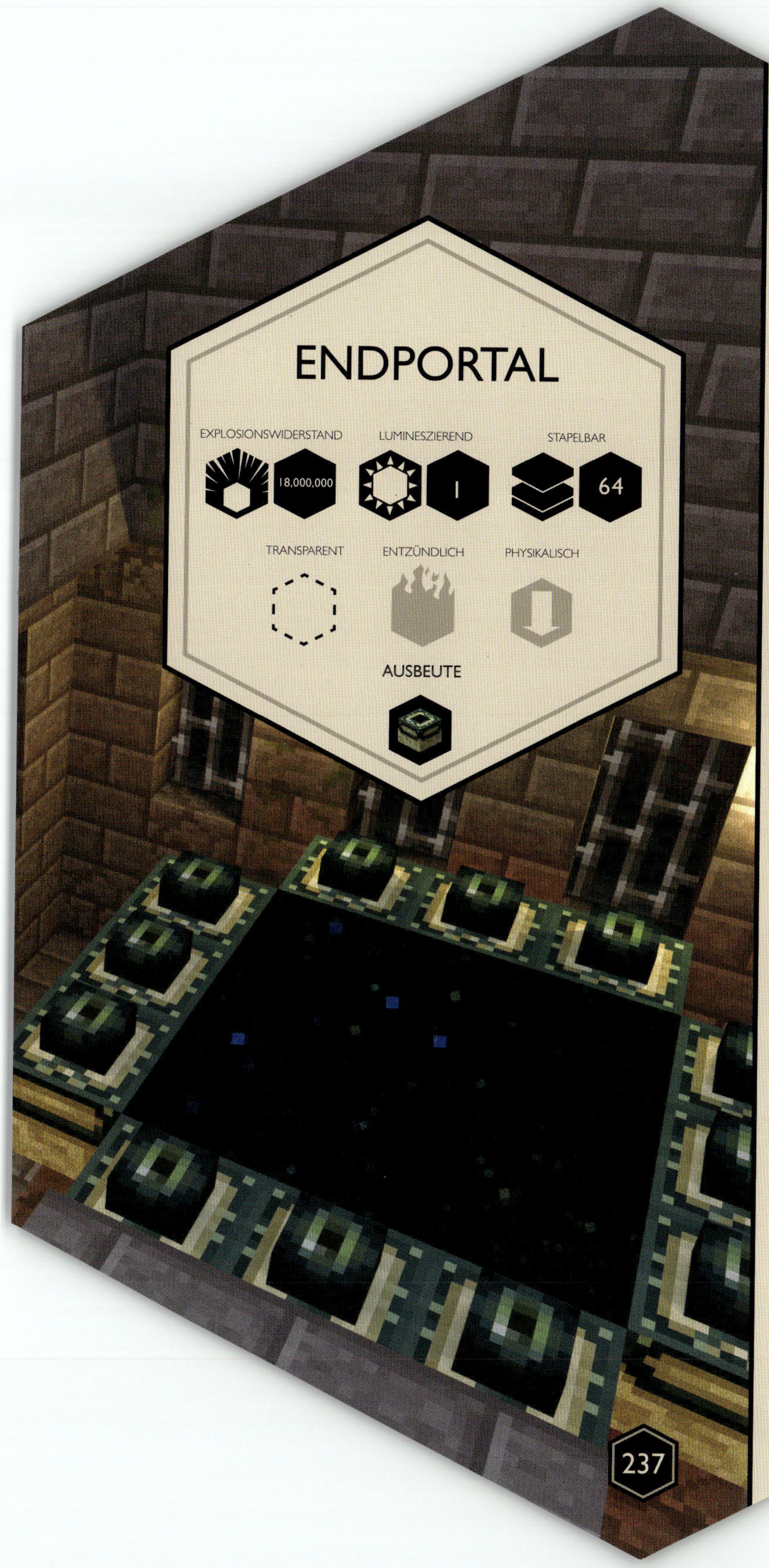

ENDPORTAL

EXPLOSIONSWIDERSTAND 18,000,000

LUMINESZIEREND 1

STAPELBAR 64

TRANSPARENT

ENTZÜNDLICH

PHYSIKALISCH

AUSBEUTE

VORKOMMEN

Endportale kommen in den speziellen Räumen der Festungen vor und bestehen aus 12 ringartig um eine Lavagrube angeordneten Blöcken. Eine Treppe mit einem Monsterspawner (38–39) am oberen Ende führt zum Portal hinauf.

FUNKTION

Du fühlst dich bereit, das Ende zu betreten und dich der letzten Herausforderung in der Minecraft-Welt zu stellen? Dann finde das nächstgelegene Endportal und aktiviere jeden der dort vorhandenen 12 Endportalsteine. Nur durch ein Portal kannst du ins Ende gelangen.

Festungen liegen tief unter der Erde verborgen. Um eine Festung zu finden, musst du Enderaugen einsetzen. An diese zu gelangen ist jedoch nicht leicht, da sie aus zwei Dingen hergestellt werden müssen: Enderperlen, die nur von erschlagenen Endermännern hinterlassen werden, und Lohenstaub, der bei der Vernichtung von Lohen im Nether zurückbleibt.

Wirf ein Enderauge in die Höhe und beobachte seinen Flug. Es schwebt durch die Luft und fällt dann zu Boden. Solange es nicht zerbricht, hebst du es auf. Allerdings zerbricht es mit einer Wahrscheinlichkeit von 1 zu 5!

Wiederhole diesen Prozess, bis die Enderaugen stets an der gleichen Stelle auf den Boden fallen. Nun hast du die Festung gefunden und musst dich zum Endportal hindurchgraben. Es kann tief unter der Erde liegen. Wenn du es gefunden hast, brauchst du noch mehr Enderaugen!

VERHALTEN

Hast du ein Endportal gefunden, musst du zuerst in jeden der 12 Endportalsteine ein Enderauge einsetzen. Erst dann darfst du durch die Mitte des Portals springen und die gefürchtete Dimension des Endes besuchen.

EXPERTENRAT

Du hast keine Lust, Enderaugen selbst herzustellen? Dann kaufe sie bei Priestern: Für gesalzene 10 Smaragde (78–79) bekommst du ein Enderauge. Das ist dir zu viel? Hast du etwa gedacht, der Weg ins Ende wäre leicht?

ZUSATZINFORMATION

Endportalsteine und Grundgestein (24–25) sind die einzigen zwei unzerstörbaren Blöcke in der Minecraft-Welt. Noch dazu ist der Endportalstein extrem selten, da in jeder Welt nur 3 Festungen vorkommen.

TRIVIALWISSEN

Endportalsteine lassen sich im Ende nicht aktivieren.

LEUCHTFEUER

EXPLOSIONSWIDERSTAND	LUMINESZIEREND	STAPELBAR
15	15	64

TRANSPARENT · ENTZÜNDLICH · PHYSIKALISCH

AUSBEUTE

FUNKTION

Ein Höhepunkt gegen Spielende ist der Bau von Kraftpyramiden. Diese Strukturen verleihen Spielern innerhalb eines bestimmten Umfangs spezielle Verstärkungen wie Schnelligkeit, Widerstand, Stärke und Eile.

Das Herz einer Kraftpyramide ist das Leuchtfeuer. Dieser Block wirft einen Lichtstrahl senkrecht in den Himmel.

HERSTELLUNG

Für ein Leuchtfeuer benötigst du 3 Obsidianblöcke (34–37), 5 Glasblöcke (158–161) und einen Netherstern. Diesen Stern erlangst du nur, wenn du einen Wither erlegst – ein furchtbarer Gegner, den du selbst erschaffen musst.

Hast du dein Leuchtfeuer gefertigt, musst du als Nächstes die Pyramide errichten. Das geht ausschließlich mit Blöcken aus Eisen, Gold, Diamant oder Smaragd. Alles selten und nur vom Feinsten!

VERHALTEN

Die Pyramiden gibt es in 4 Abstufungen beziehungsweise Höhen:

Stufe 1: 3 mal 3 Blöcke mit einem Leuchtfeuer auf dem mittleren Block.

Stufe 2: Basis aus 5 mal 5 Blöcken.

Stufe 3: Basis aus 7 mal 7 Blöcken.

Stufe 4: Basis aus 9 mal 9 Blöcken.

Hast du mitgerechnet? Das sind 9 Blöcke für Stufe 1 und stolze 164 Blöcke für Stufe 4!

Mit der Höhe der Pyramide vergrößert sich auch die Reichweite ihrer Verstärkung. Die kleinste Pyramide hat eine Wirkung von 20 Blöcken. Du kannst dich also 20 Blöcke weit von der Pyramide entfernen, die Wirkung der Verstärkung bleibt. Für jede der größeren Pyramiden erweitert sich der Radius um 10 Blöcke pro Stufe. Die Pyramide der Stufe 4 hat demnach einen Radius von 50 Blöcken. Noch dazu kann nur sie zwei Verstärkungen gleichzeitig bewirken.

Aktiviere das Leuchtfeuer, indem du es mit einem Material wie Metall oder Edelsteinen speist und dann einen Effekt auswählst. Du kannst wählen zwischen Schnelligkeit, Eile, Resistenz, Sprungkraft und Stärke.

ZUSATZINFORMATION

Das Material, aus dem du die Pyramide baust, hat keinerlei Auswirkung auf den Effekt, den sie aussendet. Smaragd oder Diamant mögen sehr prachtvoll aussehen und andere Spieler beeindrucken, aber in der Praxis wird sich vielleicht doch das erschwingliche Eisen durchsetzen …

EXPERTENRAT

Du willst Platz und Materialien sparen? Dann verlängere die Pyramide, platziere mehrere Leuchtfeuer darauf und weise jedem eine eigene Verstärkung zu.

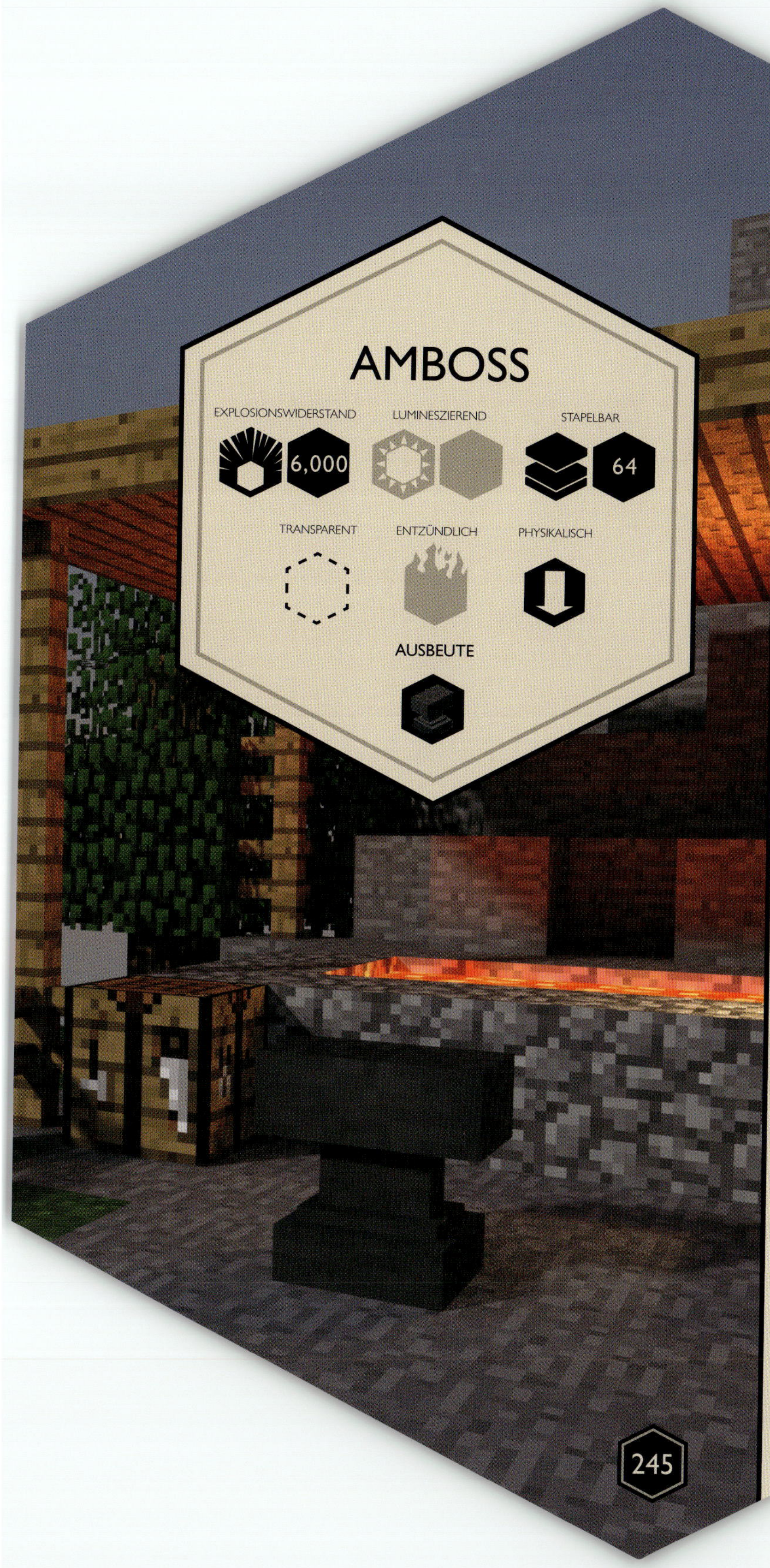

AMBOSS

EXPLOSIONSWIDERSTAND 6,000

LUMINESZIEREND

STAPELBAR 64

TRANSPARENT

ENTZÜNDLICH

PHYSIKALISCH

AUSBEUTE

FUNKTION

Dein Blick fällt auf die Haltbarkeitsanzeige deiner verzauberten Diamantenspitzhacke: Nur noch ein winziger roter Balken ist übrig. Oh nein!

Es wäre doch eine Schande, einen so wertvollen Gegenstand zu verlieren. Kopf hoch! Hier kommt der Amboss ins Spiel.

Der Amboss lässt sich auf dreierlei Arten nutzen:

1. Du kannst deine Waffen und Rüstungen reparieren, um sie in einen neuwertigen Zustand zu bringen. Dazu kombinierst du einen beschädigten Gegenstand mit einem zweiten aus demselben Werkstoff oder mit ein wenig vom entsprechenden Ausgangsmaterial. Zusätzlich brauchst du ein paar Erfahrungspunkte.

2. Du kannst gewöhnliche Gegenstände durch den Einsatz von Zauberbüchern mit Magie versehen. Auch hier ist der Einsatz von Erfahrungspunkten erforderlich.

3. Gegenstände lassen sich umbenennen. Dazu musst du den Gegenstand in das erste Fach legen und dann den Text anwählen.

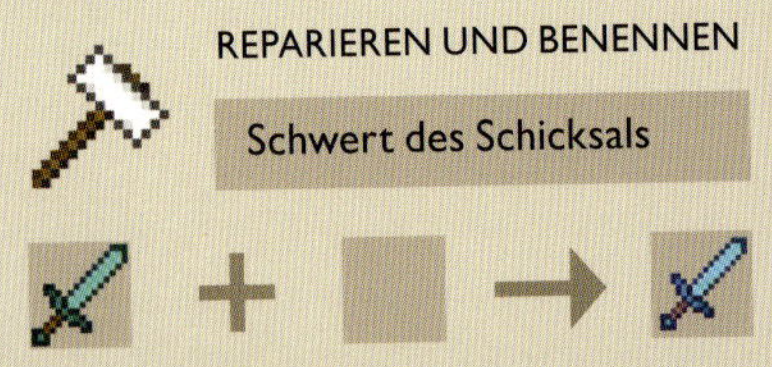

Die Reparaturkosten steigen bei verzauberten Gegenständen enorm, besonders bei solchen mit mehreren Verzauberungen. Die Arbeit an einem Amboss ist also eine teure Angelegenheit, aber viel günstiger, als die Gegenstände neu herzustellen.

HERSTELLUNG

Du benötigst 4 Eisenbarren und 3 Eisenblöcke. Insgesamt also 31 Eisenbarren.

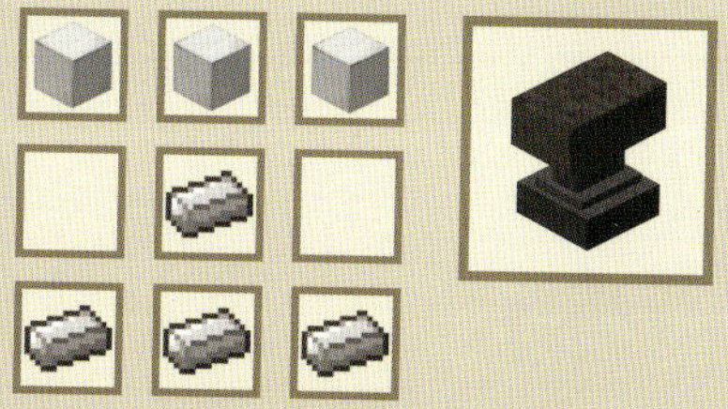

ZUSATZINFORMATION

Schwingst du den Hammer über dem Amboss, wird dieser jedes Mal ein Stück beschädigt. Er hält etwa 24 Anwendungen. Auch ein Sturz beschädigt einen Amboss.

EXPERTENRAT

2 beschädigte Gegenstände aus demselben Material lassen sich zu einem weniger beschädigten zusammenfügen.

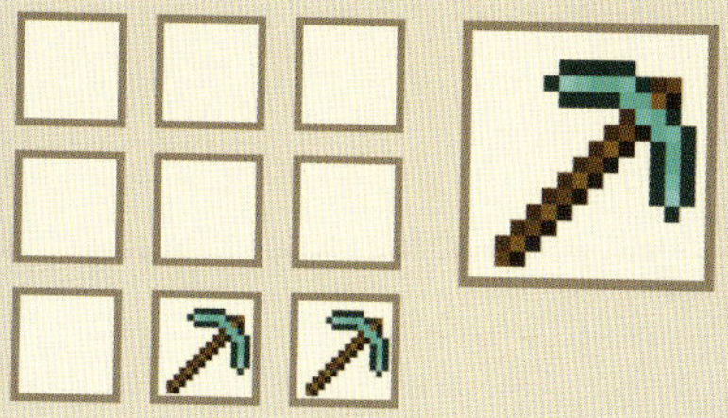

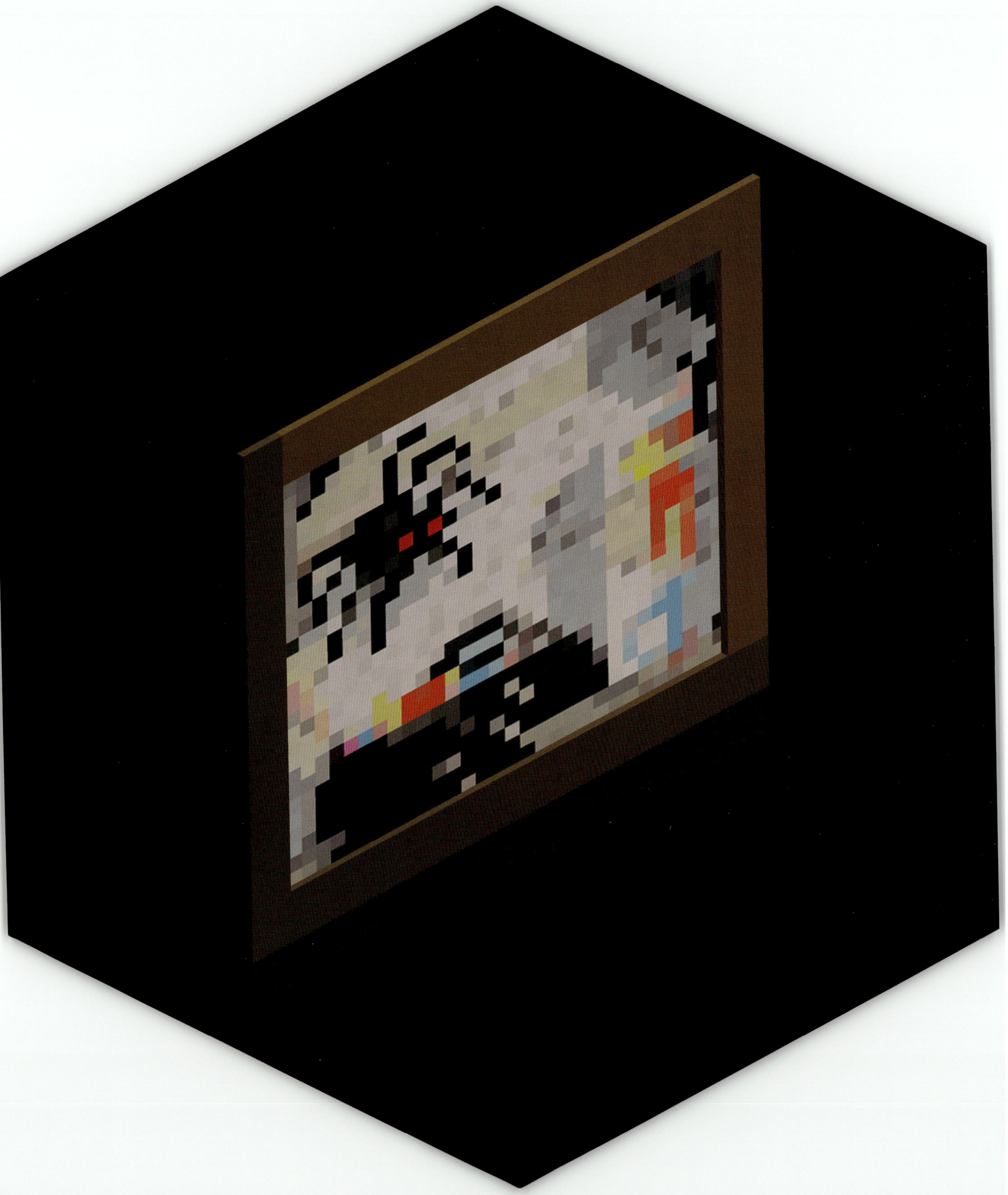

GEMÄLDE

FUNKTION

Erst ein paar Gemälde an der Wand verwandeln ein Haus in ein Zuhause.

VERHALTEN

Gemälde lassen sich auf glatten, senkrechten Oberflächen befestigen. Du kannst ein Gemälde öfter hintereinander aufhängen, bis dir Größe und Motiv gefallen. Die Gemälde sind zwar etwas pixelig, aber vielleicht erkennst du die Handschrift des einen oder anderen Alten Meisters oder einen Videospielbezug in den Motiven. Sie stammen überwiegend vom Künstler Kristoffer Zetterstrand.

HERSTELLUNG

9 Stöcke und ein Wollblock (162–165) ergeben eine Leinwand. Wähle diese aus dem Inventar und wende sie auf eine Wand an. Dann erscheint eines von 26 Motiven.

ZUSATZINFORMATION

Technisch gesehen zählen Gemälde nicht zu den Blöcken. Das erklärt ihr befremdliches Verhalten: Fackeln lassen sich daran anbringen, und wenn du mit einem Pfeil auf ein Gemälde schießt, verschwinden Gemälde … und Pfeil!

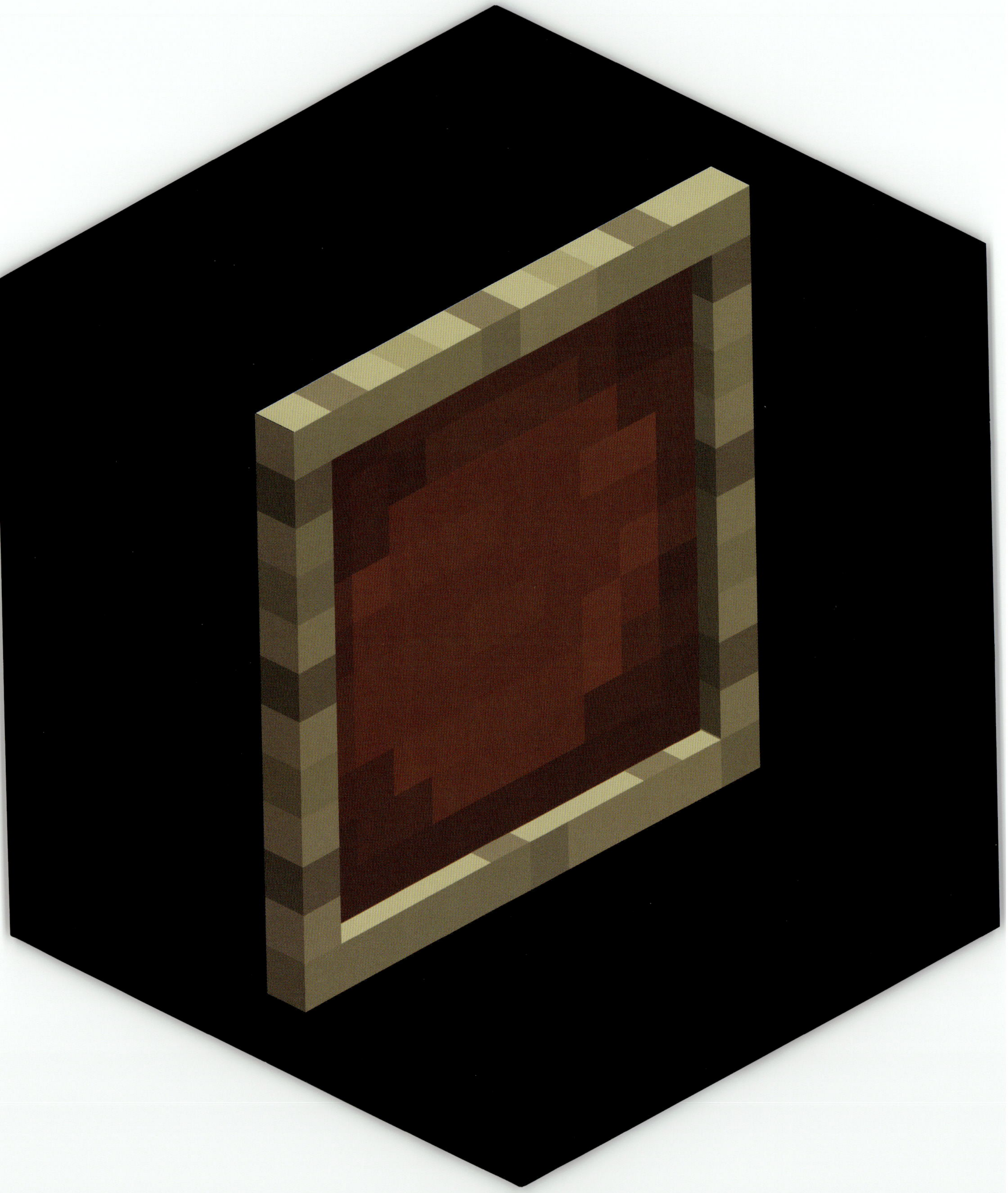

RAHMEN

EXPLOSIONSWIDERSTAND

LUMINESZIEREND

STAPELBAR 64

TRANSPARENT

ENTZÜNDLICH

PHYSIKALISCH

AUSBEUTE

FUNKTION

Magst du keine Kunst, häng einfach deine Sachen an die Wand. Dein treues Schwert verdient schließlich einen Ehrenplatz über dem Kamin. Und mit deinen gesammelten Diamanten und Smaragden kannst du vor Gästen protzen. Außerdem ist es leichter, manche wichtigen Gegenstände aus einem Rahmen herunterzunehmen, als ihn aus einer Truhe herauszuholen.

VERHALTEN

Hänge zunächst einen Rahmen an eine Wand. Dann nimm einen Gegenstand und wende ihn auf den Rahmen an. Voilà! Schon erscheint er darin.

Um den Gegenstand von seiner besten Seite zu präsentieren, kannst du den Winkel wählen, in dem er im Rahmen erscheint. Du kannst sogar entscheidende Informationen von Karten, Uhren und Kompassen ablesen: wo du bist, wo die Reise hingeht oder wie spät es ist.

HERSTELLUNG

Verbinde 8 Stöcke mit einer Lederhaut, um einen Rahmen zu fertigen.

MECHANISMEN

WERFER

EXPLOSIONSWIDERSTAND	LUMINESZIEREND	STAPELBAR
17.5		64

TRANSPARENT · ENTZÜNDLICH · PHYSIKALISCH

AUSBEUTE

FUNKTION

Werfer sind pfiffige Apparate. Erhalten sie ein Signal durch einen Redstone-Schaltkreis, werfen sie zufällig einen der zuvor darin deponierten Gegenstände ab. Es sind also Maschinen, die auf Knopfdruck Dinge ausspucken.

Manche Gegenstände kommen wie Geschosse aus dem Werfer. Dazu zählen Pfeile, Schneebälle und Wurftränke. Verstecke eine Druckplatte, lade den Werfer mit Pfeilen und richte ihn auf die Platte. Eine echte Pfeilfalle! Ganz fiese Gesellen deponieren auch Feuerladungen im Werfer.

Du willst dich in Schale werfen? Lade ein Rüstungsteil in einen Werfer und stelle dich genau davor! Das Ganze funktioniert sogar mit einem kompletten Rüstungsset und 4 Werfern (die alle direkt neben dir stehen müssen).

Ein Werfer kann auch Knochenmehl auf Pflanzen ausbringen. Oder du platzierst Wassereimer oder gar Lava im Werfer, damit er sie als Quellblöcke ausspeit.

Probiere nach Herzenslust herum. Ehe du dich's versiehst, wirst du ein vollautomatisiertes Minecraft-Leben führen.

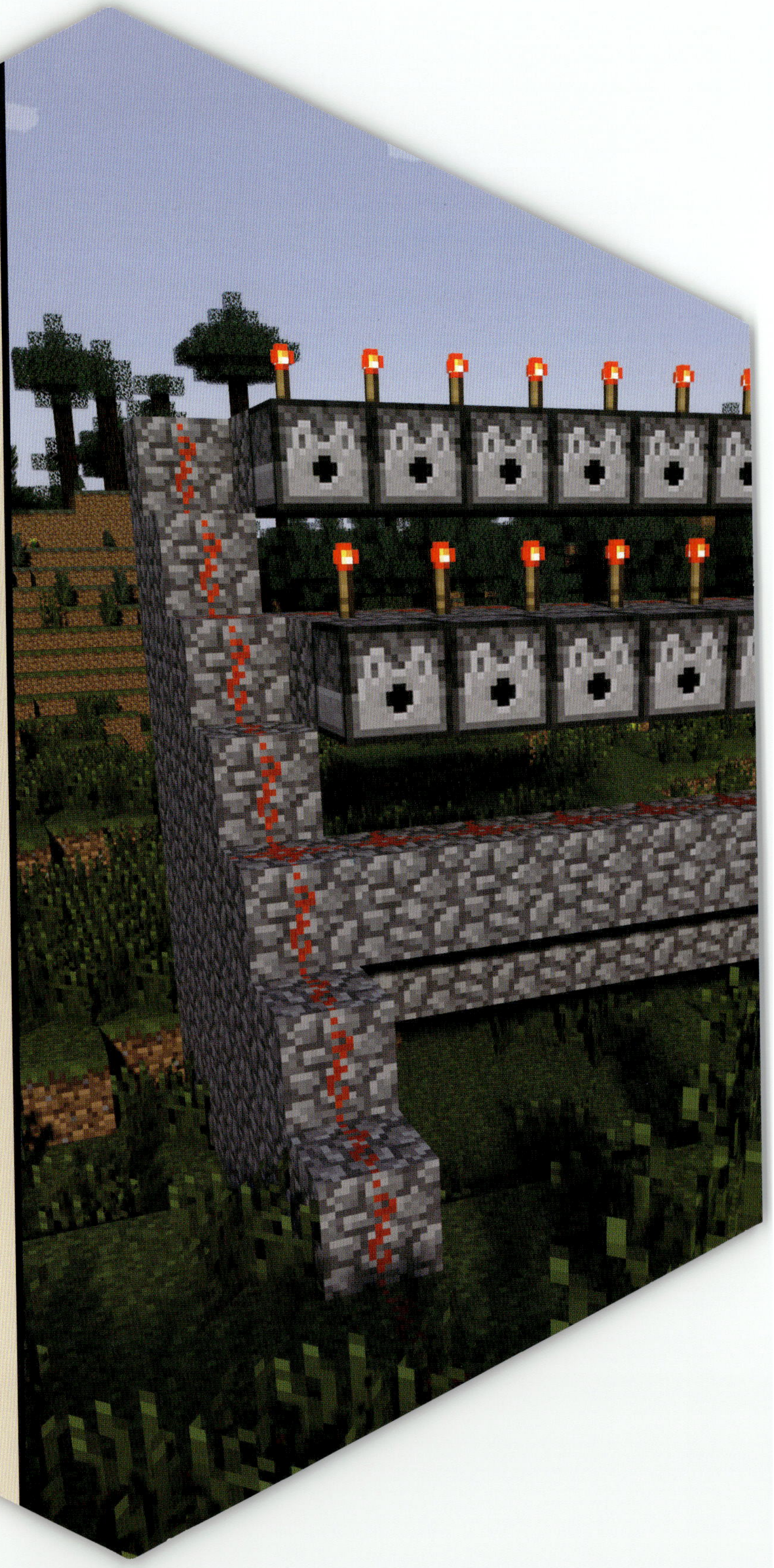

HERSTELLUNG

Für einen Werfer benötigst du einen Bogen, Redstone-Staub und 7 Bruchsteine.

TRIVIALWISSEN

Sogar Mobs lassen sich aus Werfern herausschleudern. Das ist allerdings nur mit Monstereiern möglich, die dem Kreativmodus oder Server-Moderatoren vorbehalten sind.

NOTENBLOCK

EXPLOSIONSWIDERSTAND 4
LUMINESZIEREND
STAPELBAR 64
TRANSPARENT
ENTZÜNDLICH
PHYSIKALISCH
AUSBEUTE

FUNKTION

Kann dich keine der vielen Melodien des Plattenspielers (222–223) begeistern? Oder möchtest du einfach mal deine kreative Ader als Komponist ausleben? Dann widme dich doch den Notenblöcken.

Notenblöcke spielen einen Ton ab, entweder durch einen Schlag oder ein Redstone-Signal, das sie erreicht.

VERHALTEN

Der Block unter dem Notenblock bestimmt den Klang, der wiedergegeben wird. Mit den Auswahlmöglichkeiten, die du hast, kannst du richtige Musik erzeugen.

Glas und Glowstone klingen wie Stöcke, die aufeinandergeschlagen werden. Sand, Kies und Seelensand geben den Klang einer kleinen Trommel wieder. Auf Stein basierende Blöcke, Öfen, Obsidian und Netherstein tönen wie eine Basstrommel. Holzbasierte Blöcke, Zäune, Bücherregale, Truhen und Notenblöcke selbst geben den Saitenschlag einer Bassgitarre wieder. Luft, Wolle, Erde, Blätter und Wasser klingen wie ein Klavier.

Platziere einen Notenblock und aktiviere ihn, um seine Tonhöhe zu ändern. Du kannst 24 verschieden hohe Tonlagen einstellen.

HERSTELLUNG

Ein Notenblock besteht aus 8 Holzbrettern (154–157) und 1 Handvoll Redstone-Staub. Er ist also einfach herzustellen.

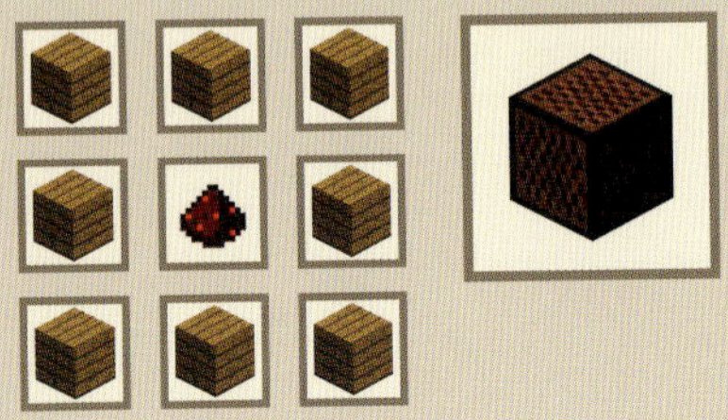

ZUSATZINFORMATION

Für komplexe Melodien legst du Redstone-Schaltkreise an und verzögerst die Töne mit einem Redstone-Verstärker (284–287), um einen Rhythmus zu erzeugen. Allerdings ist es schwer, Notenblöcke in weiter Entfernung zu hören.

Du kannst auch mit Loren Töne abspielen. Dazu musst du sie über Sensorschienen (268–271) fahren, die mit deinen Notenblöcken verbunden sind.

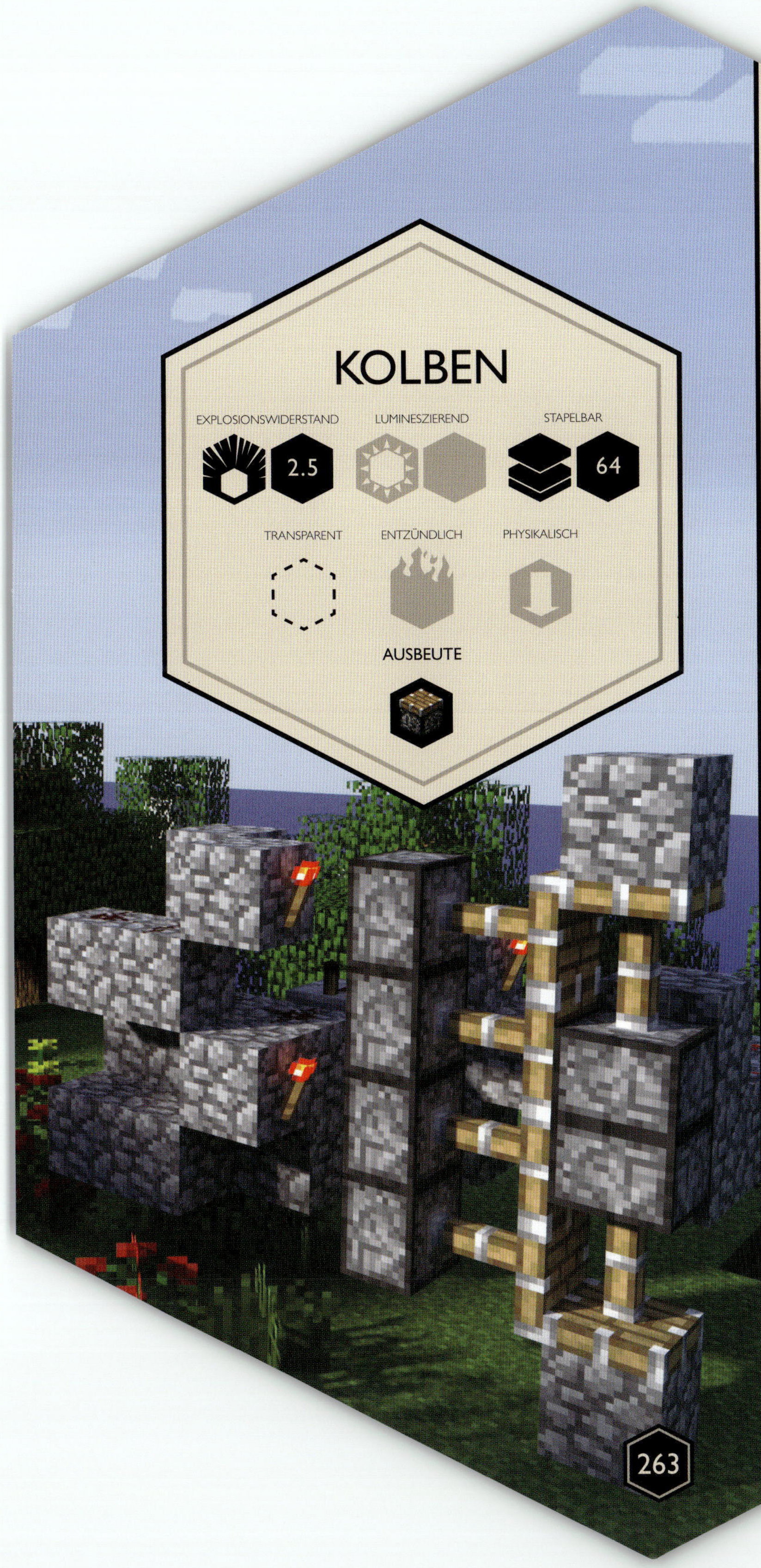

KOLBEN

EXPLOSIONSWIDERSTAND 2.5
LUMINESZIEREND
STAPELBAR 64
TRANSPARENT
ENTZÜNDLICH
PHYSIKALISCH
AUSBEUTE

FUNKTION

Kolben können andere Blöcke herumschieben, sogar bis zu 12 Blöcke weit. Wenn sie mit einem Redstone-Impuls gespeist werden, fahren sie dazu ihren Kopf aus.

Neben Blöcken können auch Spieler, Boote, Mobs und Loren von Kolben bewegt werden. Ausnahmen sind Obsidianblöcke, Grundgestein, Ambosse, Betten, Zaubertische und Plattenspieler, Zuckerrohr, Kürbisse und Kakteen. Die Kolbenoberseite kann den Fluss von Lava und Wasser stoppen und so Durchgänge schaffen. Mit Fackeln und Schildern kannst du Blöcke für das Verschieben sperren.

HERSTELLUNG

Nimm 4 Bruchsteine, 3 Holzbretter, einen Eisenbarren und eine Handvoll Redstone-Staub.

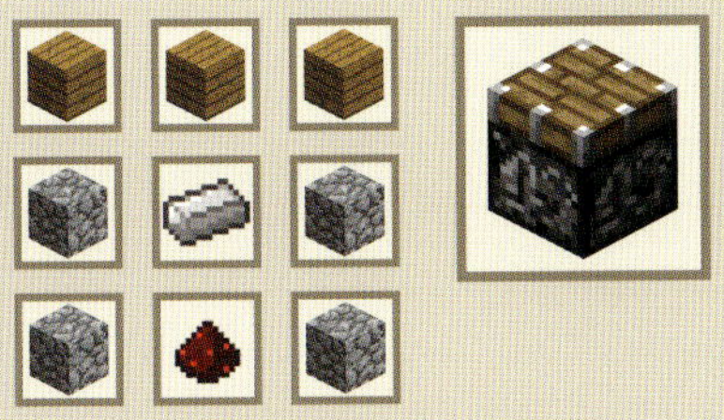

ZUSATZINFORMATION

Ein Kolben lässt sich als Tisch zweckentfremden: Verstecke dazu Redstone-Fackeln 2 Blöcke tief unter deinem Boden und setze einen Kolben darüber – der Kopf wird ausgefahren, und fertig ist die Tischplatte!

KLEBRIGER KOLBEN

EXPLOSIONSWIDERSTAND	LUMINESZIEREND	STAPELBAR
2.5		64

TRANSPARENT · ENTZÜNDLICH · PHYSIKALISCH

AUSBEUTE

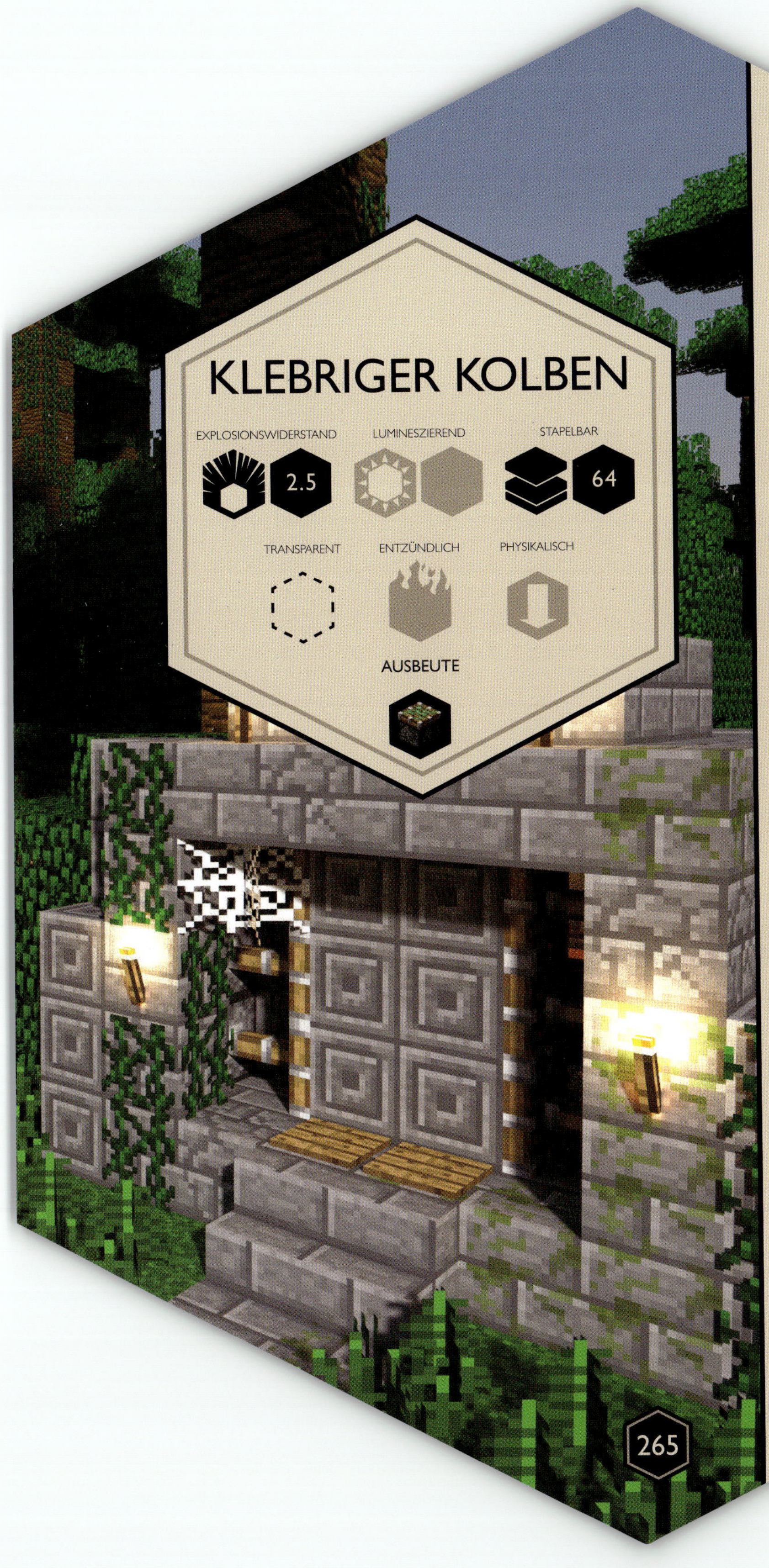

FUNKTION

Wie normale Kolben können klebrige Kolben Blöcke vor sich herschieben, zusätzlich können sie aber auch noch ziehen. Klebrig ist ein Kolben dann, wenn sein Kopf eingezogen ist. Damit eignet er sich besonders für den Einsatz bei Türen und Fallen.

Mit einem herkömmlichen Kolben kannst du den Block am Kopf eines klebrigen Kolbens wegschieben. So lassen sich auch in einem Schaltkreis mit klebrigen Kolben Blöcke auswechseln. Allerdings kann ein klebriger Kolben keine fallenden Blöcke wie Sand oder Kies auffangen.

HERSTELLUNG

Ein klebriger Kolben besteht aus einem Kolben und einem Schleimball.

ZUSATZINFORMATION

Wirklich erstaunliche Maschinen lassen sich mit Kolben bauen! Ein System aus Kolben und Redstone-Leitungen entspricht den Schaltkreisen eines Computerchips.

TÜR

EXPLOSIONSWIDERSTAND	LUMINESZIEREND	STAPELBAR
15, 25		64

TRANSPARENT · ENTZÜNDLICH · PHYSIKALISCH

AUSBEUTE

FUNKTION

Früher oder später brauchst du eine Tür zum Versiegeln deines Verstecks gegen Mobs. Aktiviere eine gesetzte Tür, und sie wird sich öffnen und schließen. Der Einsatz von Knöpfen, Hebeln oder Druckplatten ermöglicht dir die volle Kontrolle über die Türen. Sie werden an den angrenzenden Blöcken angebracht oder in einiger Entfernung durch Redstone-Leitungen angeschlossen.

VARIANTEN

Holztüren lassen sich aus 6 Holzbrettern (154–157) herstellen. Für den normalen Gebrauch reichen sie völlig, aber auf der Schwierigkeitsstufe Schwer können Zombies sie einschlagen. Nur Eisentüren (aus 6 Eisenbarren hergestellt) sind vor ihnen sicher. Diese schweren Türen kannst du allerdings nicht per Hand öffnen, sondern nur mit einem Schalter.

ZUSATZINFORMATION

Flügeltüren werden mit 2 nebeneinandergesetzten Türen erzeugt. Ihre Scharniere richten sich beim Platzieren automatisch entgegengesetzt zueinander aus.

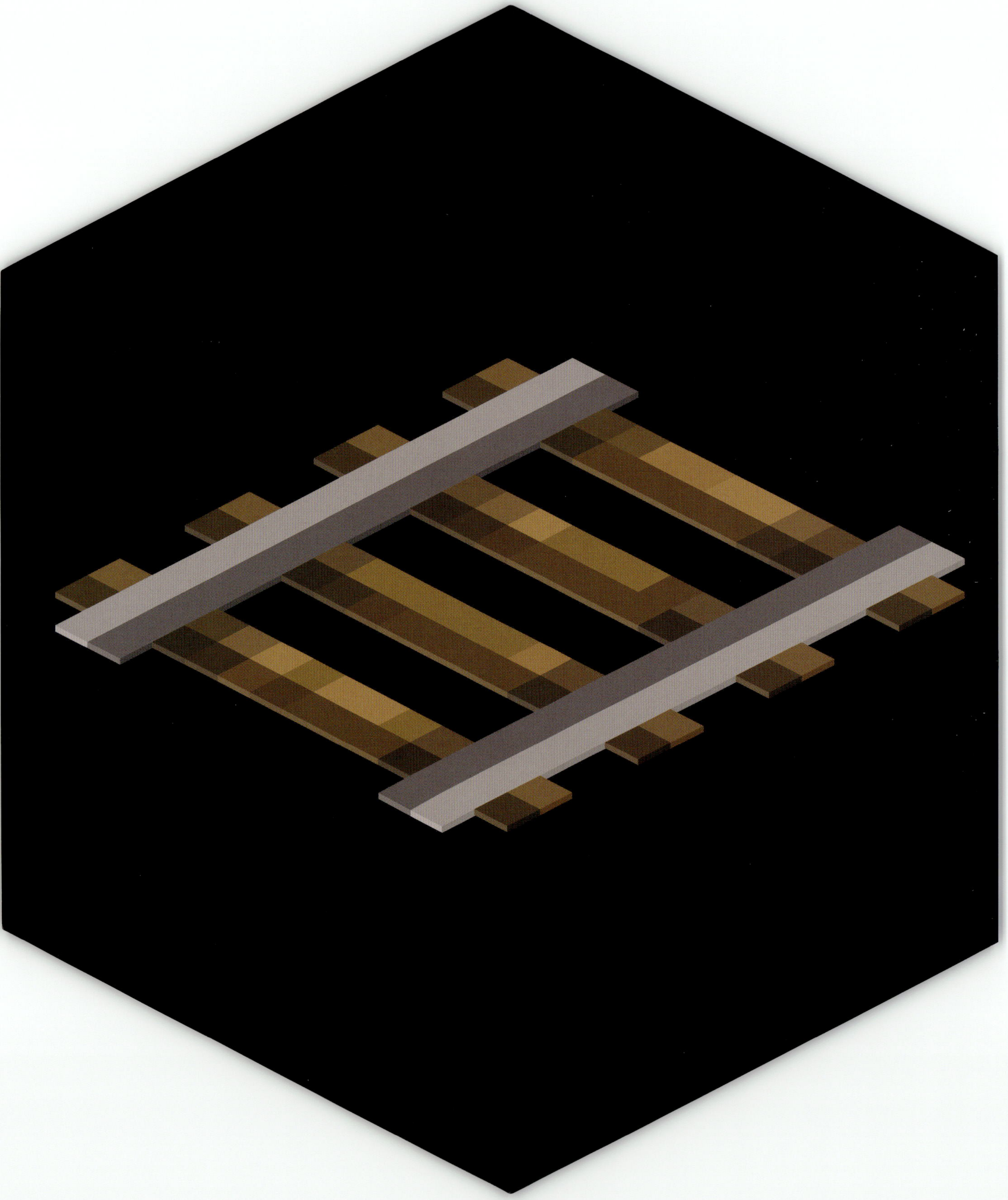

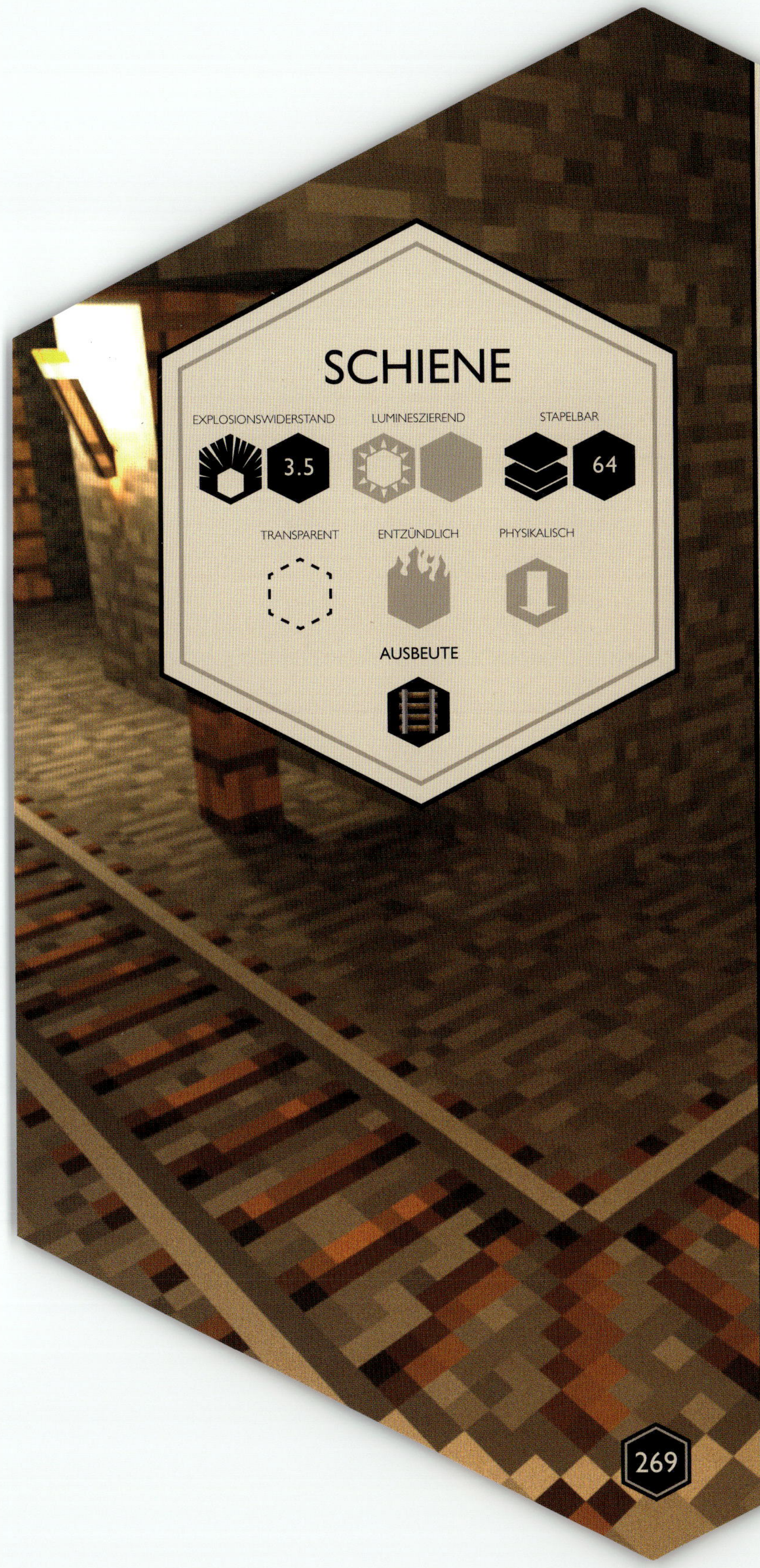

SCHIENE

EXPLOSIONSWIDERSTAND 3.5
LUMINESZIEREND
STAPELBAR 64
TRANSPARENT
ENTZÜNDLICH
PHYSIKALISCH
AUSBEUTE

VORKOMMEN

Schienen kannst du mit etwas Glück in verlassenen Stollen finden und einsammeln. Das erspart dir eine Menge Herstellungskosten.

FUNKTION

Falls dich der Bau einer Achterbahn interessiert oder du schnell durch deine Welt reisen willst, investiere in ein Lorensystem! Hierfür benötigst du Schienen für die Fortbewegung.

VERHALTEN

Schienen lassen sich auf die meisten Blocksorten legen, nur nicht auf Glas und Glowstone. Sie richten sich beim Platzieren automatisch aus und verbinden sich mit der nächstgelegenen Schiene. Wenn du beim Verlegen die Richtung änderst, bilden sich Kurven ganz von alleine.

HERSTELLUNG

Aus 6 Eisenbarren und einem Stock erzeugst du 16 Schienenblöcke. Für eine automatische Ausrichtung musst du sie auf horizontalen Flächen auslegen.

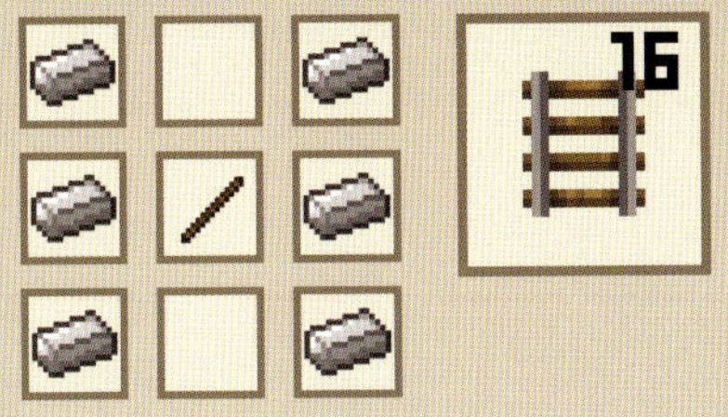

VARIANTEN

Selbstfahrende Eisenbahnen entstehen, wenn Loren über Antriebsschienen fahren. Sie werden abgebremst oder beschleunigt, je nachdem, ob die Antriebsschiene mit einem Redstone-Signal versorgt wird oder nicht. Diese spezielle Schiene wird in Stapeln zu 6 Stück aus 6 Goldbarren, einem Stock und einer Handvoll Redstone-Staub gefertigt.

Sensorschienen verhalten sich etwa wie Druckplatten. Sie senden ein Redstone-Signal aus, wenn eine Lore über sie fährt oder zum Stehen kommt. So lassen sich Notenblöcke (258-261) ansteuern, falls du ganze Musikpassagen abspielen willst.

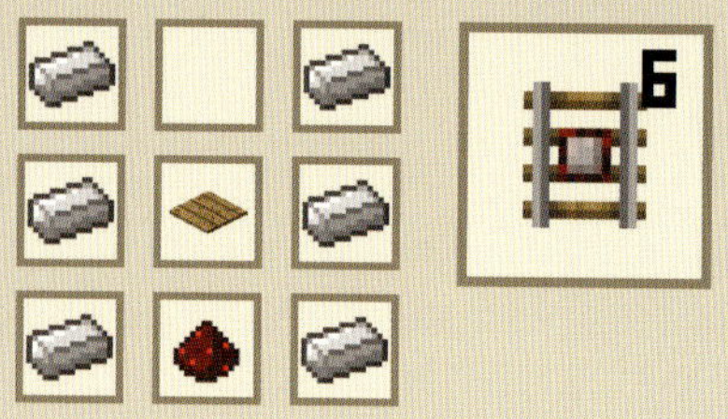

Aktivierungsschienen wirken sich auf spezielle Loren aus, die TNT, einen Trichter (304–305) oder einen Befehlsblock (298–299) transportieren. Wenn TNT zündet und explodiert, wird ein aktivierter Trichter aufhören, Objekte einzusammeln, und Befehlsblöcke werden gestartet.

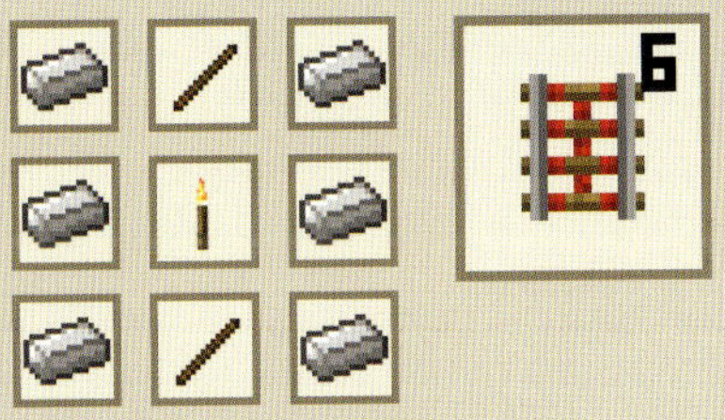

ZUSATZINFORMATION

Mit Loren bist du nicht viel schneller als zu Fuß, aber dafür kannst du dich entspannt zurücklehnen und die Fahrt genießen.

TRIVIALWISSEN

Setzt du eine Schiene an einer Kreuzung ein, richtet sie sich immer so aus, dass deine Lore in eine südöstliche Richtung gelenkt wird, die „Süd-Ost-Regel".

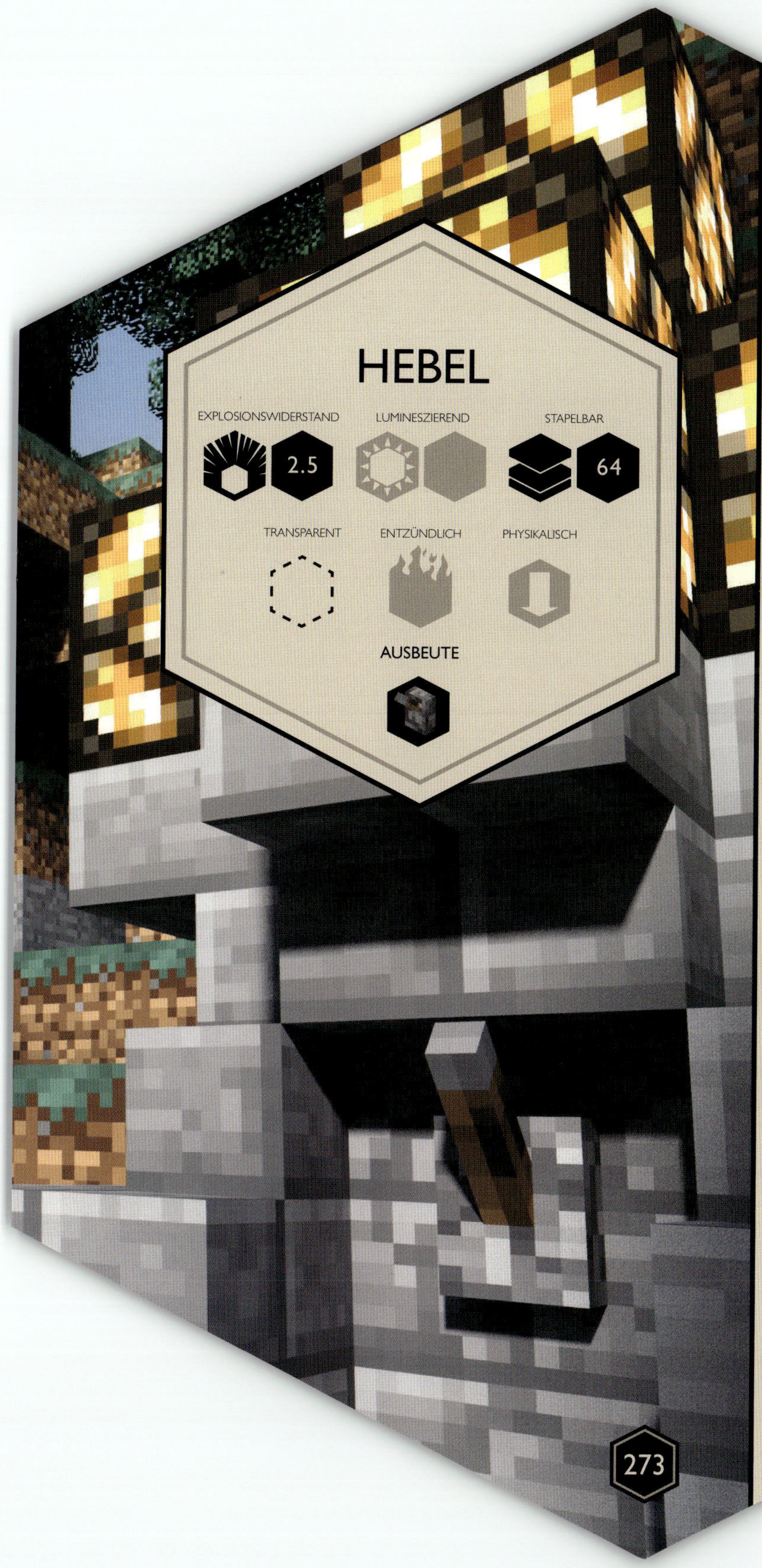

HEBEL

EXPLOSIONSWIDERSTAND 2.5 | LUMINESZIEREND | STAPELBAR 64

TRANSPARENT | ENTZÜNDLICH | PHYSIKALISCH

AUSBEUTE

FUNKTION

Hebel sind die perfekte Lösung, um Zustände von „Ein“ und „Aus“ festzustellen. So kann durch das Umlegen eines Hebels ein Redstone-Signal ausgesandt und mit einer erneuten Hebelbewegung abgeschaltet werden.

VERHALTEN

Ein Hebel wirkt, wenn er auf einem Block neben dem zu manipulierenden Gegenstand angebracht wird. An senkrechter Fläche installiert, steht die obere Hebelposition für „Aus“, die untere für „Ein“. Auf waagrechter Fläche zeigt er nach Süden oder Osten für „Aus“ und nach Norden oder Westen für „Ein“.

HERSTELLUNG

Ein Hebel besteht aus 1 Bruchstein und 1 Stock und kann auf festen, nicht durchscheinenden Blöcken angebracht werden.

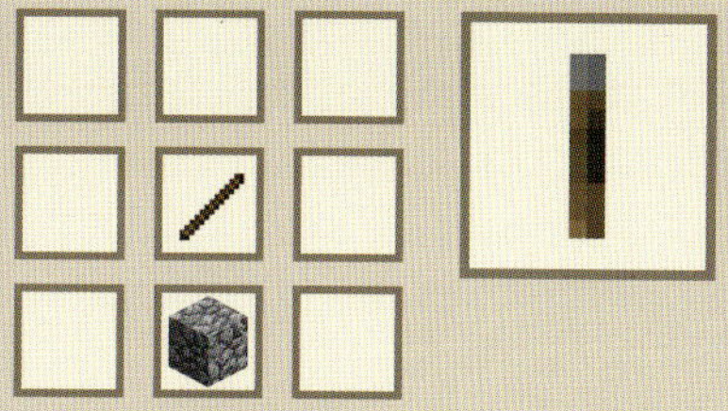

EXPERTENRAT

Weder Mobs noch Dorfbewohner können Hebel betätigen. Das ist hilfreich, um sie von bestimmten Orten fernzuhalten.

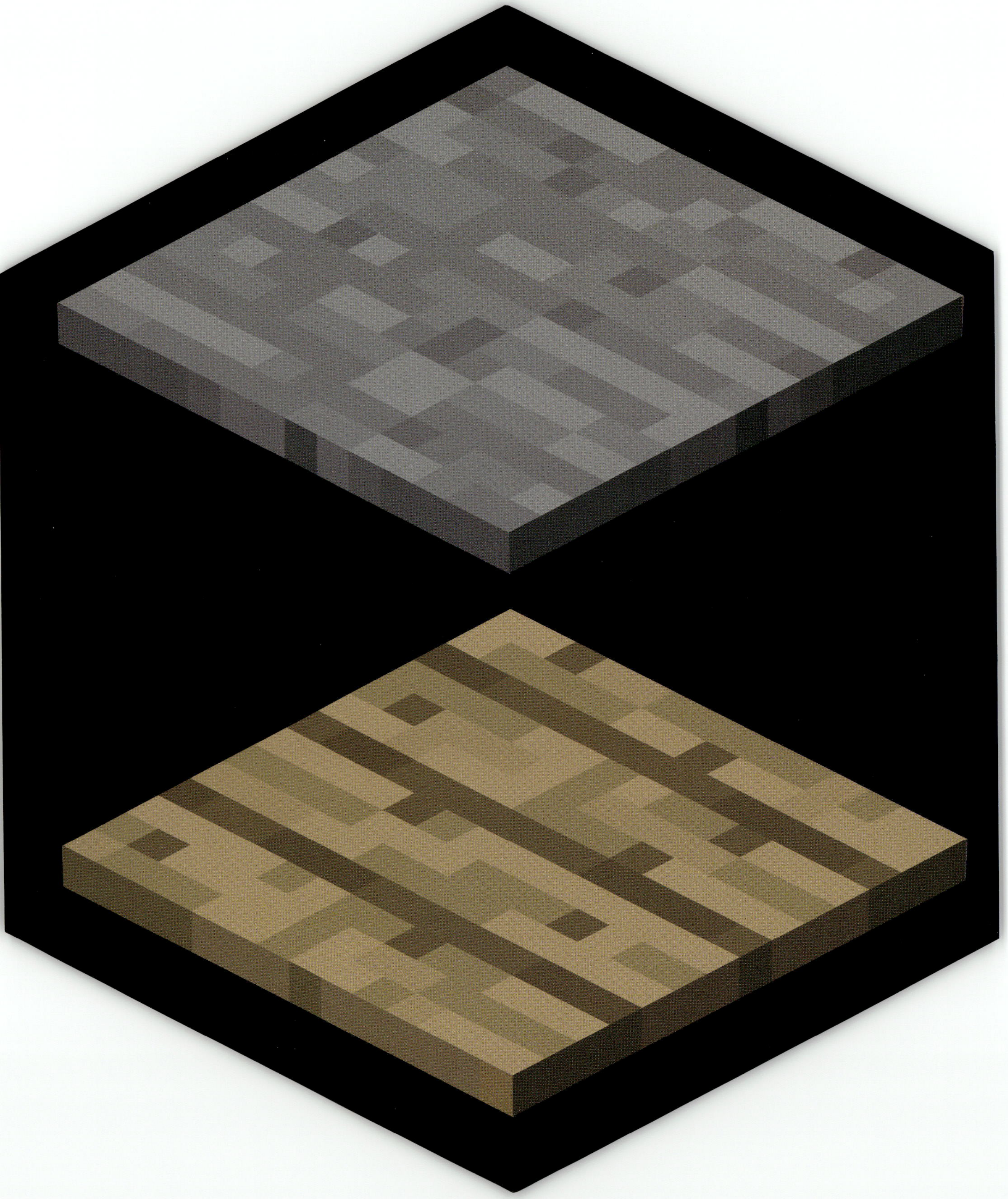

DRUCKPLATTE

EXPLOSIONSWIDERSTAND 2.5

LUMINESZIEREND

STAPELBAR 64

TRANSPARENT

ENTZÜNDLICH

PHYSIKALISCH

AUSBEUTE

FUNKTION

Druckplatten werden durch das Betreten von Mobs oder Spielern aktiviert. Nur eine hölzerne Druckplatte aktiviert sich auch durch abgeworfene Gegenstände. Mögliche Einsatzorte sind spaßige Fallen zum Fangen anderer Spieler und das selbstständige Öffnen und Schließen von Türen.

VERHALTEN

Wägeplatten erzeugen ein mehr oder weniger starkes Redstone-Signal, abhängig von der Zahl der Objekte auf ihnen. Wägeplatten für leichte Gewichte haben ein Maximum von 15 Objekten, die für schwere von 141. Anwendung findet diese Eigenschaft bei automatischen Sammelsystemen.

HERSTELLUNG

Für Druckplatten brauchst du 2 Steine (12–15) oder 2 Holzbretter (154–157).

ZUSATZINFORMATION

Loren können zwar Druckplatten auslösen, es lassen sich aber keine Schienen drüberlegen. Eine Lore muss sehr schnell sein, um nicht an der Druckplatte hängenzubleiben.

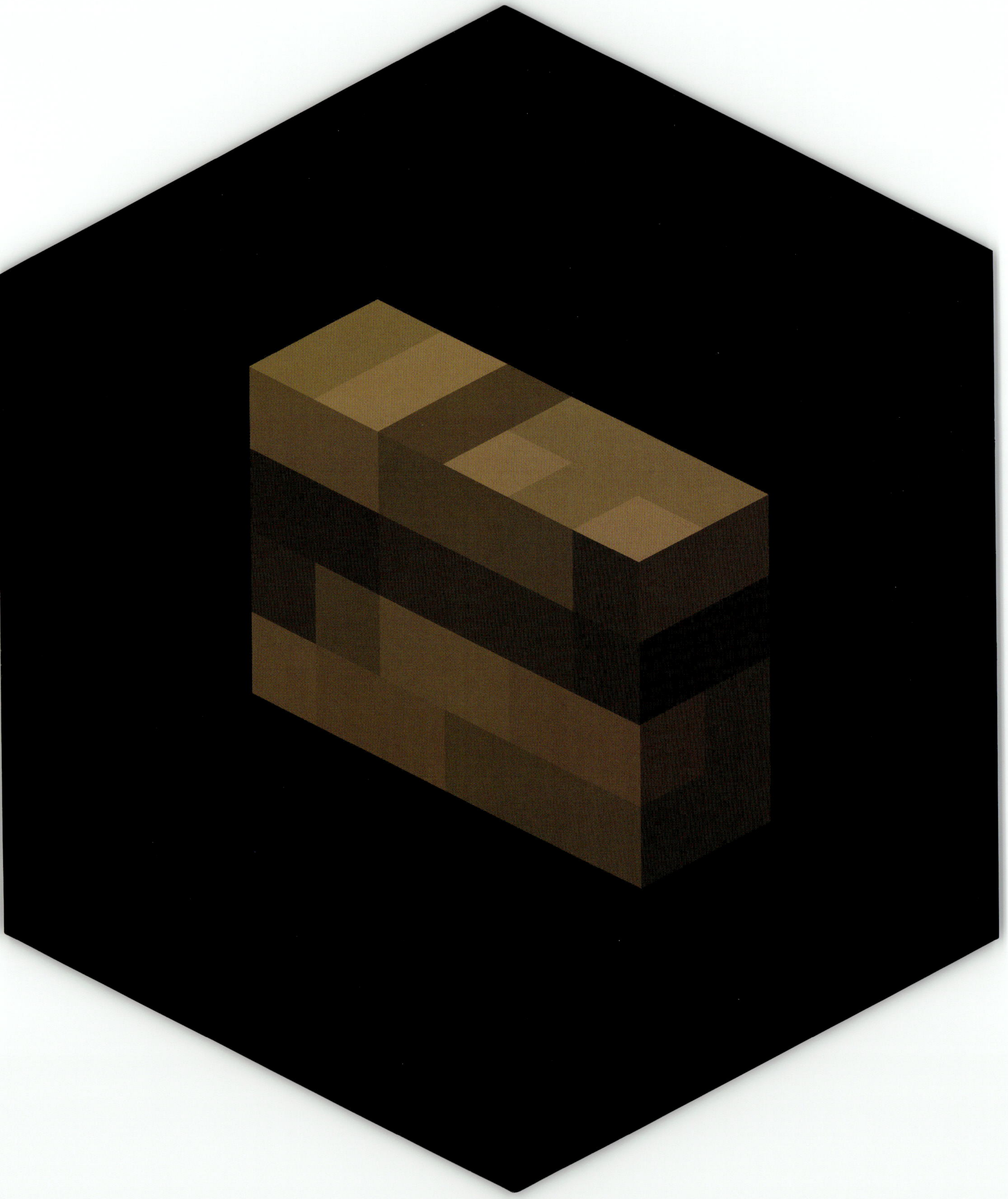

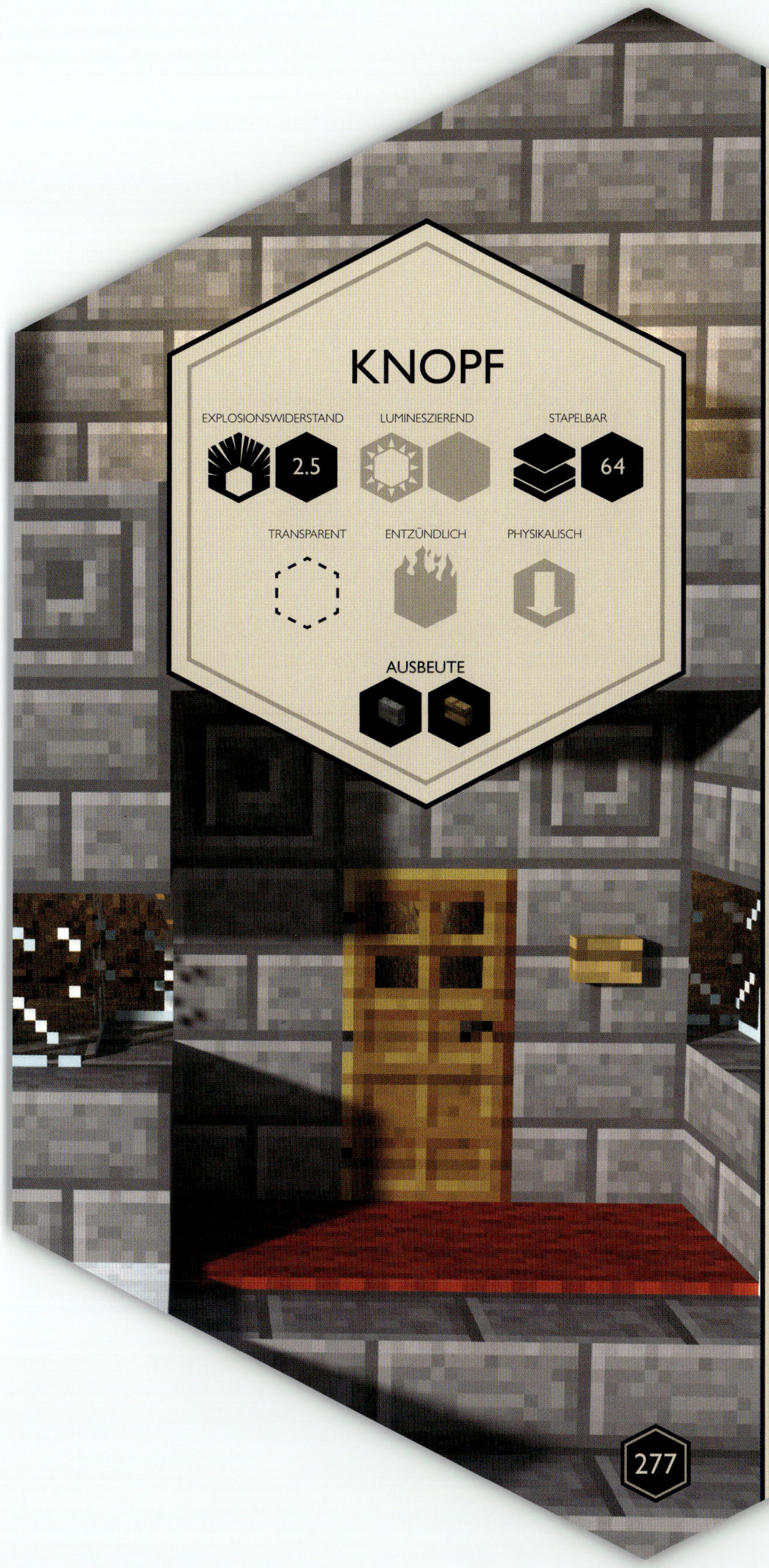

KNOPF

EXPLOSIONSWIDERSTAND 2.5

LUMINESZIEREND

STAPELBAR 64

TRANSPARENT

ENTZÜNDLICH

PHYSIKALISCH

AUSBEUTE

FUNKTION

Knöpfe bleiben nach dem Drücken für kurze Zeit aktiviert, bevor sie sich von selbst wieder abschalten. Sie können einfache Aktionen einleiten, wie das Öffnen einer Tür oder das Aussenden eines Redstone-Signals.

VERHALTEN

Ein Knopf aus Holz bleibt für die Dauer von 1,5 Sekunden aktiviert, ein Steinknopf für eine Sekunde. Ein abgeschossener Pfeil kann einen hölzernen Knopf auslösen, ein Steinknopf muss mit der Hand gedrückt werden.

HERSTELLUNG

Knöpfe werden aus einem Holzbretter- oder einem Steinblock gebaut.

ZUSATZINFORMATION

Knöpfe lassen sich nur an den Seitenflächen eines Blocks anbringen.

TRIVIALWISSEN

Obwohl Mobs keine Knöpfe drücken können, könnte ein Skelett theoretisch unbeabsichtigt mit einem seiner Pfeile einen Holzknopf aktivieren.

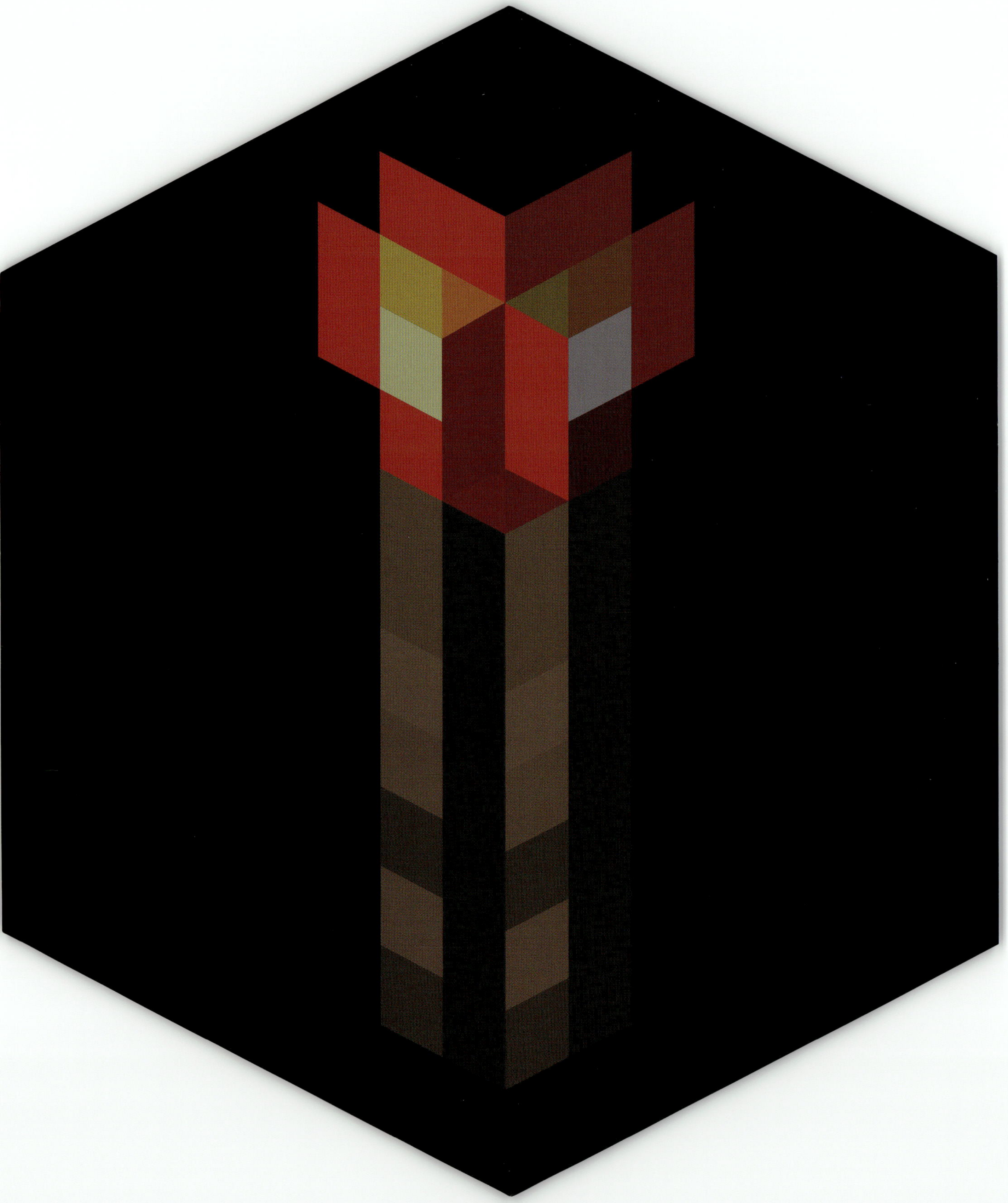

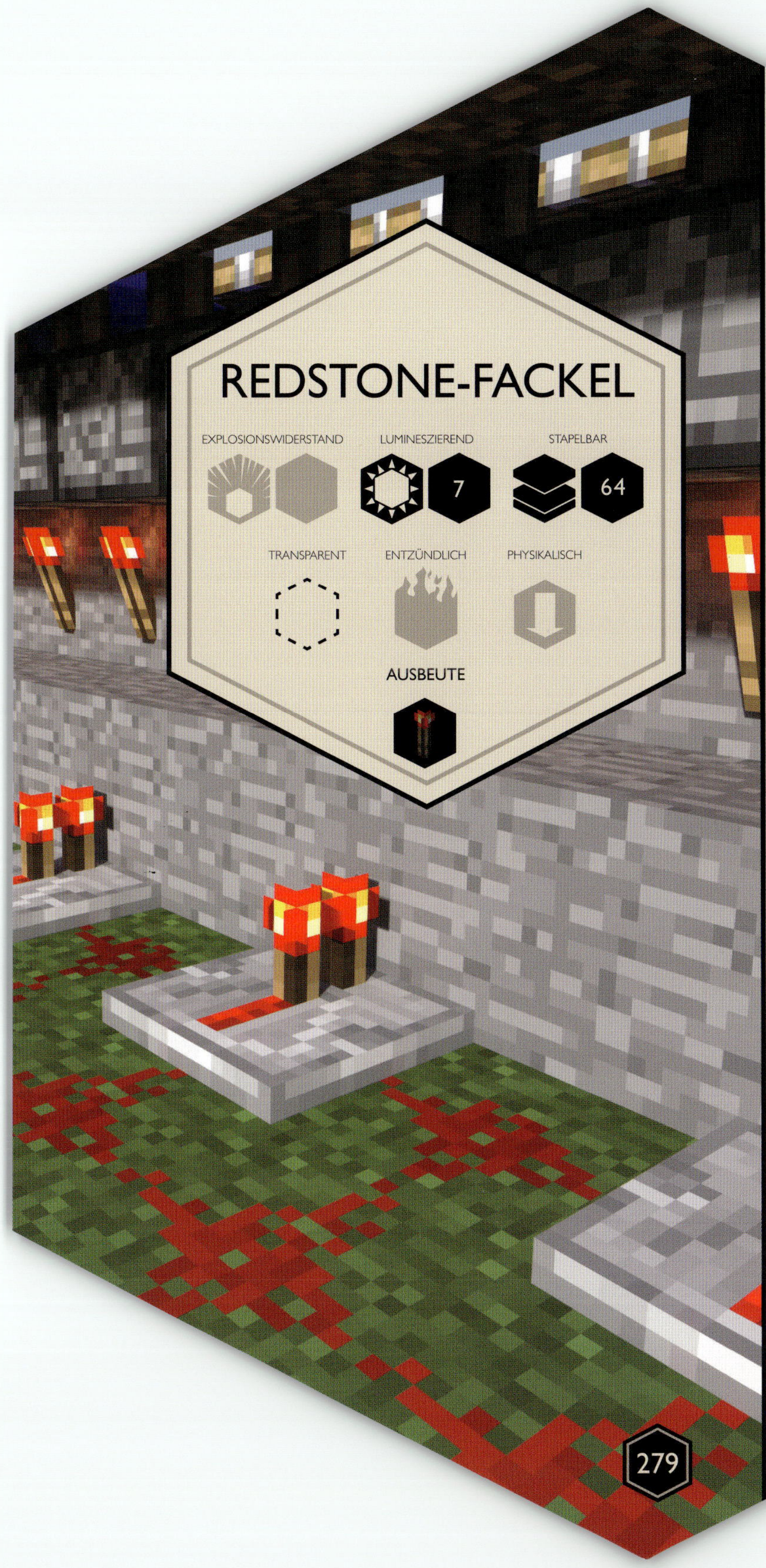

FUNKTION

Redstone-Fackeln sind als Lichtquelle ungeeignet. Sie geben nur halb so viel Licht ab wie eine Fackel (204–207) und können daher Mobs nicht am Erscheinen hindern.

Ihre Hauptfunktion ist die dauerhafte Energieversorgung von Leitungen, Kolben, Schaltern und Türen. Verbindest du sie mit einem Schalter, kannst du die Fackel selbst ein- oder ausschalten. Das mag zunächst nicht sinnvoll erscheinen. Schließlich würde auch ein einfacher Schalter genügen, um den Schaltkreis zu bedienen. Aber nur mit Redstone-Fackeln können die Logikgatter erzeugt werden, die du für besonders ausgefuchste Maschinen aus Redstone-Schaltkreisen brauchst.

Redstone-Fackeln benötigst du zum Bau von Aktivierungsschienen (268–271), Redstone-Komparatoren (290–293) und Redstone-Verstärkern (284–287).

VERHALTEN

Die Redstone-Variante lässt sich wie normale Fackeln auf soliden, blickdichten Blöcken befestigen, aber nicht an Truhen, Türen oder Blättern. Redstone-Fackeln schmelzen wegen ihrer geringen Leuchtkraft weder Schnee noch Eis.

HERSTELLUNG

Du brauchst: eine Handvoll Redstone-Staub (76–77) und einen Stock.

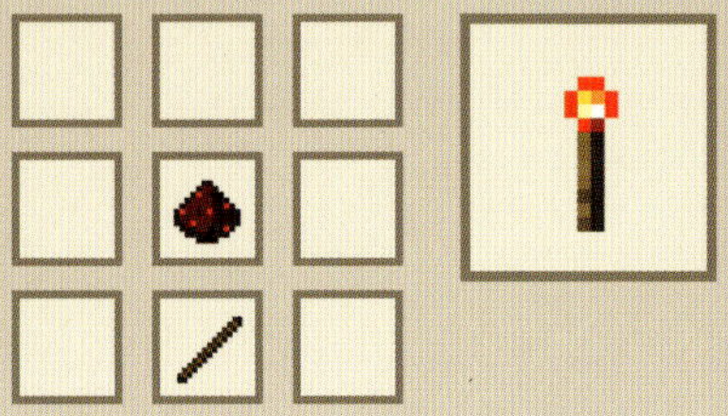

Eine Redstone-Fackel liefert einer Redstone-Leitung 15 Blöcke weit Energie.

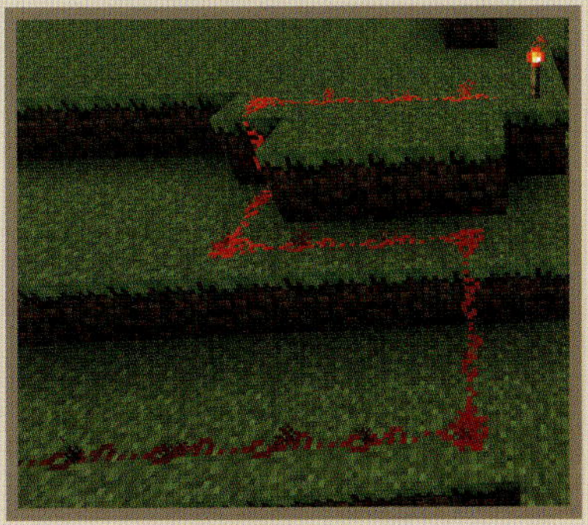

WICHTIGE INFORMATION

Ähnlich einer Glühbirne bekommt es einer Redstone-Fackel nicht, sie zu oft und zu schnell hintereinander aus- und einzuschalten. Wenn du ein Zischen hörst und Rauch aufsteigen siehst, musst du warten, bevor du die Fackel wieder in Gebrauch nehmen kannst.

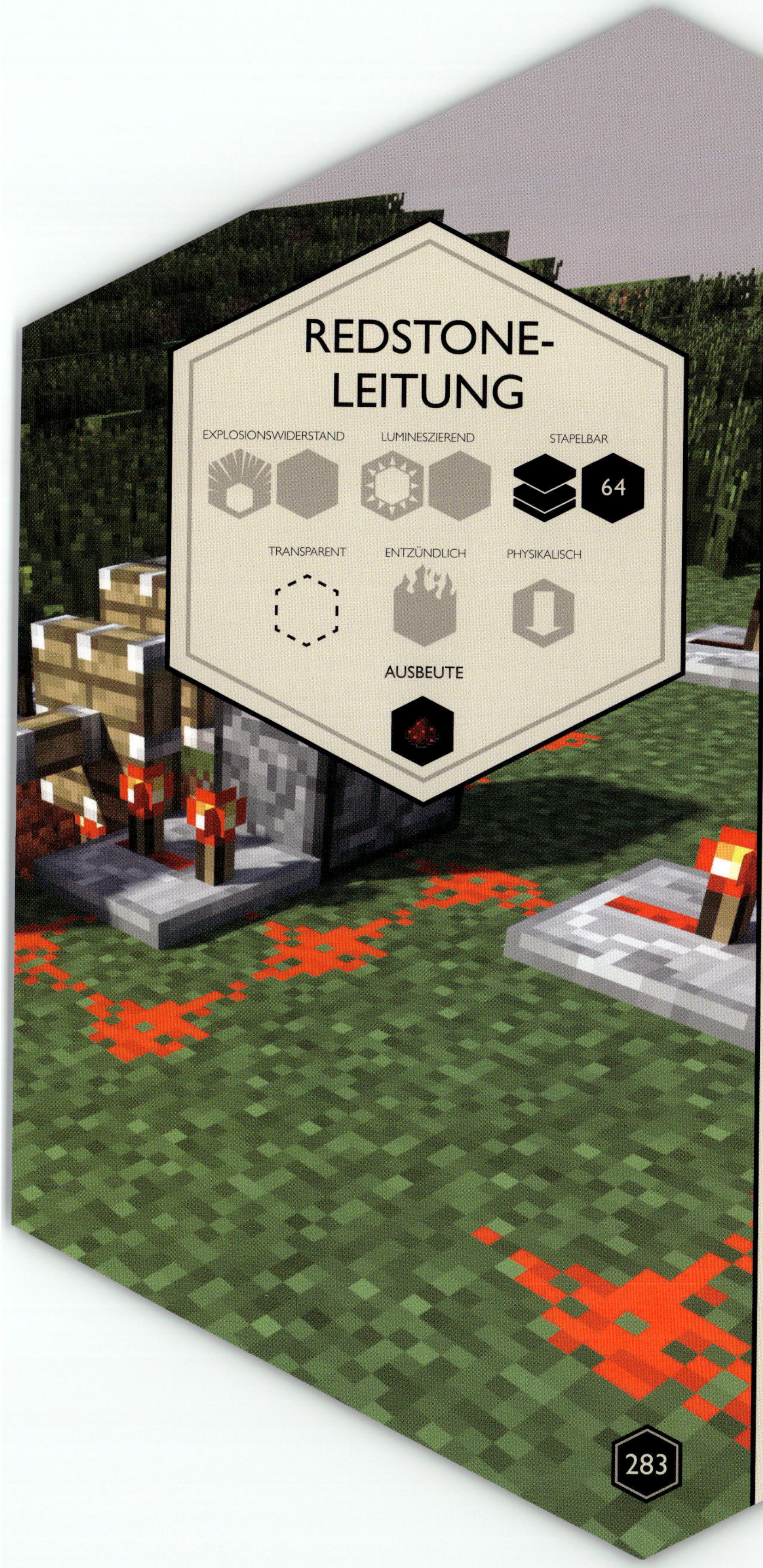

REDSTONE-LEITUNG

EXPLOSIONSWIDERSTAND | LUMINESZIEREND | STAPELBAR 64

TRANSPARENT | ENTZÜNDLICH | PHYSIKALISCH

AUSBEUTE

FUNKTION

Der Redstone-Staub bildet die Nervenbahnen deiner Maschinen und befördert die Signale zwischen den Blöcken hin und her.

VERHALTEN

Um eine Leitung zu verlegen, musst du Redstone-Staub (76–77) auf die Oberfläche von blickdichten Blöcken anwenden. Streust du weiteren Staub bei einem anliegenden Block aus, entsteht dadurch eine Leitung. Die Leitung verbindet sich mit jeglichen anliegenden Redstone-Blöcken und formt sogar Gabelungen.

Die Energie auf einer Redstone-Leitung versiegt nach einer Distanz von 15 Blöcken. Ohne Verstärker (284–287) und Komparatoren (290–293) müssen die Blöcke deiner Maschine also relativ nah beieinander liegen.

WICHTIGE INFORMATION

Du erkennst eine Redstone-Leitung unter Energie an den schwebenden Partikeln, die sie aussendet.

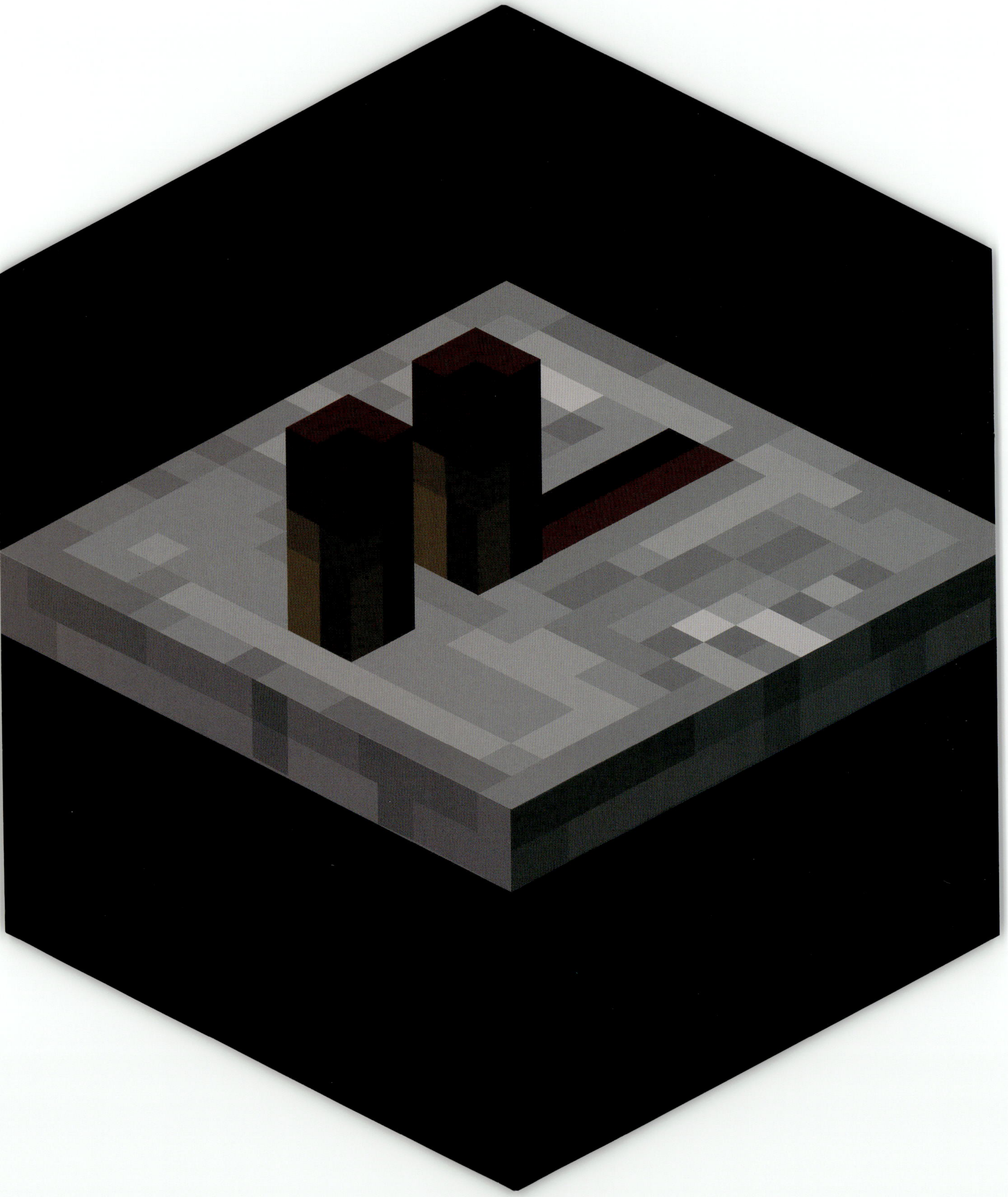

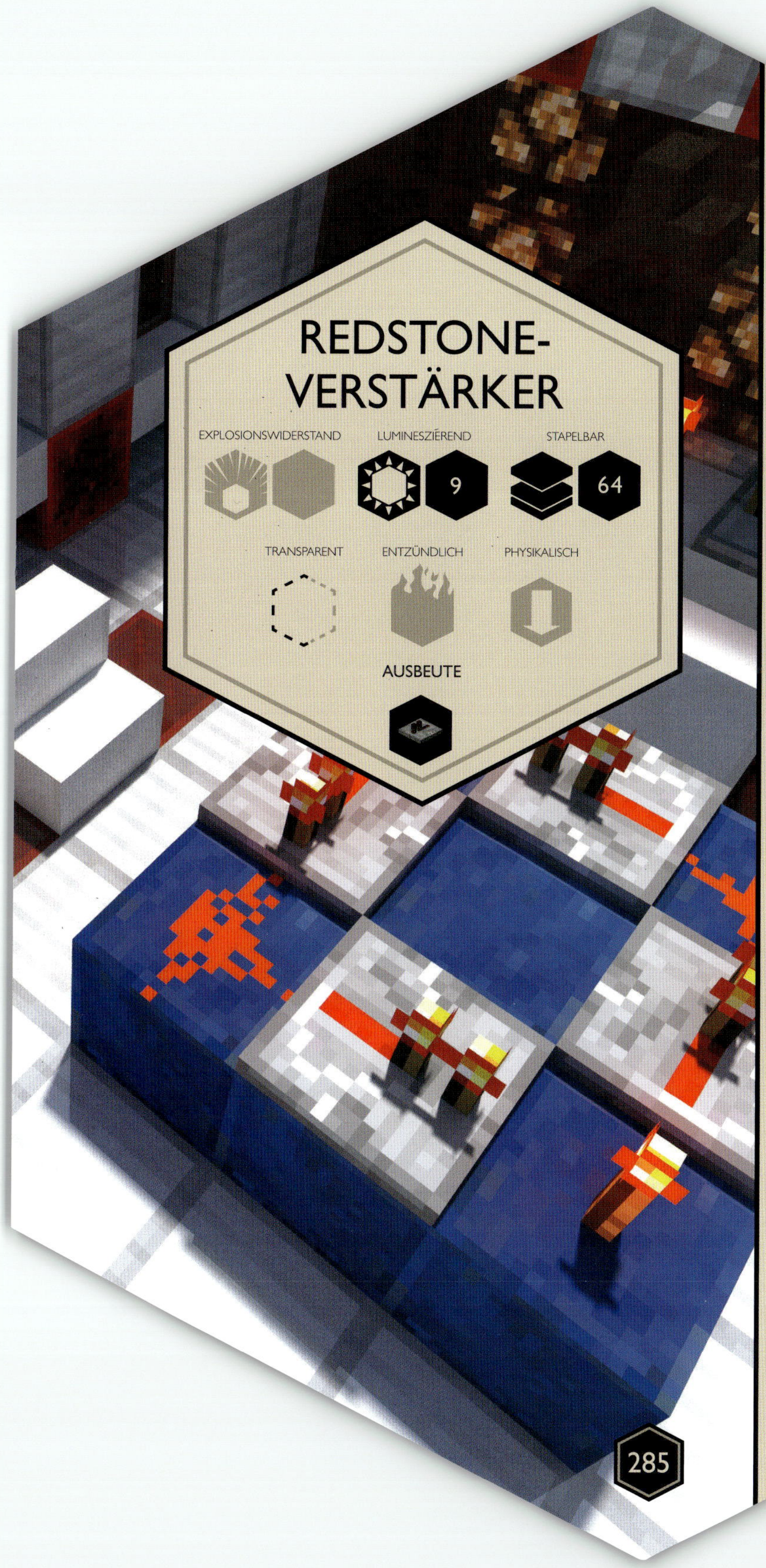

REDSTONE-VERSTÄRKER

EXPLOSIONSWIDERSTAND

LUMINESZIEREND 9

STAPELBAR 64

TRANSPARENT

ENTZÜNDLICH

PHYSIKALISCH

AUSBEUTE

FUNKTION

Dieser praktische Block spielt wegen seiner vielseitigen Eigenschaften oft eine Schlüsselrolle in Redstone-Schaltkreisen.

1. verstärkt er ein Redstone-Signal, damit es wieder seine Ausgangsleistung hat. Die Reichweite des Signals wird also über die ursprünglichen 15 Blöcke hinaus erhöht. Eine solche Reichweite brauchst du auf jeden Fall für komplexe Maschinen.

2. kann der Verstärker einen Impuls um bis zu 4 Ticks verzögern. Das Zeitsystem von Minecraft misst in Ticks. Ein Tick entspricht etwa einer Zehntelsekunde.

Der Verstärker ist beim Platzieren auf einen Tick Verzögerung eingestellt. Wenn du mit ihm interagierst, werden es 2 Ticks Verzögerung. Das geht bis maximal 4 Ticks und beginnt dann wieder bei einem Tick. Verstärker in Serie addieren ihren Verzögerungswert. Zum Beispiel ergeben 4 Ticks auf dem ersten Verstärker und 2 Ticks auf dem nächsten eine Impulsverzögerung von insgesamt 6 Ticks.

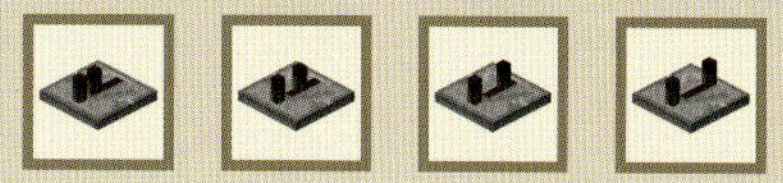

3. lenken Verstärker Signale nur in eine Richtung weiter. Damit lassen sich Teile von Schaltkreisen voneinander trennen.

4. fixiert ein anliegender Verstärker das Ausgabesignal eines vorgeschalteten Verstärkers, bis er ausgeschaltet wird.

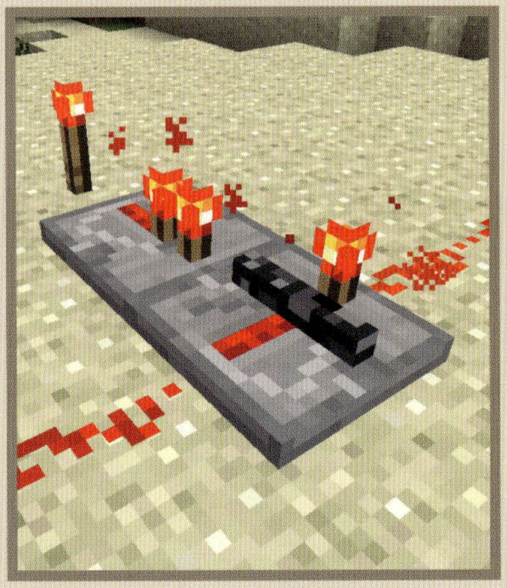

HERSTELLUNG

Ein Redstone-Verstärker besteht aus 2 Redstone-Fackeln, 3 Steinen und einer Handvoll Redstone-Staub.

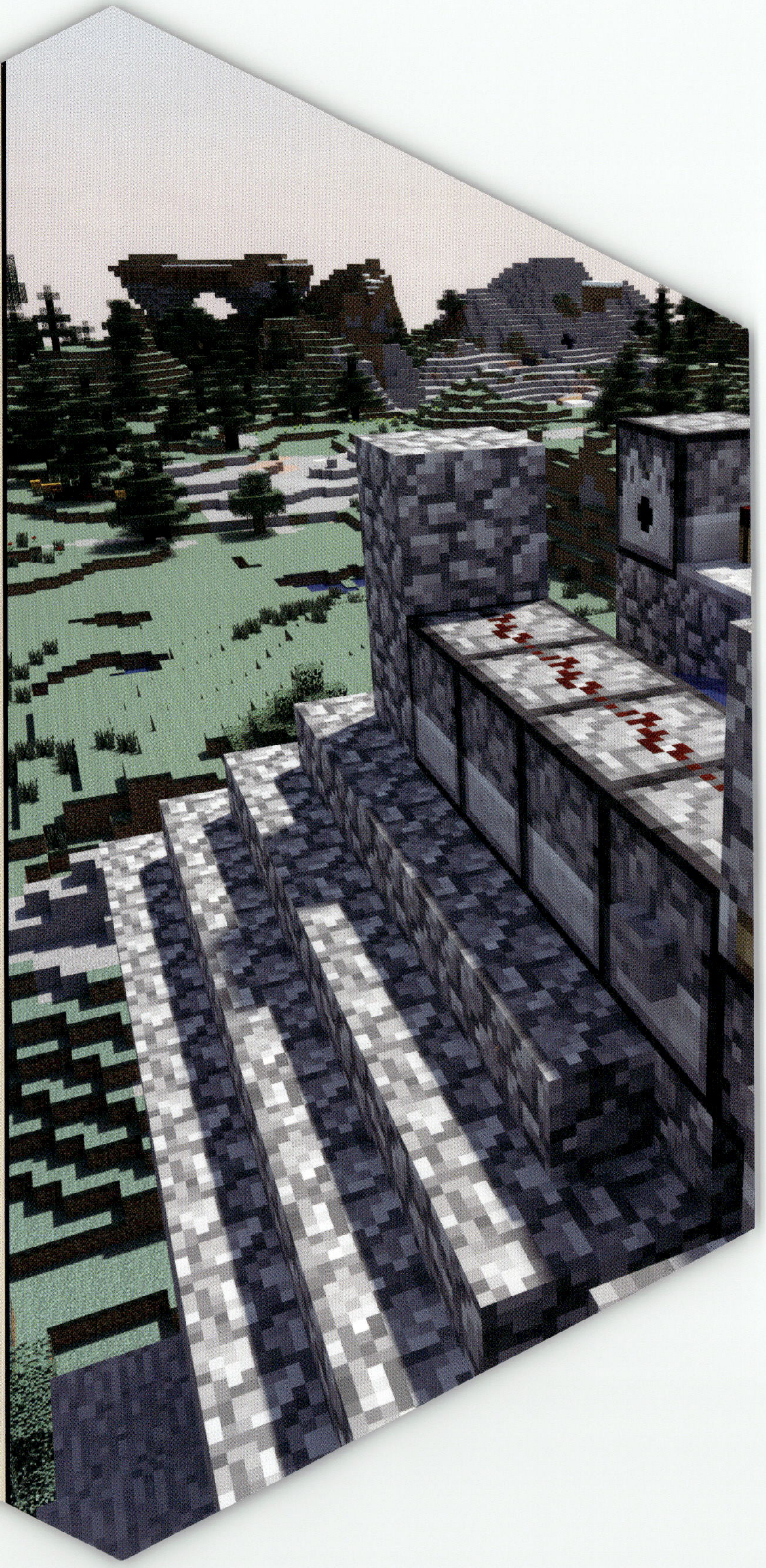

ZUSATZINFORMATION

Redstone-Verstärker verhalten sich etwa wie Dioden in elektrischen Schaltkreisen. Diese hindern Strom daran, in beide Richtungen zu fließen, und leiten ihn nur oberhalb einer bestimmten Spannung weiter.

EXPERTENRAT

Fehlt dir Material, um einen Verstärker zu bauen? In jedem natürlich generierten Dschungeltempel kannst du einen als Teil einer Falle im Geheimraum finden. Achtung: Eindringlinge werden automatisch mit Pfeilen beschossen. Aber wenn du dich geschickt anstellst, kannst du dir den Verstärker unter den Nagel reißen.

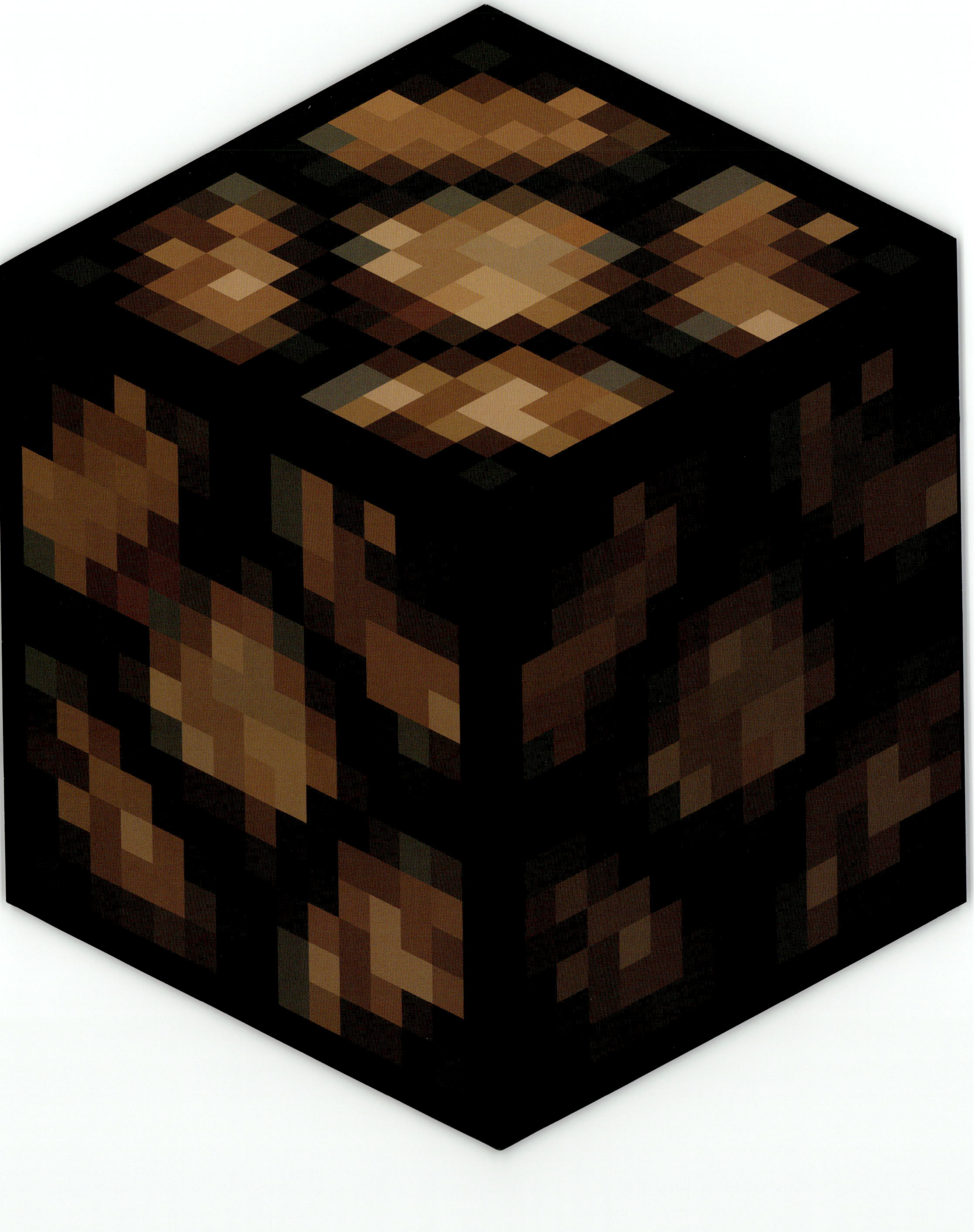

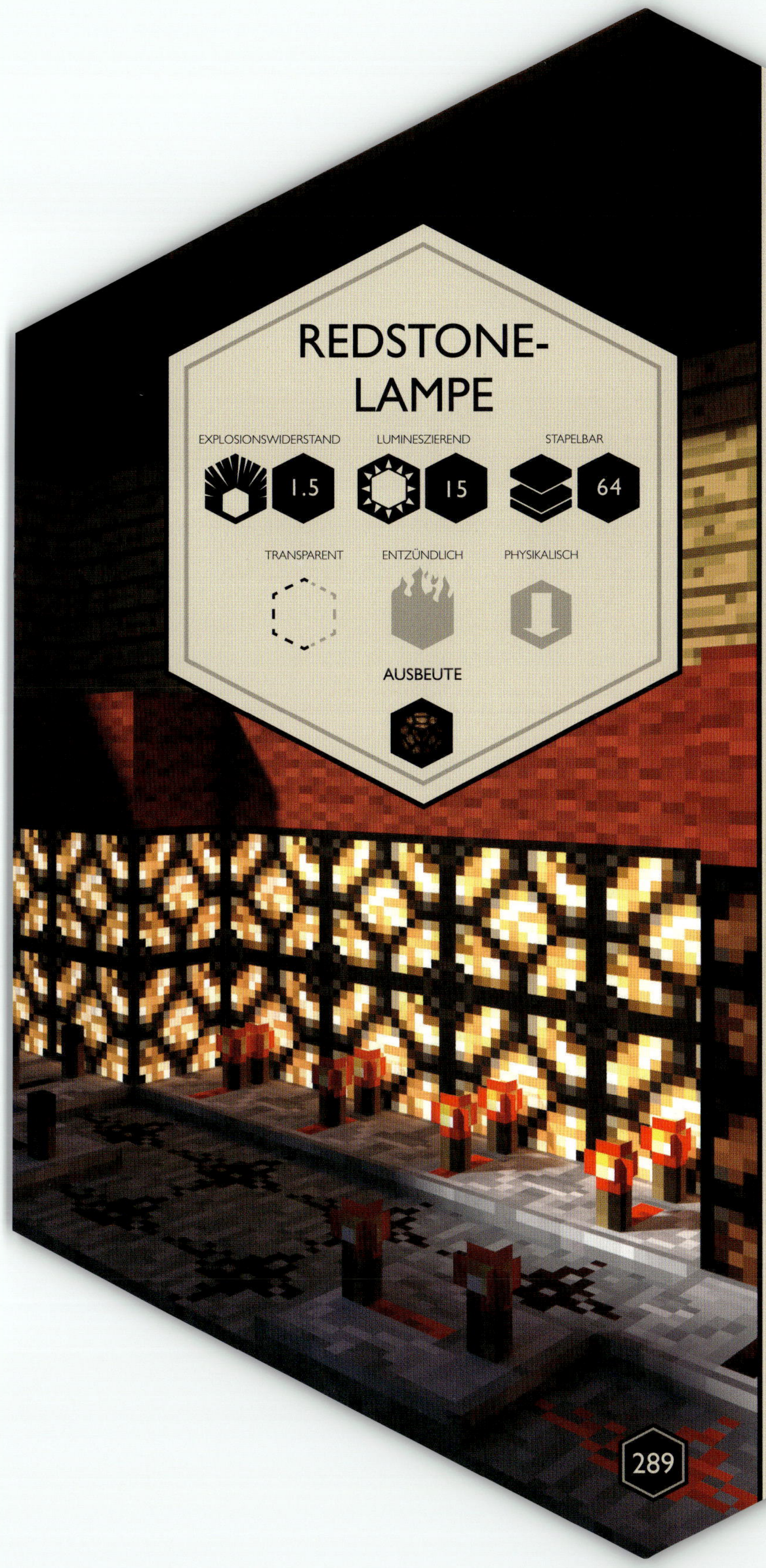

REDSTONE-LAMPE

EXPLOSIONSWIDERSTAND 1.5

LUMINESZIEREND 15

STAPELBAR 64

TRANSPARENT

ENTZÜNDLICH

PHYSIKALISCH

AUSBEUTE

FUNKTION

Redstone-Lampen eignen sich hervorragend, um dein Zuhause zu beleuchten. Aber Achtung: Sobald du sie ausschaltest, können im Dunkeln jederzeit Monster bei dir auftauchen. Natürlich kannst du diese Eigenschaft auch ausnutzen und die Redstone-Lampen in einer Monsterspawner-Falle verwenden.

Mit Redstone-Lampen lassen sich auch große Anzeigetafeln bauen und darauf mithilfe von Schaltkreisen Ziffern, bewegte Bilder oder Nachrichten zeigen.

HERSTELLUNG

Eine Redstone-Lampe besteht aus einem Glowstone-Block und 4 Handvoll Redstone-Staub.

ZUSATZINFORMATION

Im ausgeschalteten Zustand lassen Redstone-Lampen immer etwas Licht durch ihre Oberseite scheinen, nicht aber durch ihre Seiten. Baust du ein Dach aus den Lampen, bleibt der Raum darunter tagsüber hell.

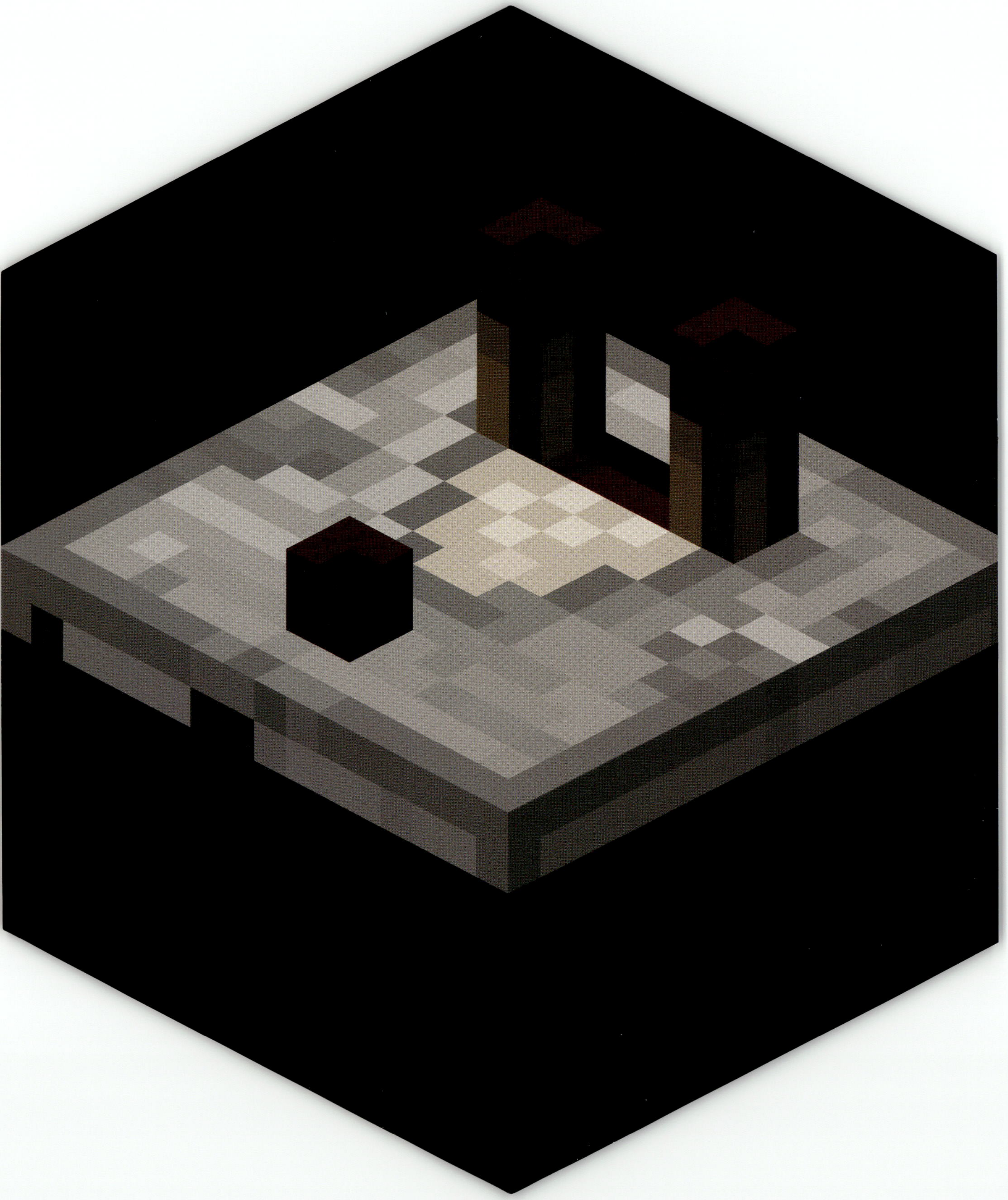

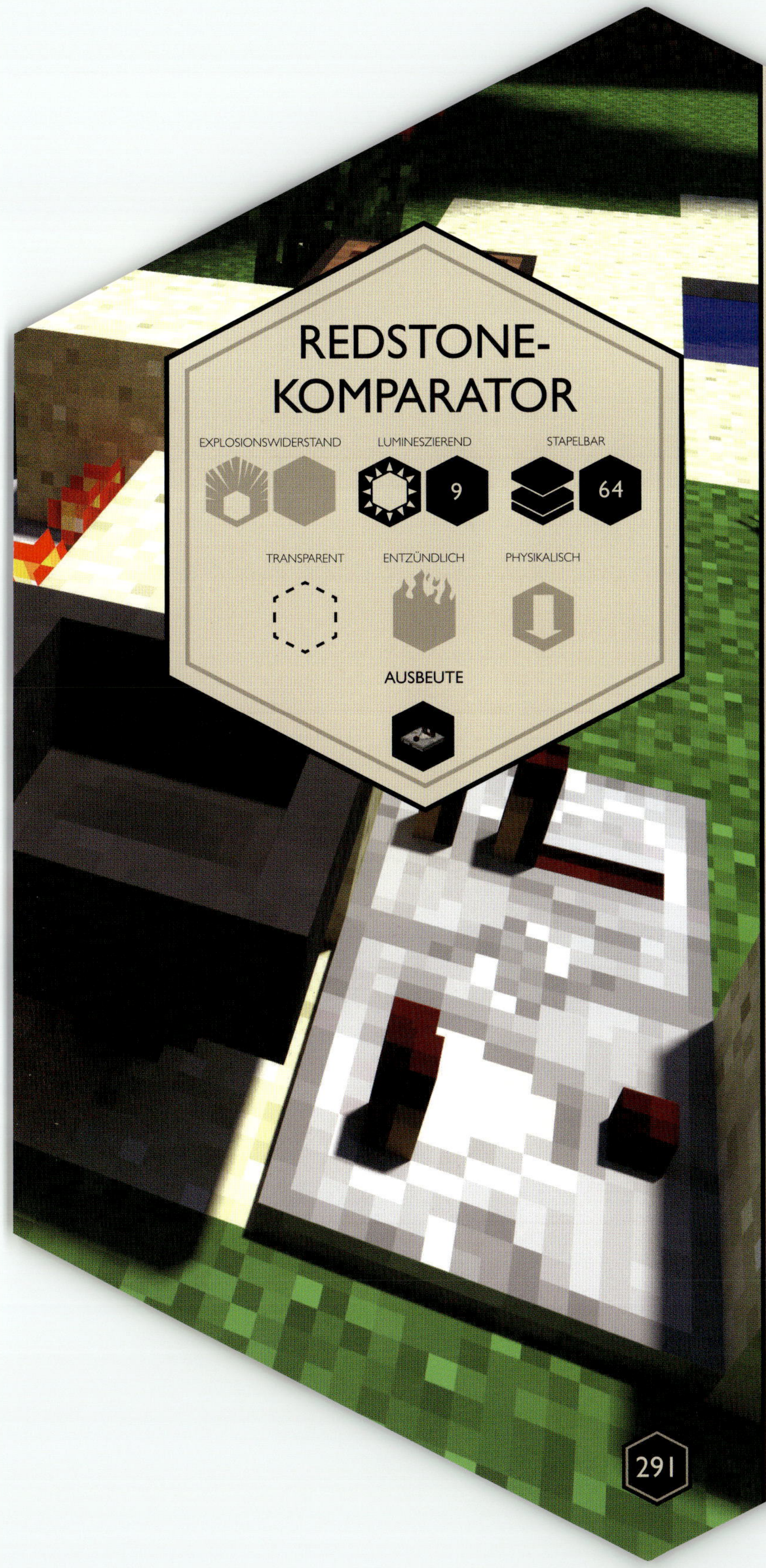

REDSTONE-KOMPARATOR

EXPLOSIONSWIDERSTAND

LUMINESZIEREND 9

STAPELBAR 64

TRANSPARENT

ENTZÜNDLICH

PHYSIKALISCH

AUSBEUTE

FUNKTION

Der Redstone-Komparator erfüllt in einem Schaltkreis eine Menge nützlicher Funktionen. Zum Beispiel vergleicht er zwei Signale, was ihm seinen Namen gibt.

Er kann die Beladung von Truhen (208–209), Spendern (306–307) und Öfen (216–217) anzeigen. Stelle einen Komparator neben einen dieser Vorratsblöcke, und er wird dir den Füllstand signalisieren. So lässt sich zum Beispiel eine Maschine bauen, die Gegenstände aus einer von einem Trichter (304–305) befüllten Truhe herausnimmt und an einen anderen Ort bewegt. Aber es gibt viele weitere Einsatzmöglichkeiten!

VERHALTEN

Ein Komparator gibt anfangs nur ein Signal ab, wenn sein primäres Eingangssignal höher ist als sein sekundäres. Im Subtraktionsmodus reduziert der Redstone-Komparator stattdessen sein primäres Eingangssignal um den Betrag des sekundären. Wichtig für logische Schaltkreise!

HERSTELLUNG

Komparatoren werden aus 3 glatten Steinen, 3 Redstone-Fackeln und einem Netherquarzkristall (146–147) hergestellt.

ZUSATZINFORMATION

An der vorderen Fackel eines Komparators erkennst du den eingestellten Modus: Im Subtraktionsmodus leuchtet sie auf.

TRIVIALWISSEN

Platziere einen Komparator neben einem Plattenspieler, und er wird ein Signal der Stärke 0 bis 15 aussenden, je nachdem, welche Platte du gerade abspielst.

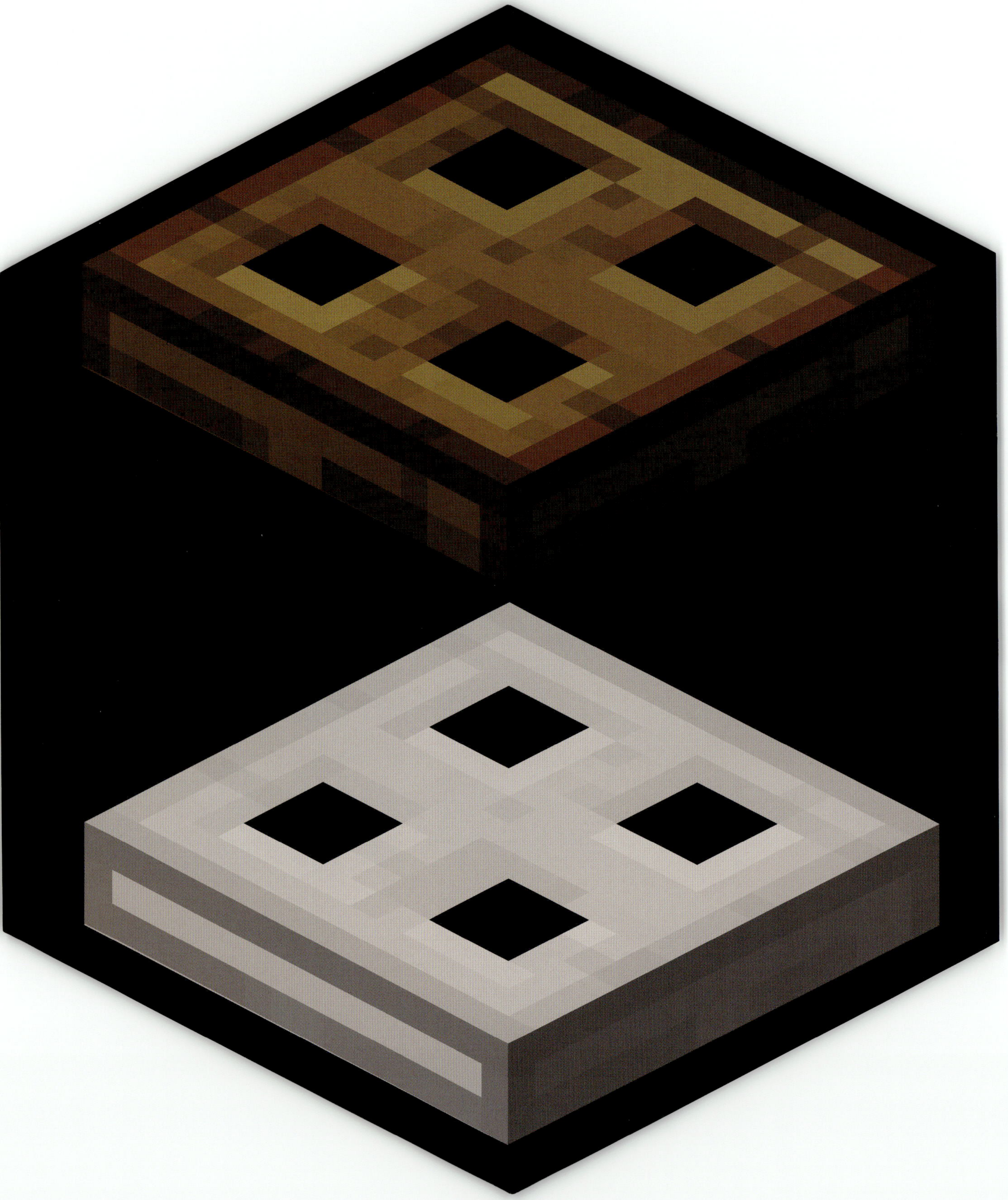

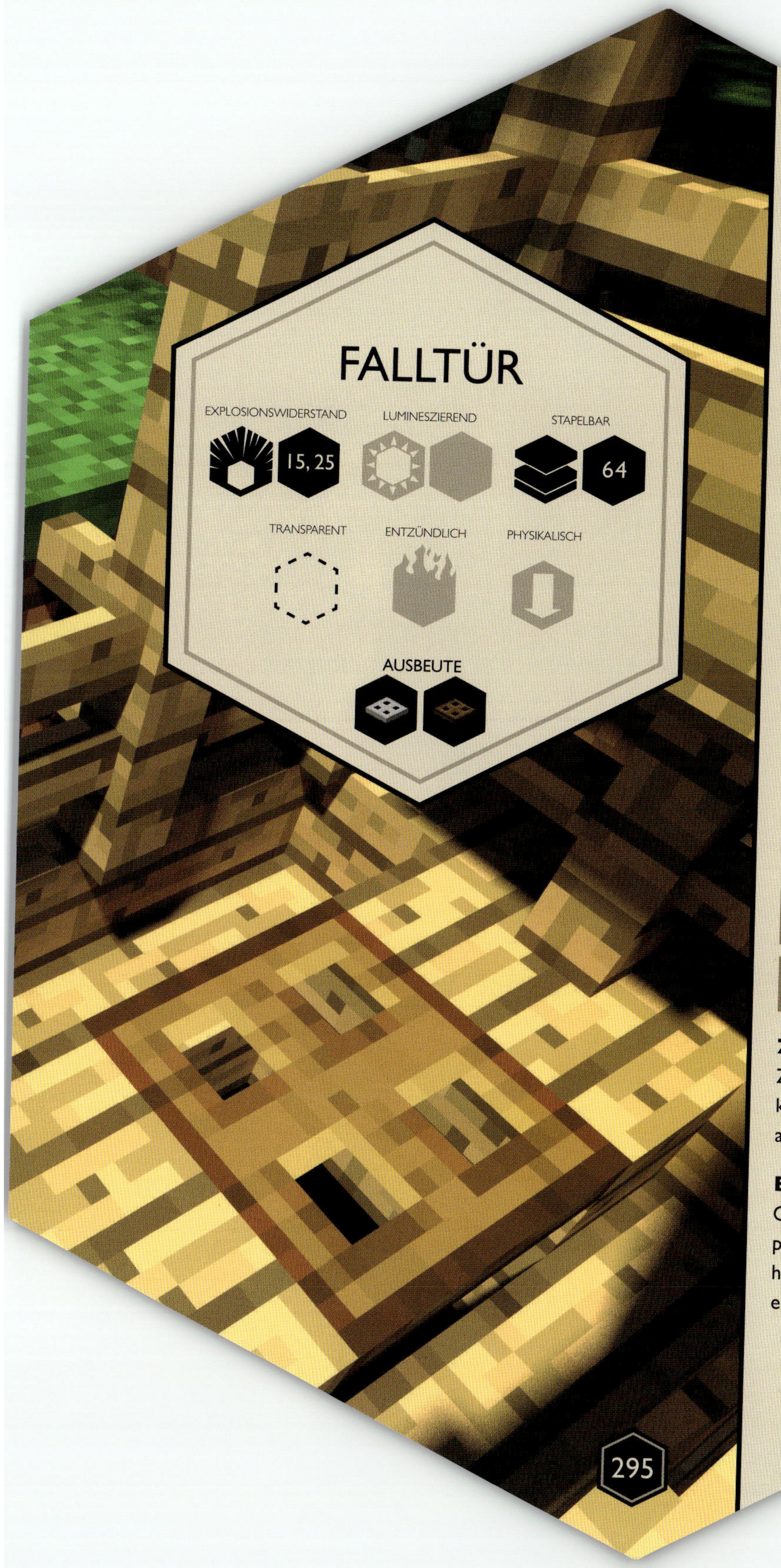

FALLTÜR

EXPLOSIONSWIDERSTAND 15, 25

LUMINESZIEREND

STAPELBAR 64

TRANSPARENT

ENTZÜNDLICH

PHYSIKALISCH

AUSBEUTE

FUNKTION

Falltüren eignen sich, um Öffnungen in Dächern oder Böden einzubauen.

VERHALTEN

Falltüren bringst du an der Seite von Blöcken an. Platzierst du für eine große Öffnung mehrere nebeneinander, verbinde jede davon mit einer Redstone-Leitung. So kannst du alle Falltüren gleichzeitig bedienen. Wenn du von einer Leiter durch eine Falltür kletterst, sollte die Leiter an einem anderen Block anliegen als die Falltürscharniere.

HERSTELLUNG

2 Falltüren entstehen aus 6 Holzbrettern (154–157) und 4 Eisenbarren.

ZUSATZINFORMATION

Zombies können zwar auf der Schwierigkeitsstufe Schwer Holztüren einschlagen, aber an Falltüren scheitern sie.

EXPERTENRAT

Offene und geschlossene Falltüren stoppen den Fluss von Lava und Wasser. Daher eignen sie sich auch für Unterwassereingänge.

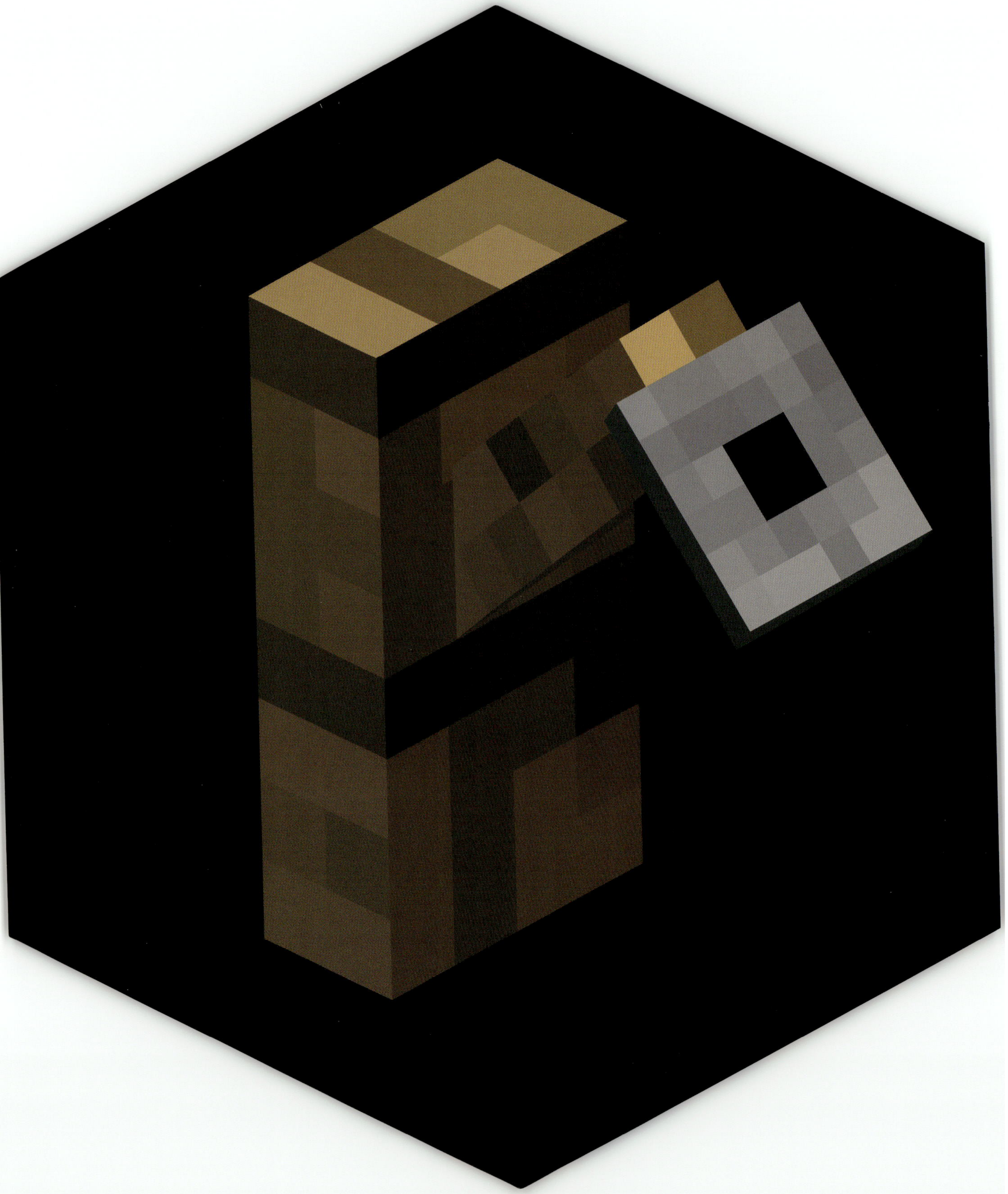

STOLPERDRAHT

EXPLOSIONSWIDERSTAND	LUMINESZIEREND	STAPELBAR
2.5		64

TRANSPARENT	ENTZÜNDLICH	PHYSIKALISCH

AUSBEUTE

FUNKTION

Ein Stolperdraht besteht aus 2 Haken und einem gespannten Draht. Wie ein Schalter sendet er einen Redstone-Impuls, sobald er von Spielern, Mobs oder Gegenständen berührt wird. Stolperdraht ist ein Teil von Fallen.

VERHALTEN

Der Draht wird automatisch gespannt mit maximaler Länge von 40 Blöcken. Platzierst du einen Haken und wendest darauf einen Faden an, erscheint vor dir ein gespannter Draht. Gehe mit dem Draht zum gegenüberliegenden Haken, und es ertönt ein Klicken, wenn beide Haken durch den Draht verbunden sind. Der Stolperdraht wird beim Auslösen nicht zerstört.

HERSTELLUNG

Ein Holzbretterblock, ein Stock und ein Eisenbarren ergeben 2 Haken.

EXPERTENRAT

Platziere Stolperdraht einen Block hoch über Sensorschienen, damit du alarmiert wirst, wenn jemand in einer Lore vorbeifährt.

BEFEHLSBLOCK

EXPLOSIONSWIDERSTAND 18,000,000

LUMINESZIEREND

STAPELBAR 64

TRANSPARENT

ENTZÜNDLICH

PHYSIKALISCH

AUSBEUTE

FUNKTION

Befehlsblöcke wurden für die professionellen Minecraft-Spieler geschaffen und bieten immense Einsatzmöglichkeiten. Du kannst Aktionen darin einspeichern, die erst bei Aktivierung durch ein Redstone-Signal ausgeführt werden. So hast du die Macht, alles in deiner Welt zu beherrschen.

Mit Befehlsblöcken kannst du Mobs am Erscheinen hindern oder sie erscheinen lassen. Du kannst Feuer (126–127) innerhalb eines bestimmten Radius an der Ausbreitung hindern oder es selbst entfachen. Du kannst unterbinden, dass Blöcke bei ihrer Zerstörung eine Ausbeute hinterlassen, oder Mobs die Fähigkeit verwehren, Blöcke zu zerstören. Ausgewählten Spielern kannst du Erfahrungspunkte und Gegenstände verleihen.

Der Schlüssel zum erfolgreichen Einsatz von Befehlsblöcken ist das Verständnis der Konsolenbefehle. Alle Kommandos stehen in einem Befehlsblock zur Verfügung. Sie ermöglichen dir verschiedene Wettkämpfe in deiner Spielwelt, da deine Mitspieler Ereignisse auslösen können.

HERSTELLUNG

Befehlsblöcke lassen sich nicht herstellen. Du musst in der Konsole den Befehl „give“ eingeben: */give <Spielername> command_block*.

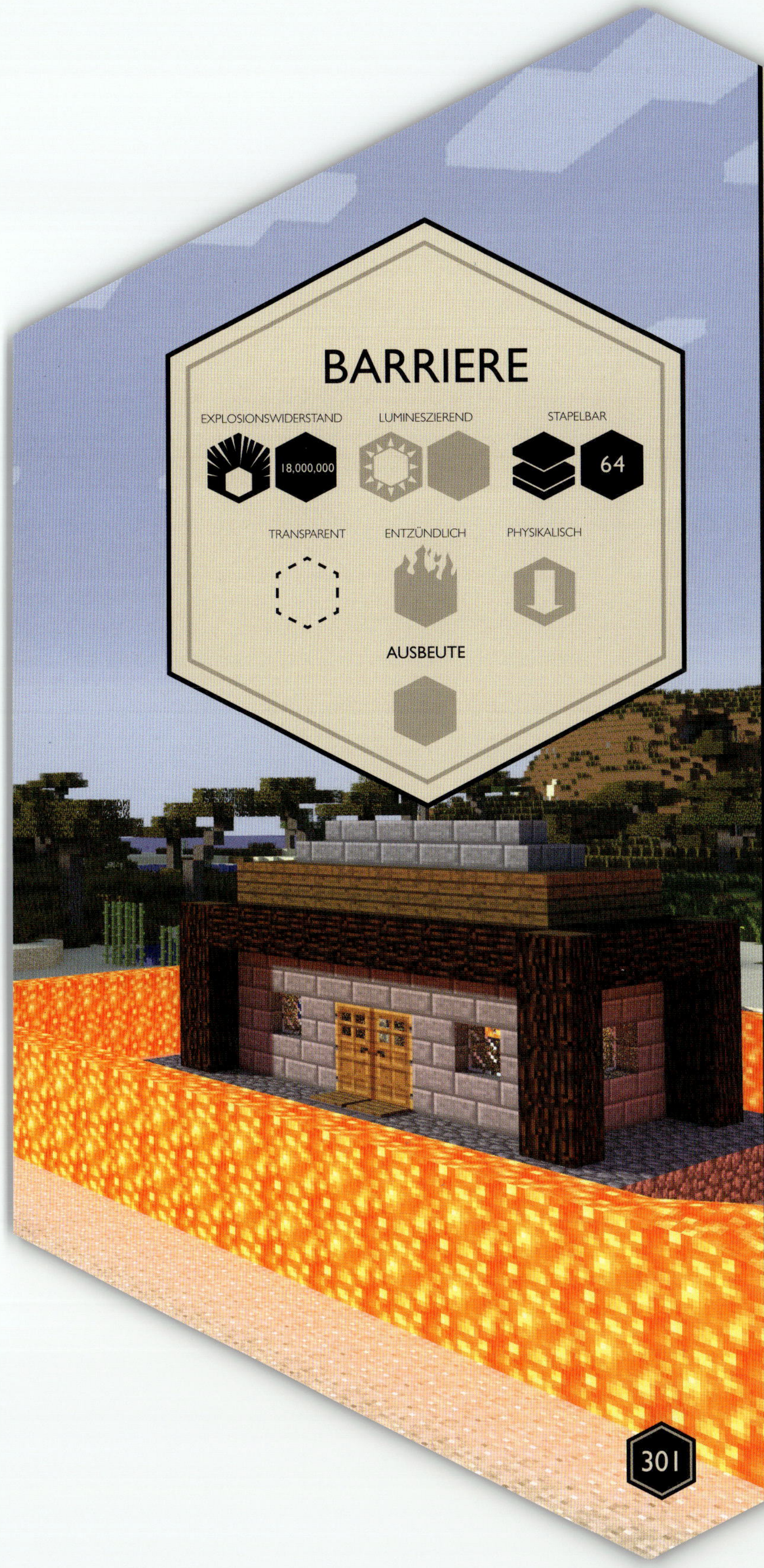

BARRIERE

EXPLOSIONSWIDERSTAND 18,000,000

LUMINESZIEREND

STAPELBAR 64

TRANSPARENT

ENTZÜNDLICH

PHYSIKALISCH

AUSBEUTE

FUNKTION

Genau wie Luft (58–59) sind Barriereblöcke unsichtbar. Trotzdem sind sie solide und stellen ein Hindernis dar.

VERHALTEN

Du kannst Falltüren an Barriereblöcken anbringen und Redstone-Staub darauf streuen. Sie sind lichtdurchlässig und erlauben den Blick auf dahinter liegende Dinge. Sie lassen sich nur im Kreativmodus zerstören.

HERSTELLUNG

Barriereblöcke lassen sich nicht herstellen. Du musst in der Konsole den Befehl eingeben: */give <Spielername> minecraft: barrier <Menge>*

ZUSATZINFORMATION

Wenn du im Kreativmodus einen Barriereblock in der Hand hältst, werden alle Barriereblöcke sichtbar. Sobald du den Barriereblock auf einem anderen Block platzierst, werden alle Barriereblöcke unsichtbar.

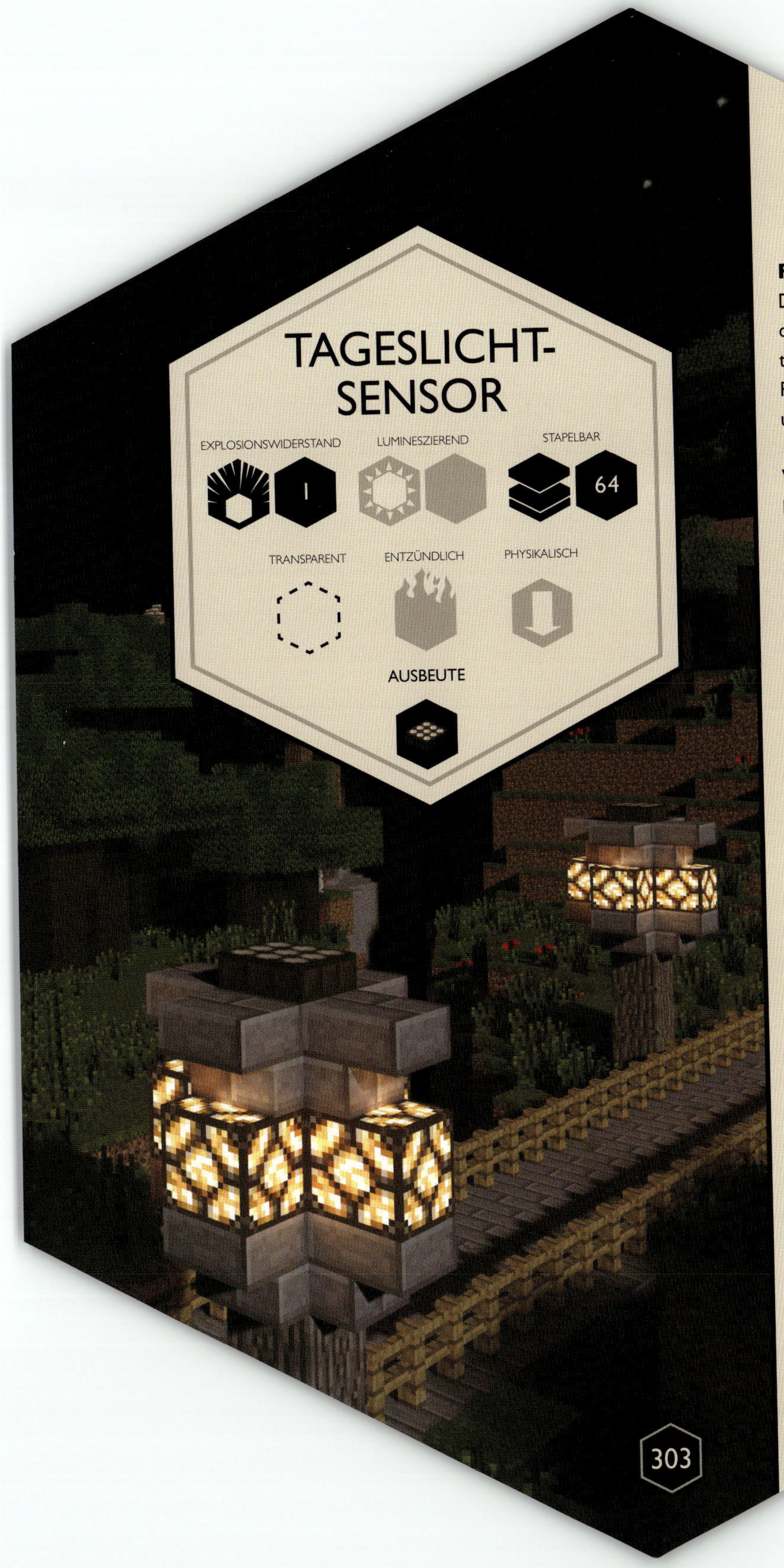

TAGESLICHT-SENSOR

EXPLOSIONSWIDERSTAND	LUMINESZIEREND	STAPELBAR
1		64

TRANSPARENT	ENTZÜNDLICH	PHYSIKALISCH

AUSBEUTE

FUNKTION

Der Tageslichtsensor zeigt dir an, wann die Nacht hereinbricht. Er kann automatisch dein Haus verriegeln und gleichzeitig Redstone-Lampen (288–289) anschalten, um Mobs am Eindringen zu hindern.

VERHALTEN

Durch das Tageslicht wird im Sensor ein Redstone-Signal verschiedener Stärke erzeugt. Das Maximum ist zur Mittagszeit erreicht (Leuchtstufe 15), in der Dämmerung sinkt die Signalstärke auf das Minimum (etwa Stufe 5). Mithilfe von Komparatoren (290–293) kannst du spezielle Lichtbedingungen messen.

HERSTELLUNG

Du brauchst 3 Holzstufen (166–167), 3 Netherquarzkristalle (146–147) und 3 Glasblöcke (158–161).

ZUSATZINFORMATION

Einen Block auf einem Tageslichtsensor abzustellen, kann seine Signalleistung reduzieren oder ihn ganz abschalten. Das ermöglicht dir Kontrolle über ihn.

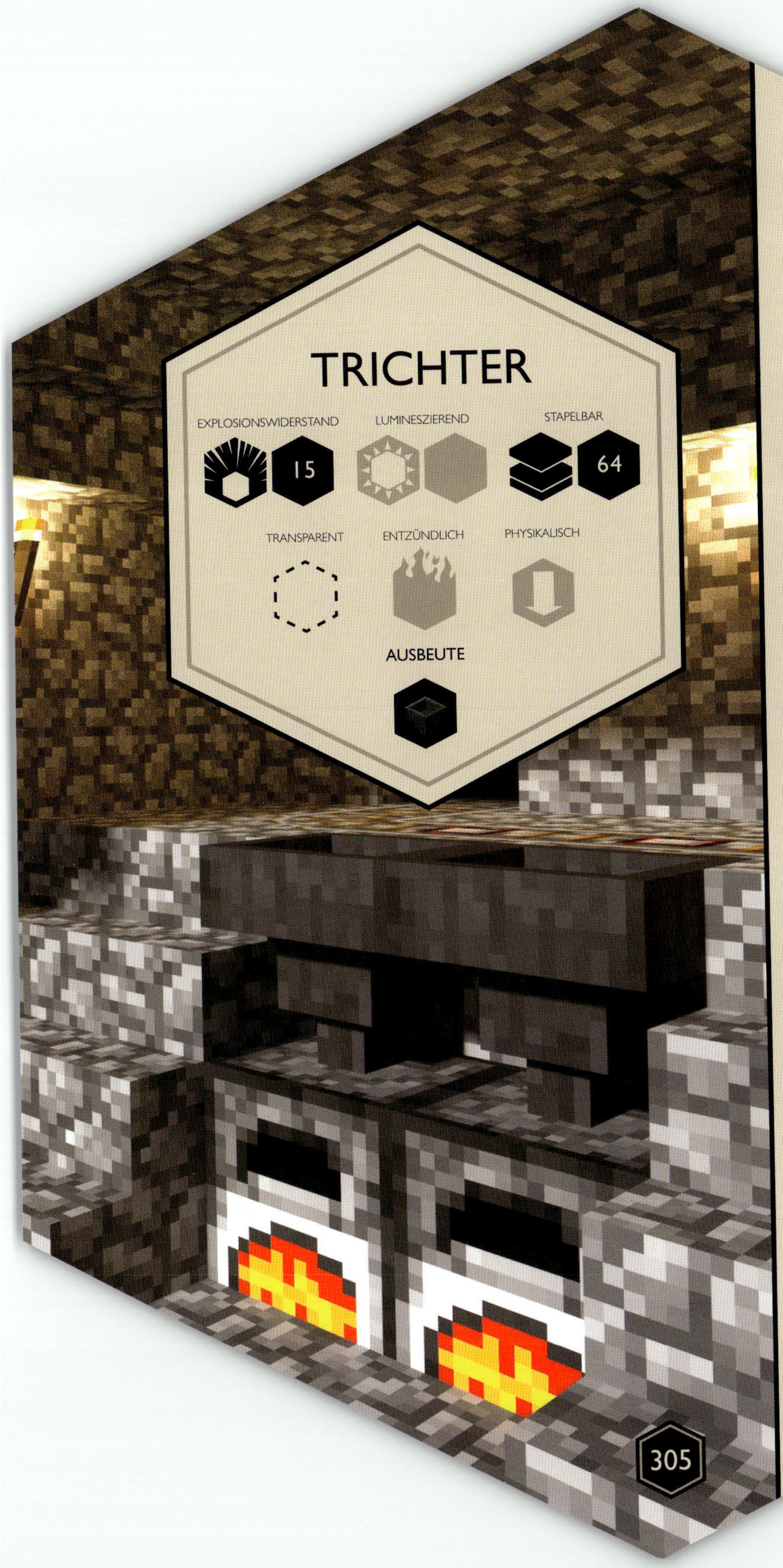

TRICHTER

EXPLOSIONSWIDERSTAND 15

LUMINESZIEREND

STAPELBAR 64

TRANSPARENT

ENTZÜNDLICH

PHYSIKALISCH

AUSBEUTE

FUNKTION

Trichter beladen Truhen (208–209) für dich.

VERHALTEN

Jeder Gegenstand, der vor die Mündung des Trichters fällt, landet in seinem Inneren. Ein Trichter kann 5 komplette Stapel aufnehmen, außer er ist mit einer Truhe oder einem anderen Block mit Inventarfächern verbunden – dann werden die Gegenstände mit einer Geschwindigkeit von etwa 2 Sekunden pro Einheit hin und her bewegt. Einen Trichter kannst du nur im Schleichmodus an einer Truhe anbringen, damit sie nicht aufgeht. Du verhinderst die Aufnahme von Gegenständen, wenn du einen Trichter mit einem Redstone-Signal speist.

HERSTELLUNG

Du benötigst 5 Eisenbarren und eine Truhe.

EXPERTENRAT

Platzierst du mehrere Trichter in einer Reihe, füttern sie sich gegenseitig. Trichterbatterien transportieren Gegenstände viel schneller über weite Entfernungen, als du es zu Fuß vermagst.

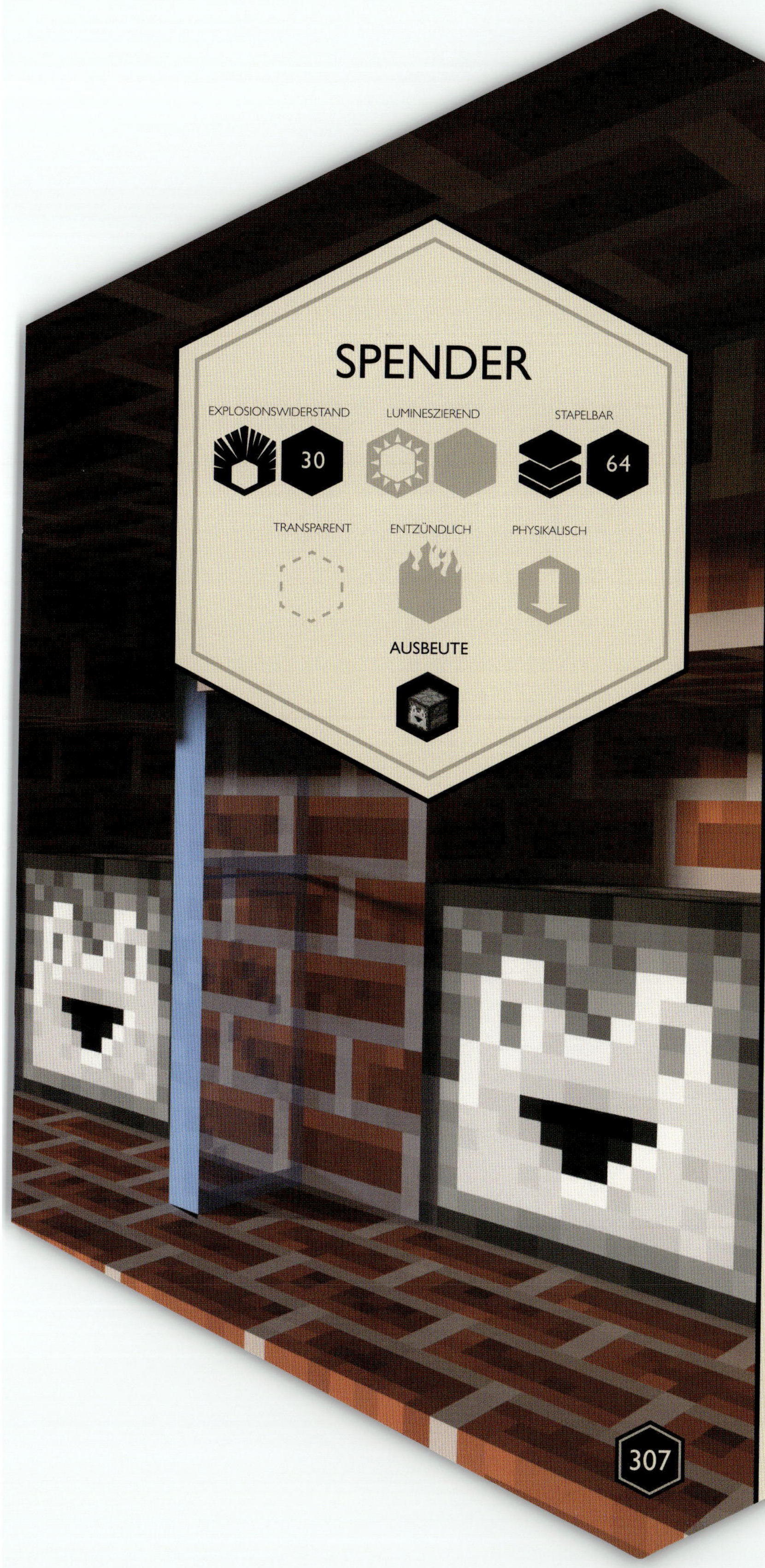

SPENDER

EXPLOSIONSWIDERSTAND	LUMINESZIEREND	STAPELBAR
30		64

TRANSPARENT · ENTZÜNDLICH · PHYSIKALISCH

AUSBEUTE

FUNKTION

Der beste Freund des Trichters ist der Spender, weil er Gegenstände aus Blöcken mit Inventar herausnehmen kann und sie ausgibt, wenn er mit einem Redstone-Schaltkreis oder einem Schalter aktiviert wird.

Mit Spendern lässt sich der Transport von Gegenständen in einen Trichter steuern und die Ladung direkt auf andere Spender verteilen.

VERHALTEN

Spender ähneln den Werfern (254–257) bis auf die Art und Weise, wie sie mit speziellen Blöcken umgehen. Zum Beispiel können sie Pfeile verschießen, wozu Spender nicht fähig sind.

Die Unterscheidung fällt leicht, betrachtet man die Fronten beider Blöcke: Der freundliche Spender setzt stets ein Lächeln auf, während der Werfer immer überrascht dreinschaut.

HERSTELLUNG

Du brauchst 7 Bruchsteine und eine Handvoll Redstone-Staub.

KREATIV-
MODUS

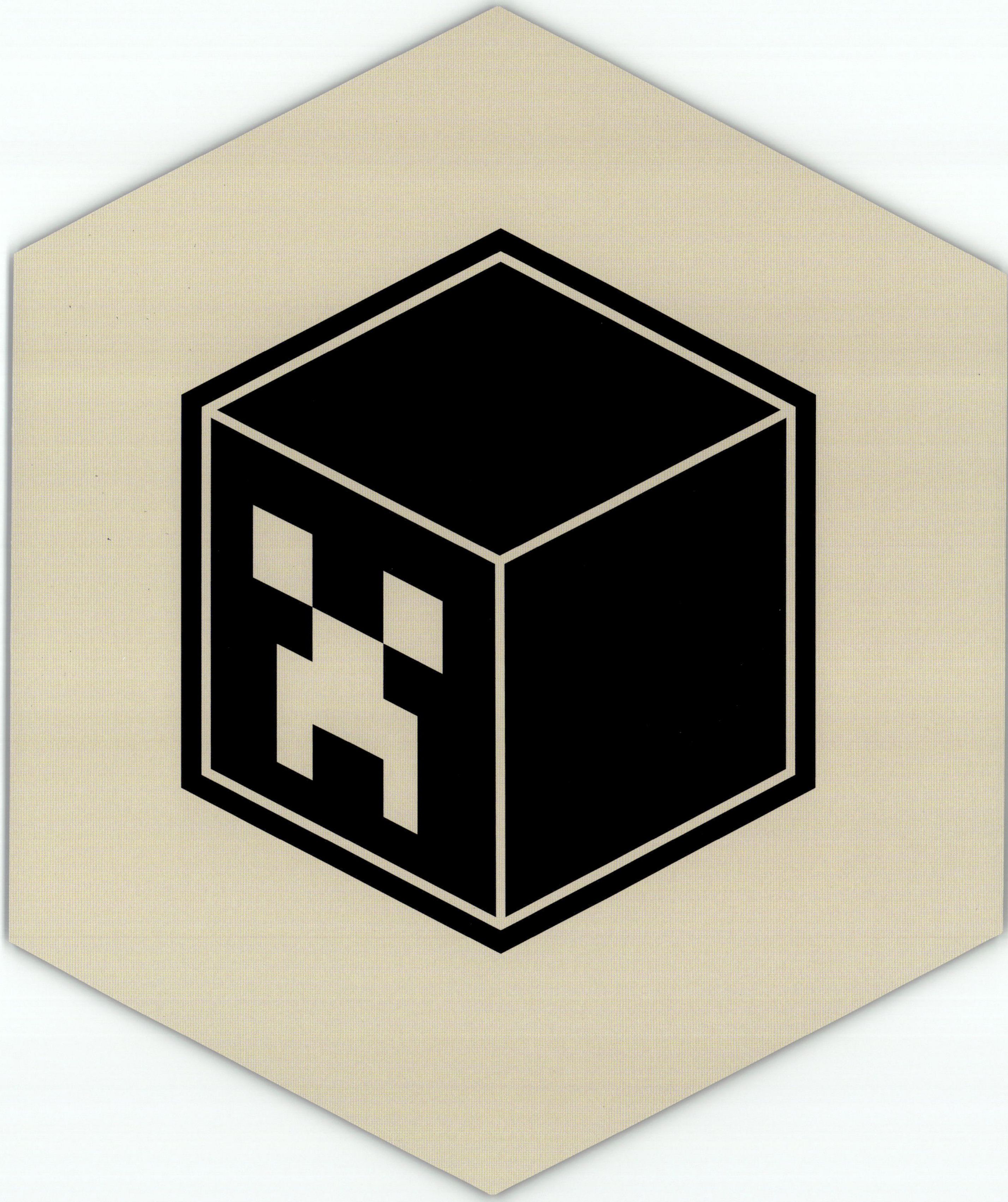

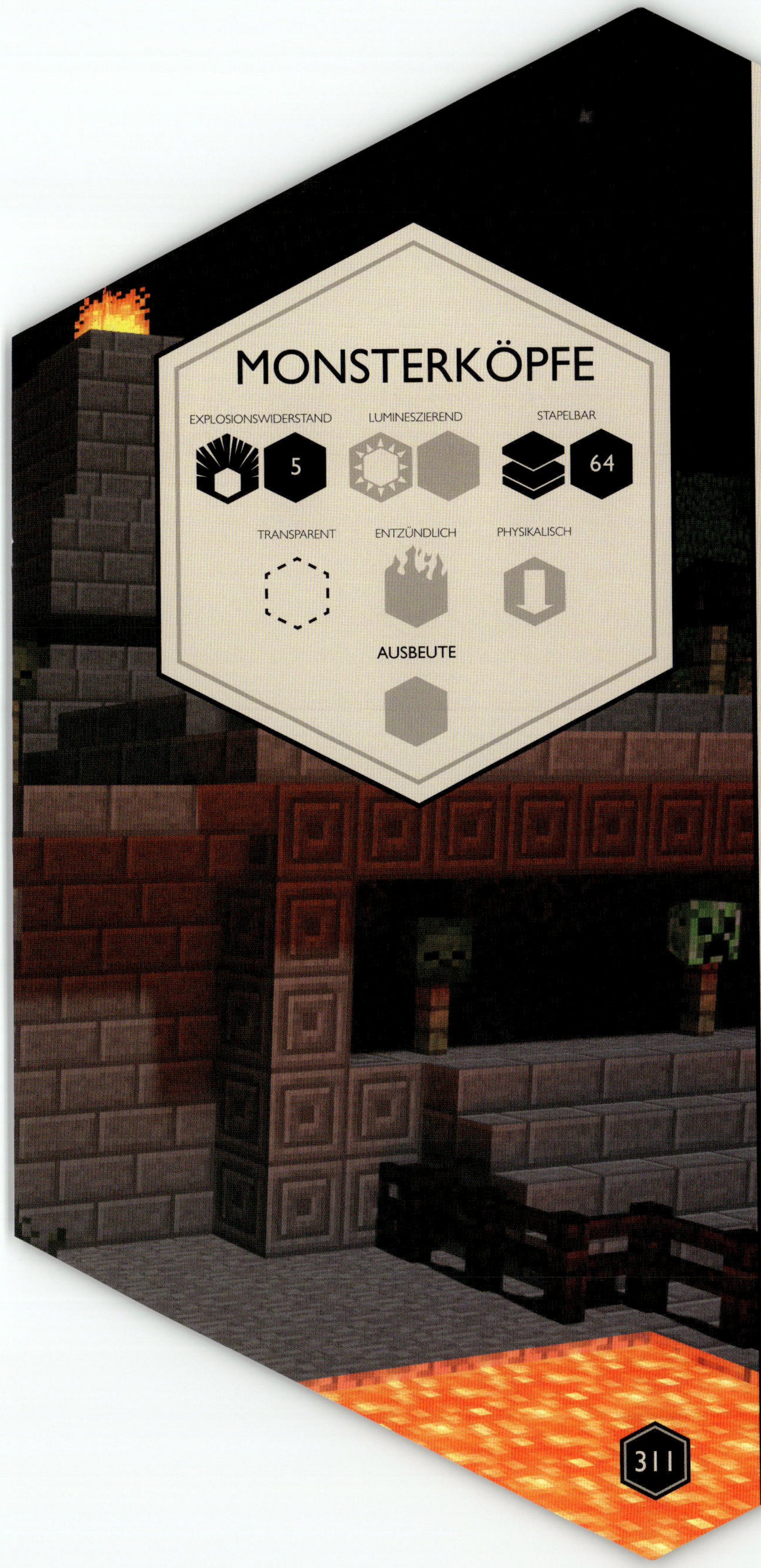

MONSTERKÖPFE

EXPLOSIONSWIDERSTAND 5

LUMINESZIEREND

STAPELBAR 64

TRANSPARENT

ENTZÜNDLICH

PHYSIKALISCH

AUSBEUTE

FUNKTION

Wer ein Faible fürs Makabre hat, dekoriert seine Folterkammer oder sein Spukhaus mit Monsterköpfen.

VERHALTEN

Monsterköpfe lassen sich auf allen blickdichten Blöcken anbringen, nur nicht aufeinander. Du kannst sie dir als Helm aufsetzen und diesen sogar verzaubern. Auch Mobs können sie als Helme tragen.

VARIANTEN

Man unterscheidet 5 verschiedene Köpfe, doch nur den Schädel eines Witherskeletts kannst du im Überlebensmodus ergattern. Eine seltene Beute von den Witherskeletten, die sich in Netherfestungen herumtreiben.

Die anderen 4 Schädelsorten von Skelett, Zombie, Creeper und Spielerfigur sind nur im Kreativmodus verfügbar.

ZUSATZINFORMATION

Du brauchst Witherskelettschädel zur Herstellung von Feuerwerkskörpern. Bei der Explosion nehmen sie die Form eines Creeperkopfs an. Außerdem brauchst du sie, um einen Wither zu beschwören.